심훈 전집 7

영화소설 · 시나리오

엮은이 소개

김종욱 金鍾郁
서울대학교 국어국문학과 교수.
저서로는 『한국 소설의 시간과 공간』(2000), 『한국 현대소설의 서사형식과 미학』(2005),
『한국 현대문학과 경계의 상상력』(2012) 등의 연구서와 『소설 그 기억의 풍경』(2001),
『텍스트의 매혹』(2012) 등의 평론집이 있다.

박정희 朴旺熙
서울대학교 교수학습개발센터 연구교수.
대표적인 논문으로 「심훈 소설 연구」(2003), 「영화감독 심훈의 소설 『상록수』 연구」
(2007), 「심훈 문학과 3·1운동의 '기억학'」(2016) 등이 있으며 편저로 『송영 소설 선집』
(2010)이 있다.

심훈 전집 7
영화소설 · 시나리오

초판 1쇄 발행 2016년 9월 16일

지 은 이 심 훈
엮 은 이 김종욱 · 박정희
펴 낸 이 최종숙
펴 낸 곳 글누림출판사

책임편집 이태곤
편   집 문선희 · 박지인 · 권분옥 · 최용환 · 홍혜정 · 고나희
디 자 인 안혜진 · 이홍주
마 케 팅 박태훈 · 안현진

주   소 서울시 서초구 동광로46길 6-6(반포4동 577-25) 문창빌딩 2층(우06589)
전   화 02-3409-2055(편집부), 2058(영업부)
팩   스 02-3409-2059
등   록 제303-2005-000038호(2005.10.5)
전자메일 nurim3888@hanmail.net
홈페이지 www.geulnurim.co.kr

정가 32,000원
ISBN 978-89-6327-362-4 04810
        978-89-6327-355-6(전10권)

* 잘못된 책은 바꿔드립니다.
* 이 도서의 국립중앙도서관 출판예정도서목록(CIP)은 서지정보유통지원시스템 홈페이지(http://seoji.nl.go.kr)와
   국가자료공동목록시스템(http://www.nl.go.kr/kolisnet)에서 이용하실 수 있습니다.(CIP제어번호: CIP2016021422)

07

심훈 전집

영화소설 · 시나리오

김종욱 · 박정희 엮음

글누림

1. 『심훈 전집 7』은 심훈의 영화소설, 시나리오 등의 영화 관련 작품들을 수록하였다. 특히 「탈춤」의 경우 삽화로 들어간 스틸사진을 함께 수록함으로써 '영화소설'적인 특성이 드러나게 했다. 시나리오의 경우 저본의 어색한 부분을 수정하고 사용기호에 일관성을 부여하는 등 자연스럽게 읽히도록 보완하여 수록하였다.

2. 본문은 1988년 1월 19일 문교부 교시 '한글 맞춤법'에 따르는 것을 원칙으로 삼되, 작품의 분위기와 어휘의 뉘앙스 등을 해치지 않기 위해 방언이나 구어체 표현, 의성어·의태어, 외래어 등은 원문에 가깝게 표기하려고 했다. 그리고 특별한 경우를 제외하고 띄어쓰기의 경우는 현대 맞춤법에 따라 표기했다.

3. 해당 글의 출전, 필자명 표기, 관련 정보 등에 대한 내용을 글을 말미에 설명하였다.

4. 원문의 한자병기는 그대로 표기하고, 문맥상 맞지 않는 어휘나 글자는 문맥에 맞게 고쳤다. 이때 '정정기사'가 있는 경우 해당 내용을 반영하여 표기하였다.

5. 외래어의 경우 강조점(방점 등)은 삭제했으며, 확인이 어려운 외국인명·영화제목 등의 외래어는 가능한 원문에 충실하게 따라 표기하려고 했다. 그리고 한글 어휘와 한자의 음이 일치하지 않을 경우에는 한자는 [ ] 안에 넣었다.

6 저본에서 사용하는 부호(×, ○, △ 등)를 그대로 따랐으며, 판독이 불가능한 경우 글자수만큼 □로 표시하였다. 다만 대화를 표시하는 부분은 " "(큰따옴표), 대화가 아닌 생각 및 강조의 경우에는 ' '(작은따옴표)를 바꾸어 표기했으며, 책 제목의 경우에도 『 』로, 시와 단편소설 등의 제목은 「 」로, 영화·곡·연극·그림 등의 제목은 〈 〉로 통일하여 표기했다.

『심훈 전집』을 내면서

　심훈 선생(1901~1936)은 일본제국주의의 지배라는 아픈 역사를 살아가면서도 민족문화의 찬란한 발전을 꿈꾸었던 위대한 지식인이었습니다. 100편에 육박하는 시와 『상록수』를 위시한 여러 장편소설을 창작한 문인이었으며, 시대의 어둠에 타협하지 않고 강건한 필치를 휘둘렀던 언론인이었으며, 동시에 음악·무용·미술 등 다양한 예술분야에 조예가 깊은 예술평론가였습니다. 그리고 "영화 제작을 필생의 천직"으로 삼고 영화계에 투신한 영화인이기도 했습니다.

　그런데 오늘날 심훈 선생은 『상록수』와 「그날이 오면」의 작가로만 기억되는 듯합니다. 문학뿐만 아니라 언론과 영화, 예술 등 문화 전반에 걸쳐 있던 다채롭고 풍성했던 활동은 잊혀졌고, 저항과 계몽의 문학인이라는 고정된 관념만이 남았습니다. 이제 새롭게 『심훈 전집』을 내놓게 된 것은 다양한 분야에 걸쳐 있는 선생의 족적을 다시 더듬어보기 위해서입니다.

　50년 전에 심훈 전집이 만들어졌던 적이 있습니다. 1966년 사후 30주년을 기념하여 작가의 자필 원고와 자료를 수집하고 간직해 왔던 유족의 노력으로 『심훈문학전집』(탐구당, 전3권)이 간행되었던 것입니다. 여기에는 일기와 서간문, 시나리오 등등 여러 미발표 자료들까지 수록되어 있어 심훈 연구에 있어서 매우 뜻 깊은 사건이었습니다. 그런데, 세월이 흐르면서 이 전집은 일반 독자들이 쉽게 구할 수 없을 뿐더러 새로 발견된 여러 자료들을 담지 못한다는 아쉬움을 남기고 있었습니다. 그래서 심훈 선생이 갑작스럽게 세상을 뜬 지 80년이 되는 2016년에 새롭게 『심훈 전집』을 기획하기에 이르렀습니다.

이번 전집을 엮으면서 다음과 같은 점을 염두에 두고자 했습니다.

이 전집에서는 최초 발표본을 저본으로 삼았습니다. 그동안 우리가 쉽게 접할 수 있었던 여러 소설들은 대부분 단행본을 토대로 한 것이었습니다. 그런데 이 전집에서는 신문이나 잡지에 최초로 발표되었던 텍스트를 바탕으로 삼았으며, 필요한 경우 연재 일자 등을 표기하여 작품 발표 당시의 호흡과 느낌을 알 수 있도록 노력했습니다.

그렇지만 시가의 경우에는 작가가 출간을 위해 몸소 교정을 보았던 검열본 『심훈시가집』(1932)을 저본으로 삼았습니다. 비록 일제의 검열 때문에 출판되지 못했을지라도 이 한 권의 시집을 엮기 위해 노심했을 시인의 고뇌를 엿보기 위해서입니다. 그리고 최초 발표지면이 확인되는 작품의 경우에는 원문을 함께 수록하여 작품의 개작 양상도 함께 검토할 수 있도록 구성하였습니다.

마지막으로 영화감독 심훈의 면모를 최대한 담으려고 노력했습니다. 예컨대 영화소설 「탈춤」의 경우 스틸사진을 함께 수록하여 영화소설적 특성을 확인할 수 있게 했으며, 영화 관련 글들에 사용된 당대의 영화 사진과 감독·배우를 비롯한 영화인들의 사진을 글과 함께 수록했습니다. 그리고 무엇보다 그간 소개되지 않았던 심훈의 영화 관련 글들을 발굴하여 수록했습니다. 이를 통해 영화감독 심훈의 모습은 물론 그의 문학을 더 다채롭게 이해하는 계기가 되길 기대합니다.

이러한 의도와 목적이 실제 전집에서 어떻게 구현될 수 있는가에 대해서 편집자들은 여전히 두려움을 갖고 있습니다. 누구나 그러하겠지만, 전집을 간행할 때마다 편집자들은 자신들의 작업이 정본으로 인정받기를, 그래서 더 이상의 전집이 만들어지지 않기를 꿈꿀 것입니다. 하지만, 전집을 만드는 과정은 어쩌면 원텍스트를 훼손하는 과정이기도 합니다. 하나의 예를 들어보겠습니다.

심훈의 『상록수』에서, 인물들이 대화를 나눌 때에는 부엌을 '벅'이라고 쓰는데 대화 이외의 서술에서는 '부엌'이라고 쓰고 있습니다. 그리고 『대지』를 번역할 때에는 대화 이외에서 '벅'이라는 표현을 사용합니다. 여기에서 '벅'이나 '벽'은 특정 지역에서 사용하는 방언인데, 이것을 그대로 놓아둘 것인가, 일괄적으로 바꿀 것인가에 두고 오랫동안 고민했습니다. 처음에는 작가의 의도를 고려하여 그대로 살려두었는데, 현대 독자의 입장에서 다시 보니 전혀 낯선 단어여서 가독성을 현저히 떨어뜨리고 말았습니다. 결국 전집에서는 '부엌'으로 수정하게 되었습니다.

이런 예들은 무수히 많습니다. 원래의 느낌을 최대한 살리겠다는 원칙을 세워두긴 했지만, 현재의 독서관습을 무시하기도 어려웠습니다. 그래서 편의상 고어나 방언의 경우 『표준국어대사전』의 표제어로 실려 있으면 그대로 살려두긴 했지만, 이 또한 자의적이라는 생각을 떨쳐버릴 수 없습니다. 결국 원본의 '훼손'에 대한 책임은 전적으로 우리 두 사람에게 있습니다. 물론 이 책임을 덜기 위해서 주석을 활용할 수 있겠지만, 이번 전집에는 주석을 넣지 않았습니다. 실제 주석 작업을 진행한 결과 그 수가 너무 많은 것이 이유라면 이유입니다. 어휘풀이, 인명·작품 등에 대한 설명, 원본의 오류와 바로잡은 내용 등에 대한 주석이 너무 많아서 독서의 흐름을 방해했기 때문입니다. 대신 이 주석의 내용을 알아보기 쉽게 정리해서 『심훈 사전』으로 따로 간행하고자 합니다.

마지막으로 전집을 준비하는 과정에 도움을 주신 분들에게 감사한 마음을 전합니다. 새로운 자료를 소개해준 분도 있고 읽기조차 힘든 신문연재본을 한 줄 한 줄 검토해준 분도 계셨습니다. 권철호, 서여진, 유연주, 배상미, 유예현, 윤국희, 김희경, 김춘규, 장종주, 임진하, 김윤주 등. 이분들의 도움이 있었기에 이 전집이 나올 수 있었습니다. 이 자리를 빌어 다시 한 번 감사한 마음을 전합니다. 그리고 유난히도 더웠던 여름 내내 어수선한 원고 뭉치를 가다듬고 엮은이를 독려하여 이렇게 멋진 책으로 만들어주신 글누림출판사의 최종숙 대표님과 이태곤 편집장님께 다시 한 번 고마움을 전합니다.

2016년 9월 심훈의 기일(忌日)에 즈음하여
엮은이 씀

차 례

영화소설 『탈춤』

🎭 서지사항

영화소설 「탈춤」은 ≪동아일보≫에 1926년 11월 9일부터 1926년 12월 16일까지 총 34회에 걸쳐 연재된 작품이다. 이 작품은 삽화 대신 배우의 실연 스틸 사진을 삽입하고 있으며 연재분 마지막에 스틸사진의 배역과 배우이름을 소개하고 있다.(본 전집의 본문에서는 사진 아래 배역과 배우이름을 병기했다.) 그리고 연재분마다 작품의 제목 부분에 '禁 無斷撮影'이라는 문구를 함께 넣고 있다. 그러나 이후 각색을 거쳐 영화화를 시도했지만 성공하지 못했다.

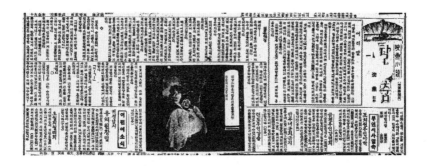

바로잡은 서지정보

연재일	정정 내용
1926.11.18.	피로회 → 피로회 [1]
1926.11.23.	두 청춘 → 두 청춘 [1]
1926.11.30.	별장 → 별장 [1]
1926.12.02.	별장 [4] → 별장 [3]
1926.12.08.	혼결식장 [3] → 결혼식장 [3]
1926.12.09.	결혼식장 → 결혼식장 [4]
1926.12.10.	병원 → 병원 [1]
1926.12.12.	병원 → 병원 [2]
1926.12.13.	병원 → 병원 [3]
1926.12.14.	병원 → 병원 [4]

영화소설

탈춤

머리말

　사람은 태고로부터 탈을 쓰고 춤추는 법을 배워왔다. 그리하여 제가끔 가지각색의 탈바가지를 뒤집어쓰고 날뛰고 있으니 아랫도리 없는 도깨비가 되어 백주에 큰길을 걸어다니기도 하고 때로는 제웅 같은 허수아비가 물구나무를 서서 괴상스러운 요술을 부려 같은 인간의 눈을 현혹케 한다. '돈'의 탈을 쓴 놈, '권세'의 탈을 쓴 놈, '명예' '지위'의 탈을 쓴 놈….

　또한 요술쟁이들의 손에서는 끊임없이 '연애'라는 달콤한 술이 빚어나온다. 모든 무리는 저희끼리 그 술을 마시고 환호한다. 그러나 눈 깜짝할 사이에 향기롭던 그 술은 사람의 창자를 녹이는 '실연'이란 초산(醋酸)으로 변하여 버리는 것이다.

　옛날에 짐새[鴆]가 한 번 날아간 그늘에는 온갖 생물이 말라 죽는다 하였거니와 사람의 해골을 뒤집어쓴 도깨비들이 함부로 장난을 하는 이면에는 순결한 처녀와 죄 없는 젊은 사람들의 몸과 영혼이 아울러 폭양에 시드는 잎새와 같이 말라버리고 만다. 그러나 그 탈을 한 껍데기라도 더 두껍게 쓰는 자는 배가 더 불러오고 그 가면을 벗으려고 애를 쓰는

13

자는 점점 등허리가 시려올 뿐이다.

　그리하여 모든 인간은 온갖 모양의 탈을 쓰고 계속하여 춤을 추고 있다.

결혼식장

1 예배당—

종대에 종이 울고 마당에는 자동차와 인력거가 들어찼다.

누구의 결혼식인지 성대히 거행되는 것이다.

이윽고 결혼행진곡의 풍금소리가 예배당 안에 모여든 사람들의 마음을 긴장시키며 정문이 무겁게 열린다. 목사는 성경을 들고 엄숙한 태도로 화초분과 화환으로 혼란하게 장식된 단 앞에 서서 신랑을 맞이한다.

연미복을 입은 신랑이 베스트맨들에게 호위되어 점잔을 빼고 들어온다.

한편에서는 눈같이 흰 면사포를 쓴 신부의 행렬이 행진곡에 발을 맞추어 조심스럽게 신랑의 곁으로 가까워 온다.

예식에 참예한 마나님들과 아낙네들은 신부의 얼굴을 보려고 기웃거리며 수성댄다.

신부는 백합꽃과 같이 청초하다. 그러나 그의 얼굴은 새벽 달빛처럼 창백하여 혈색이 돌지 않고 웬일인지 곁에서 부축해주는 사람만 없으면 금시라도 쓰러질 듯하다. 시름없이 내리깐 두 눈에는 이슬을 머금은 듯 눈물의 흔적이 아직도 사라지지 않은 채 있다.

마침 신랑신부가 나란히 서서 목사의 앞으로 걸어들어 올 때 십자가를 새긴 정면 유리창에는 홀연히 괴상스러운 윤곽의 시커먼 그림자가 어른거리다가 사라진다. 이 그림자를 바라본 신랑은 한 걸음 주춤 물러서며 울렁거리는 가슴을 억지로 진정하느라고 애를 쓴다.

◇

결혼식 순서를 밟아 진행되어 가는 중이니 신랑이 신부에게 결혼반지를 끼어준 뒤에 목사는 웅숭깊은 목소리를 반쯤 떨며 여러 사람을 향하여

"여러분! 이 두 사람의 결혼에 대하여 이의가 없으십니까? 지금 이 당장에 말씀하지 않으면 영원히 말하지 못합니다."

장내는 쥐죽은 듯 고요해졌다. 그러나 한 사람도 이의를 말하는 사람이 없다.

목사는 안심하고 기도로 무사히 예식을 마치려 하였다.

여러 사람은 머리를 숙인다.

이때이다! 별안간에 맞은편 유리창이 활짝 열리자 어린아이 하나를 안은 괴상한 그림자의 정체가 나타나며 예배당 안이 떠나갈 듯이 무어라고 고함을 지른다.

하늘로 뻗친 흐트러진 머리와 불을 뿜는 듯한 두 눈은 맹수와 같이 신랑을 쏘아본다.

오후의 햇발이 그의 등 뒤로부터 침침하던 식장 안으로 쏟아져 흘러들어온다.

여러 사람은 과도로 놀란 끝에 정신 잃은 사람들 모양으로 눈을 크게

뜨고 어찌된 영문을 몰라 어리둥절해한다.

괴상한 사람은 말없이 성큼성큼 신랑 앞으로 달려들어 안고 있던 어린 아이를 신랑에게 안겨주려 한다.

"억—!"

소리를 지르며 신랑은 얼굴을 가리고 쩔쩔매다가 뒷걸음질을 치고 목사는 쥐구멍을 찾는다. 동시에 신부는 그 자리에 혼도하여 쓰러진다.

그럴 즈음에 괴상한 사람은 어린애를 내려놓고 신부를 들쳐 안고서 몸을 날려 어디로인지 사라져버렸다.

○

결혼식장은 그만 수라장이 되고 말았다—

무슨 까닭으로 결혼식장에서 이러한 풍파가 일었으며 신부를 빼앗아 가지고 종적을 감춘 괴상스러운 사람은 대체 누구일까?

이 영화소설이 횟수를 거듭함을 따라 수수께끼와 같은 이 놀라운 사건의 진상이 차차 드러날 것이다—.

괴상한 사람 : 나운규(羅雲奎)
신부 : 김정숙(金靜淑)

😀 01회, 1926.11.09.

우연한 기회

[1] 쓸쓸한 이 땅에도 봄은 찾아 왔다. 포근히 내리쪼이는 석양이 자애 깊은 어머니의 손과 같이 대지를 어루만지는 어느 날 오후였다. 법학전 문학교 운동장 한 모퉁이 신록이 연두 빛 안개로 피어오르는 나무 그늘 에 테니스코트가 있으니 학생들이 하학 후에 유쾌히 공을 치고 있다.

공이 아웃이 나서 나무판장 너머로 날아간다. 그 중에 공을 넘긴 한 학생이 쫓아가 집으려 하나 담이 높아서 뛰어넘지를 못하고 동무들을 부 른다. 공을 같이 치던 학생들이 판장 밑으로 몰려가서 한 사람이 엎드려 무등을 서고 한 학생은 올라서서 담을 넘으려 한다. 담 밖은 좁은 행길이 니 건너편 골목으로부터 나이는 십팔구 세쯤 되어 보이는 청초하게 생긴 여학생 한 사람이 책보를 들고 좀 피곤한 걸음으로 걸어온다. 공이 굴러 가는 언덕진 길을 걸어올 즈음에 프로펠러 소리가 유난히 들리며 비행기 가 여학생의 머리 위를 지나간다.

그는 하늘을 쳐다보며 무심히 오다가 공을 밟고 미끄러져 넘어진다.

판장 위에 올라섰던 학생 선뜻 뛰어내리며 주저주저하다가 책보에 묻 은 흙을 털어 여자의 곁에 놓고 일으켜주고자 하나 손을 대지 못한다.

여학생은 무릎을 짚고 간신히 일어나 좌우를 살피다가 모르는 남자가 곁에 서 있는 것을 보고 얼굴을 붉힌다.

그는 금년에 ○○여학교 고등과를 졸업할 '이혜경'이었고 곁에 선 학생은 '오일영'이니 그도 올봄에 법전을 졸업할 청년으로 학과보다도 시 쓰기를 좋아하여 동무들은 그를 '법시인'이라 별명을 지어 부른다.

일영은 모자를 벗고 공손히 머리를 숙이며

"미안합니다. 과히 다치시지나 않으셨습니까?"

담 안의 학생들은 서로 떼어 밀며 넘겨다보려고 무등을 섰다 떨어졌다 하며 야단법석을 한다. 그중의 한 사람은 판장의 옹이구멍으로 내어다보고 있다.

구멍으로 내어다보는 커다란 눈동자—의 주인은 일영의 동창인 '임준상'이었다.

혜경은 몹시 수줍은 듯이 옷에 묻은 흙을 가만히 털며

"아니올시다. 제가 한눈을 팔다가…."

입속으로 간신히 속삭였다. 그저 구멍으로 내다보고 있는 순량치 못한 준상의 눈동자—.

"용서하십시오"

"천만에요"

혜경은 조금 다리를 절며 돌아서 간다. 일영은 가엾어 하는 표정으로 그의 뒷모양을 얼빠진 사람처럼 멀거니 바라보고 서 있다. 혜경 가다가 고개를 살그머니 돌려 일영을 본다. 두 청춘의 눈은 마주쳤다. 흐르는 별과 같이 왕래하는 두 줄기 시선— 일영의 눈 혜경의 눈.

담 안의 학생들은 구멍하나로 서로 다투어가며 내어다 보느라고 그저

오일영 : 남궁운(南宮雲)
이혜경 : 김애덕(金愛德)

야단이다.

임준상, 라켓으로 나무판장을 따—ㄱ 친다. 그 소리에 일영은 깜짝 놀라 길을 돌아서 운동장으로 들어간다.

여러 학생, 일영을 둘러싸고 놀려 먹는다. 일영은 전기를 맞은 사람처럼 아직도 어리둥절한다.

코트로 돌아오며 준상과 일영.

"자네 그 여자를 아나?"

"몰라."

준상, 눈을 찡긋하며

"누구를 속이려구 생딴전을 붙여."

"정말일세. 오늘 처음 본 사람이야…. 자네 또 몸 달을 일 생겼네그려."

"내 기어코 알아내고야 말 테니 두구 보게. 거— 미인인걸."

여러 학생들은 다시 공을 차기 시작하였다.

😊 02회, 1926.11.10.

② 그 이튿날 아침—

상학시간이 되어 길거리에는 남녀 학생들의 걸음이 빠르다. 일영이도 책보를 끼고 급히 걸어 전찻길을 건너려 할 즈음에 전차가 정류장에 와 닿으매 그리로서 내리는 혜경이와 마주쳤다. 혜경은 가벼이 머리를 숙여 눈으로 인사한다. 일영은 머뭇머뭇하다가 모자챙에 손을 얹으며

"어제는 실례했습니다. 다리를 절으시는구면요."

혜경은 머리를 숙인 채

"아니에요. 괜찮습니다."

두 사람은 무엇에 얽매인 듯 그대로 홱 돌아서지를 못하고 무슨 말을 할듯할듯하며 머뭇거릴 때에 맞은짝 골목으로부터 준상이가 나타나서 전신주에 몸을 가리고 두 사람의 행동을 정탐이나 하듯이 곁눈질을 하여 보고 있다.

두 남녀는 무심히 헤어져 서로 등을 지고 걸어간다. 준상은 큰길로 나서서 혜경의 뒷맵시를 뚫어질 듯이 바라본다.

○

교실—

몹시도 말라서 뼈만 남은 교수가 유난스럽게 높다란 칼라를 하고 캥캥한 목소리로 열심히 강의를 하고 있다. 여러 학생은 노트에 펜을 달려 필기를 하느라고 눈코 뜰 사이가 없는 모양이다. 준상과 일영은 두어 줄 격해 자리를 잡고 앉아서 분주히 필기를 한다.

준상은 필기를 따라가지 못하고 멀거니 선생의 입만 바라보다가 눈이 게슴츠레해지며 책상에다가 이마뚝를 하고 정신을 번쩍 차렸다가는 침을 께— 흘리고 또 졸고 있다.

아까부터 애초에 필기를 할 생각도 하지 않고 앉았던 장난꾼 학생이 일거리나 생긴 듯이 종이를 비벼가지고 코침을 준다. 준상은 코를 실룩거리다가 재채기를 한바탕 몹시 하는 바람에 앞에 앉은 사람의 얼굴에

침이 튀었다. 장난꾼은 시치미를 갈기는데 앞사람은 성을 버럭 내고 준상의 구통이를 쥐어박으며

"이 자식아 여기가 한데 뒷간으로 아느냐"

하고 소리를 꽥 지른다.

선생은 떠들지 말라고 마주 소리를 지른다.

준상은 흘린 침을 씻으며

"망할 자식! 때리긴 왜 때려."

하며 아직도 정신이 얼떨떨하여 선하품만 연방한다.

왼손으로 턱을 고이고 앉아 기신없이 필기를 받아쓰고 있던 일영은 펜을 멈추고 책상 위에 엎드린다.

머리를 들 때에 모든 것이 어른어른해 보인다.

칠판을 본다. 그리로부터 아련히 나타나는 혜경의 걸어오는 모양은 눈을 들어 천장을 본다—. 거기서도 혜경의 환영이 어른거리다가 등 뒤로 사뿟 내려앉는 듯하다.

일영은 머리를 흔들며 한참 눈을 비비다가 다시 흐릿하게 뜨며 앞을 바라보았다. 모든 것이 아리송아리송하다가 곁눈도 팔지 않고 목에 힘줄을 세워가며 강의를 하는 선생이 어디로 슬쩍 사라지고 그 자리에 혜경이가 또 와 섰다가 없어지고는 선생이 그 자리에 돌아와 선다.

일영은 책상 위에 머리를 무겁게 떨어뜨렸다.

교실 유리창 사이로는 향긋한 풀냄새를 섞은 봄바람이 솔솔 새어 들어오고 창밖에 나뭇가지에는 참새란 놈 몇 마리가 머리를 마주 모으고 앉아서 뉘 집 이야기인지 재재거리고 있다.

준상은 터놓고 코를 드르렁드르렁 골기 시작하였고 일영은 그저 달콤

한 명상에 잠겨 있다.

임준상 : 주인규(朱仁圭)

03회, 1926.11.11.

일영과 홍렬

[1] 며칠 후

일영의 투숙하는 집

좁다란 마당 한구석에서 다 떨어진 헌털뱅이 양복으로 몸을 가린 협수룩한 사람이 풍로에 부채질을 하며 밥을 짓고 있다. 한 손에는 겉장이 새빨간 책을 들고 골똘히 들여다보는데 책에 정신이 팔려서 장작개비가 다 타서 불이 꺼지게 되는 것도 모르고 한 데다 헛부채질을 풀떡풀떡한다.

그의 이름은 강흥렬이니 본디 일영과 동향 친구로 어려서부터 한 동리에 자라나서 학교에도 형제와 같이 다니다가 칠 년 전 그가 중학교 삼년급에 다닐 때에 그해 이른 봄에 온 조선의 젊은 사람의 피를 끓게 하던 사건이 일어나자 한번 분한 일을 당하면 물불을 사리지 않고 날뛰는 과격한 성격을 가진 흥렬이는 울분한 마음을 억제치 못하고 자기 고향에서 일을 꾸며가지고 성난 맹수와 같이 날뛰다가 사람으로서는 차마 당하지 못할 고초를 겪을 때에 그는 같이 일하던 동지를 위하여 혀를 깨물어서 일조에 반벙어리가 된 후에도 삼 년이란 긴 세월을 자유롭지 못한 곳에서 병신이 되다시피 한풀이 꺾여 나왔다. 그 동안에 자기의 집은 파산을 당하여 유리걸식을 하고 다니는 가족을 길거리에서 만나게 되었던 것이다.

그는 그 뒤로 정신에 이상이 생긴 사람처럼 멀쩡하다가도 이따금 발작적으로 행동을 미친 사람과 같이 가질 때가 있으니 이상스럽게도 불을 보면 발작이 시작되어 화종소리만 들리면 불난 곳으로 쫓아가서 춤을 추고 기뻐서 가로 뛰고 세로 뛰고 하다가 여러 사람에게 뭇 매를 맞기도 여러 번 하였다.

정처 없이 헤매어 돌아다니던 그는 몇 달 전에 일영이를 찾아왔었다. 일영은 의지가지 할 곳 없는 가엾은 옛날 친구를 반가이 맞아 자기 집에서 근근이 대어주는 약소한 학비로 두 사람이 자취를 하고 지내왔던 것이었다.

홍렬이는 보던 책을 집어 내던지고 벌떡 일어서서 뒷짐을 지고 철창에 갇힌 범처럼 마당을 왔다 갔다 한다. 발길로 담을 걷어차 보기도 하고 하늘을 흘기며 주먹질도 해보다가는 다시 주저앉아서 부채질을 한다.

험상스럽던 얼굴이 변하여 얼빠진 사람처럼 무엇인지 생각을 하고 있다.

그때에 일영이가 돌아와 마루 끝에 책보를 내어던진다.

홍렬은 쓸쓸한 웃음으로 일영을 반긴다.

"밥 다 되었나?"

하며 일영이 벗어부치고 거들어 주려는데 그릇을 뒤져 보아도 반찬거리가 없어서 빈 도마를 시름없이 뚜드린다.

이런 즈음에 전기회사 사람이 문간에 들어선다.

"전기 값 받으러 왔소"

강홍렬 : 나운규

"오늘은 돈이 없는데요."

"두 달이나 안 냈으니 오늘은 끊어 가야겠소."

"…."

전기회사 사람은 가위를 꺼내들고 마루위로 올라선다.

홍렬이가 벌떡 일어나 가로막아서며 승강이를 한다. 한참 말썽을 부리다가 전기회사 사람이 홍렬을 떼어 밀고 전선을 끊으려 한다.

—전선과 가위—

홍렬 장작개비를 들어 메고 달려들어 생으로 벙어리 노릇을 해가며 야단을 친다.

전기회사 사람 슬그머니 겁이 나서 슬슬 뒷걸음질을 치다가 밥솥을 거꾸러뜨린다. 일영을 보고

"미안하외다."

홍렬 달려들어 턱살을 치받치며 밥 지어놓고 가라고 딱 얼러붙인다.

전기회사원 슬금슬금 꽁무니를 빼고 나가며

"아이구 학질을 뗐네."

홍렬 쫓아나가서 문을 걸고 껑충껑충 뛰어들어오면서 기신없이 마루끝에 걸어앉은 일영을 보고 씽긋 웃는다.

04회, 1926.11.12.

2 그날 밤—

두 사람이 거처하는 실내—

일영과 홍렬은 자리에 누웠다. 홍렬은 흐트러진 머리를 방구석에다 들부비며 몸을 뒤틀고 몹시 갑갑해 한다.

일영은 자리에 반듯이 누워 눈을 떴다 감았다 하며 천장에 공상을 그리고 있다.

어지간히 괴로운 모양이다. 벌떡 일어나 책상에다 머리를 파묻고 있다가 몸 둘 곳이 없는 듯이 안절부절을 못 하고 이 책을 집어 들었다가는 몇 줄 안 보고 내어던지고 저 책을 꺼냈다가는 방바닥에다 팽개를 치고 하다가 벽에 걸린 헌 기타를 들고 나아가 툇마루 끝에 걸어앉으며 고요히 기타를 뜯기 시작한다. —<흑노의 망향곡(黑奴의 望鄕曲)>—

아리따운 혜경의 환영은 일영의 마음을 사로잡고 말았다. 그러나 첫사랑을 느끼는 젊은 사람들의 공연히 애달파하고 저 홀로 조바심을 하며 초조히 구는 애상적인 오뇌라는 이보담도 일영에게는 자신으로 도저히 해결치 못할 중대한 문제가 그의 앞길을 가로막고 있었던 것이다. 그가 개성(個性)에 눈을 뜨기 비롯하고 자기 일신의 장래를 생각하기 시작할 때부터 움돋아 나온 고민의 씨는 해를 거듭하여 나이 한 살이라도 더 먹고 세상분별이 나갈수록 마음 한 구석에 뿌리를 박은 고민의 씨도 점점 자라나서 근년에 이르러서는 납덩어리와 같은 우수와 사려로 머리가 눌리어 성격까지 몹시 침울하게 변해졌으니 정치적으로나 더구나 경제적으로 나날이 멸망에 빠져가는 비참한 조선의 현실이 끊임없이 쓰라린 자극을 주어 예감한 그의 눈에는 각일각으로 닥쳐오는 두려운 그 운명이 너무나 똑똑히 비치어 보이기는 하나 불행히도 조선 사람의 한 분자로 태어난 청년으로 장차 어떠한 길을 밟아나가야겠다는 신념과 사상의 줄기를 바로잡기 어려웠을 뿐 아니라 따라서 회의기(懷疑期)에 있는 그 인생 문제에 부딪쳐서도 하염없는 사색으로 무한히 방황치 않을 수 없었다.

그러나 그다지도 일영의 마음을 들볶고 몸을 하리게까지 고통을 주는 직접 원인은 무엇보다도 자기 자신에 대한 문제였으니 그의 고향에는 사랑이 없는 아내가 있었던 것이다.

그의 아내는 시골서도 드물게 보는 현숙한 부인이었다. 일영이보다 나이가 사년 위나 되는 그는 시집온 뒤로부터 나이어린 일영을 길러내다시피 하였고 남편이 서울로 유학의 길을 떠난 뒤로는 칠순이 가까운 그의 편모를 모시고 한 몸으로 가장과 주부의 직책을 맡아하며 봄이면 뽕을 가꾸어 누에를 치고 가을이면 변변치 않으나마 농사를 보살피는 한편에 밤 깊도록 베를 짰고 무명을 날라 근근이 모은 돈으로 오륙 년 동안이나 꾸준히 일영의 학비를 대어주었던 것이다. 그러는 동안에 시집온 지 십년이 넘은 오늘날까지 일신의 안락이란 생각도 해본 적이 없이 오직 멀리 떨어져 있는 자기 남편이 몸성히 있기를 축수하고 하루바삐 성공을 해서 금의로 환향하기를 삼추와 같이 기다리는 것을 도리어 낙을 삼고 모든 고생을 달게 여기며 짝 잃은 외기러기와 같이 고단한 몸이 한결같이 쓸쓸한 공규를 지키고 왔던 것이다.

그러나 일영은 그다지도 현숙한 아내와 본디 사랑이 없었다. 이것이 사람의 허물인가? 운명의 장난인가? 일영은 사랑의 정을 아는 사람이다. 그러나 그 아내에게 할 수 없이 은혜를 힘입기는 하면서도 감사할 줄도 알면서도 아내에게 감사치 않을 수 없는 처지를 슬퍼하지 않을 수 없었고 벗을 수 없는 무거운 은혜를 입어온 것이 도리어 여간 큰 고통이 아

니었다. 그것은 사랑으로 갚을
수 없는 까닭이다! 그는 온갖
궁리와 별별 생각을 다해보았
으나 아무래도 일가 아주머니
나 손윗누이같이 생각하고 친
할 수는 있을지언정 그가 자기
가슴에 안길 사랑하는 이성 아
내라고는 상상도 해지지를 않

오일영 : 남궁운

았다ㅡ. 일영은 아직까지도 마루 끝에 앉아 기타를 뜯으며 정열을 기울
여 노래를 부른다.

이른 봄 하현달이 고요히 그의 상태를 적실 뿐.

05회, 1926.11.13.

시골집

[1] 일영의 고향—

꿈 속 같은 촌가의 달밤

일영의 집 안마루에는 일영의 아내가 베틀 위에 올라앉아 고달픈 봄밤에 졸음을 참고 명주를 짜고 있다. 그의 어머니는 마루 끝에서 물레를 돌려 실을 날으다가 팔을 쉬고 담배를 붙여 물면서 며느리와 하는 이야기—

"애야 그 애한테서 편지 온 지가 보름이 넘었는데 어째 소식이 없다니?"

"글쎄올시다. 졸업시험을 보느라고 틈이 없는 게지요."

"그렇기로서니 엽서 한 장이 없단 말이냐? 몸이나 성했으면 다행이련만…."

"근래엔 제가 편지를 해도 영 답장도 안 하니 웬일인지 모르겠어요."

"돈이나 부쳐야 쥐꼬리만큼 답장이라고 하지…. 어쨌든 걱정이다. 단돈 한 푼 벌어 주는 사람은 없고 이달엔 식량까지 미리 팔아댔으니 인제 먹고 살 일이 망연하구나. 공부도 소중하겠지만 인제부터는 집안 식구가 어떻게 연명할 도리나 있어야 하지 않겠니?"

어머니는 댓돌에 담뱃대를 우그러져라 하고 털며 무슨 말을 더 하려다가 며느리를 보아 참는다.

일영의 아내는 북을 멈추고 창연히 달빛을 바라보며 멀리 있는 남편을 생각하다가

"졸업만 하면 어떻게든지 살아갈 도리가 생기겠지요."

어머니는

길게 한숨을 쉬며

"글쎄—. 졸업만 하면…. 졸업만 하면— 설마…."

며느리는 베틀에 시름없이 머리를 기대고 있다가 북을 잡고 일을 다시 시작하였고 어머니는 기운 없이 물레를 돌린다.

시비(柴扉)에 개 짖는 소리 요란하니 행여 기다리는 주인을 반김이나 아닌가?

밤은 깊어 아래윗마을에 인적은 끊기고 먼 데 개가 선잠을 깨어 마주 대꾸를 할 뿐이다.

○

일영의 유숙하는 집.

일영은 아직까지도 노래를 부르고 있다. 반쯤 감은 그의 눈은 눈물을 머금었다.

○

혜경의 하숙하고 있는 집—

산들산들한 밤바람이 새어들어 하얀 커튼자락을 간질이는데 들창 앞에 자리를 펴고 보드라운 새털로 속눈썹을 쓰다듬어 감긴 듯 혜경은 고

이고이 잠이 들었다. 달빛에 어리어 석고상(石膏像)과 같이 창백한 얼굴 한 손은 젖가슴 위에 꿈속에도 부끄러운 듯 가벼이 얹었으니 그 보드라운 숨소리는 하나님이 귀를 기울여도 들릴 듯 말 듯하다.

○

일영의 곁에는 홍렬이가 나와 앉아서 머리를 숙이고 그의 노래를 듣고 있다.

일영(逸泳)의 어머니 : 윤부인(尹夫人)
그의 아내 : 최윤희(崔潤姬)

애달파라! 나그네 마음은
쓸쓸한 폐허를 더듬으며
죽음의 속삭임같이도
무덤 속의 적막을 노래 부르네

들어다오
그리운 사람이여!
나직한 곡조에 떠도는

우울과 애원의 소리를.

그대의 마음과 그대의 귀를
내가 뜯는 기타에 기울여다오
오직 한 분을 위하여 부르는
애끊는 나의 노래를.

(P.V.)

그날 밤 일영은 밤이 새도록 말하지 않고는 견딜 수 없는 자기의 고민을 홍렬에게 하소연하였다.

06회, 1926.11.14.

양과 이리

① 그 후 일영은 거의 날마다 혜경을 만나게 되었으니 어떤 때에는 음악회 같은 모임에 갔다가 밤에 늦게 하숙으로 돌아가는 혜경의 뒤에는 일영이가 먼발치로 그림자와 같이 따라다녔고 장성한 처녀의 몸으로 사고무친한 곳에 외로이 떠나와 있는 혜경이도 일영이를 한 번 만난 뒤로부터 이상스러이도 마음이 가라앉지를 않고 밤이면 쓸쓸히 누워 자는 베갯머리에 일영을 그리어보고 그를 대상 삼아 제 일신의 장래까지 꿈꾸어 보느라고 공연히 흥분이 되어 두 시 세 시까지 잠을 이루지 못할 때가 많아졌다.

한편으로 백만장자의 외아들이요 막대한 재산을 상속받은 준상이는 명색으로 학교에 갑네 하고 가물에 콩 나기로 며칠 만에 한 번씩 다니기는 하나 집에 돌아오면 벌써 크낙한 집안에 가장으로 위엄과 호기가 등등하고 밤이면 훌륭한 신사가 되어 본처의 몸에 소생이 남매나 되건만 밤 그늘에 숨어 다니며 못할 장난이 없었다. 그러나 아직까지 여학생 오입을 못해본 것이 평생의 원한이 되던 차에 불행히도 혜경이가 걸려들던 것이다.

준상이가 혜경을 유혹해 보려고 몸이 달아 돌아다닐 때에 그 집 세간 청지기로 있는 김동석이에게서 혜경이가 자기 집 '마름'의 딸인 것을 비로소 알게 되었으니 혜경의 집은 삼대째나 준상의 집 전답을 보아주는 마름 노릇을 하고 살아왔던 것이다. 그러니까 이를테면 혜경이도 준상의 덕택으로 서울에 올라와 유학이라도 하게 된 것이었다. 그리하여 준상의 무서운 유혹의 손은 가냘픈 혜경의 목뒤에 점점 가까이 닥쳐오는 것이다.

또 한편으로 일영의 고민을 동정하는 홍렬이는 의협심이 많은 사람이었으니 평소부터 준상의 위인을 잘 아므로 자세한 사정을 일영에게서 듣고 혜경의 신변을 감시하다시피 하기 시작하였던 것이다.

○

어느 날 저녁 후―.

혜경의 유숙하는 집 문 앞.

홍렬이가 일영의 편지를 맡아 혜경에게 전해줄 양으로 성냥을 그어가며 그 옆집에 와서 문패를 살피며 내려올 때에 맞은짝 골목으로부터 두루마기를 입은 사람이 나타나 혜경의 유숙하는 집 대문을 흔들며

"전보 받우!"

하고는 문틈으로 무엇을 들이밀고 얼른 담 모퉁이에 와서 숨는다.

홍렬이는 체신부도 아닌 사람이 전보를 받으라는 것이 수상쩍어서 골목에 몸을 숨기고 그자의 행동을 살핀다. 대문 안에서는 주인마누라가 나와 던지고 간 것을 집어가지고 혜경의 방에 떨어뜨린다.

혜경은 급히 전보를 뜯어본다.

금야 십시 경성역 착 부.

혜경은 의심스러운 눈동자로 전보를 들여다보다가

'농사 때에 올라오실 리가 없는데….'

시계가 아홉시 반을 가리킨다.

혜경은 급히 옷을 갈아입고 정거장으로 나가려 한다.

대문 밖에는 커다란 사람의 그림자만 어른거릴 뿐.

혜경이 대문을 열고 행길로 나서려 할 때에 아까 전보를 들이밀던 자가 담 모퉁이에서 나서더니 혜경의 앞을 가로막으며

"이혜경 씨가 아니십니까?"

홍렬은 길 건너로 가서 두 사람을 주목하고 있다.

혜경 놀라 주춤 물러서며

"네, 그렇습니다."

그때에 검은 호로를 씌운 자동차가 두 사람 앞에 와 닿는다. 그 자는 혜경을 차에 안내하며

"여기 타십시오. 나는 임 협판 댁에서 온 사람인데 춘부장께서 오늘 낮차에 올라오셔서 그 댁에 계신데요. 정거장으로 헛걸음을 하실까 보아 모시러 왔습니다."

"우리 아버지가 지금 그 댁에 계세요?"

홍렬은 자동차 뒤에 몸을 숨기고 전후 이야기를 엿듣고 있다. 그 자는 어서 타라고 재촉을 한다. 혜경은 한참 주저하다가 올라앉는다.

자동차가 움직인다. 길을 돌아나갈 때에 운전대에 운전수로 분장한 준상의 얼굴이 언뜻 보인다.

홍렬은 그 자리에서 어쩔 줄을 몰라 쩔쩔 매다가 급히 달려가서 자동차 꽁무니에 들러붙어서 간다. 자동차는 문밖에 호젓하게 지은 준상의 별장을 향하여 전속력으로 달린다.

07회, 1926.11.15.

강홍렬 : 나운규

2 준상의 별장.

자동차가 문전에 와 닿는다. 준상은 문을 열고 먼저 뛰어들어가고 두루마기를 입은 자는 혜경을 문 안으로 안내한다.

홍렬이가 뒤를 따라 들어가려고 머뭇거릴 때에 대문을 안으로 닫아건다.

대문을 거는 준상.

덜컥 내려걸리는 큰 빗장.

　　　　　　○

양식을 꾸민 침실로 통한 응접실 흰 에이프런을 걸친 하녀가 중문간에서 안으로 혜경을 안내하여 들어온다.

혜경은 들어서며 방안을 살펴본다. 방 한구석에 피아노가 놓였고 데스크 밑에는 위스키 병. 아무도 사람은 없다. 하녀는 혜경을 앉히고 돌아서 혼잣말로

임준상 : 주인규
이혜경 : 김정숙

"흥 또 하나 걸렸구나!"
하며 중얼거리고 나간다.

혜경은 어찌된 영문을 몰라서 좌우를 돌아보나 기다리던 아버지는 그림자도 없다.

담 밖에서 들어가지 못해 애쓰는 흥렬.

조금 있다가 침실 문이 부시시 열리며 자리옷을 갈아입은 준상이가 술이 얼근히 취하여 나온다.

혜경은 일어서 곁눈으로 준상을 엿보며 인사를 할까 말까 망설인다. 준상은 혜경의 곁으로 가서 소파에 기대며

"거기 앉으시오 오기에 매우 수고했소…. 그런데 나를 못 알아보는 모양이로군."

혜경은 속에서 끌어 잡아당기는 듯이 목소리를 가늘게 떨며

"우리 아버지가 오셨다고 해서 왔는데요…."
하고는 고개를 푹 수그리고 들지를 못한다. 준상은 묻는 말에는 대답도 않고 혜경의 앞으로 가까이 다가앉으며

"그래 나를 못 알아보겠소 피차에 어렸을 때에 시골서 잠깐 보았으니까 나 역시 기억치 못했지마는…."

"누구신 줄 알겠습니다마는 서울 와 있으면서도 입때 한 번도 찾아와 뵈옵지를 못해서 죄송합니다."

혜경은 부모의 낯을 보아 인사 한 마디 안할 수는 없었다. 준상은 음란한 눈으로 곁눈질을 해서 혜경을 들여다보며

"천만에 내 집 사람이 객지에 고생이 많을 줄 알면서도 너무 범연하게 지내서 미안하오…."

하며 바싹바싹 다가앉는다.

하녀가 실과와 과자를 내온다. 혜경은 권해도 먹지 않는다.

담 밖에 홍렬이는 담이 높아서 뛰어넘지를 못하고 그 근처에서 쓰레기 통을 몰아다가 고이고 있다.

담 안에 갇힌 혜경은 이빨을 벼리고 덤비는 이리 앞에 양과 같이 몸을 떨고 있다. 준상은 일어나 피아노도 뚜들겨보다가 위스키 병을 기울여 나팔을 불면서 먹을 것을 물어다 놓고 얼른 달려들어 먹기가 아까워 놀리고 있는 짐승과 같이 방을 왔다 갔다 하며 주책없는 소리를 거침없이 지절거린다.

"그래 올해 연세가 몇이오?"

"그런데 아버지가 어디 계십니까?"

"야시 구경 나갔으니까 곧 들어올 터이지. 그동안 우리 이야기나 합시다. 그래 연세를 물었으니 그 대답을 해야 옳지 왜 딴청을 하누."

"아버지가 늦게 오실 모양이니 이전 먼저 가야겠습니다."

하고 혜경은 일어선다. 준상은 서슴지 않고 혜경의 손을 잡아 앉히며

"재미있는 이야기 좀 하자니까 어린애 모양으로 아버지는 왜 자꾸 찾어—. 좀 실례의 말일는지는 모르지만 어디 혼처나 정했는가?"

혜경은 모든 것이 거짓말이요 꼬임에 빠진 줄을 인제야 깨닫고 문을 열고 몸을 빼쳐 나오려 하였으나 준상이가 벌써 눈치를 채고 앞을 막아서며 도어를 채운다.

홍렬이는 인제야 겨우 담을 넘겨다 볼 만큼 담 밑을 고여 놓고 집안을

동정을 살피고 있다.

08회, 1926.11.16.

③ 준상은 혜경을 끌어다가 소파에 앉히며

"가기는 마음대로 가? 그래 약혼한 사람이 누구냐니까? 사람의 말대답을 해야지."

혜경은 손을 뿌리치며

"필요 없는 말씀입니다."

하고 쏘아붙이고는 일어서 문을 뚜드리나 열어주는 사람이 있을 리 없다.

　　　　　○

일영은 흥렬이가 무사히 편지를 전하고 반가운 회답이 있기를 고대하며 초조히 마당을 거닐고 있다. 나간 지가 두 시간이 넘었건만 흥렬은 돌아오지 않았다.

　　　　　○

준상은 혜경의 등 뒤로 달려들어 덥석 안고 무수히 힐난을 한다. 혜경은 발악을 하며 대항을 하나 짐승 같은 욕심이 불같이 타올라서 미친 듯이 날뛰는 억센 남자를 당할 수 없다.

　　　　　○

흥렬은 혜경의 비명을 듣고 길이 넘는 담 위에서 사뿟 뛰어내려 검은 마스크로 얼굴을 가리고 소리 나는 곳을 찾는다.

저편 유리창에 두 남녀가 껴안고 다투는 그림자가 비추인다. 흥렬은 그 곳을 향해서 달음질하려 할 즈음에 청지기가 행랑아범을 데리고 목목

이 지켜 서서 칠팔 명이 한꺼번에 홍렬
에게 달려든다. 홍렬은 달려드는 대로
닥치는 대로 집어 팽개를 친다.

×

격투….

×

격투….

×

격투….

×

격투….

강홍렬 : 나운규
임준상 : 주인규

홍렬은 번개와 같이 몸을 날려 칠팔 명 장정을 다 때려눕히고 혜경의
소리가 나는 곳으로 달려간다.

준상은 혜경을 덥석 안고 침실로 들어가려 할 즈음에 홍렬이가 유리창
을 부수고 뛰어들어간다.

준상은 복면한 사람을 보고 깜짝 놀라서 여자를 내려놓는다. 홍렬은
달려들어 또 한바탕 격투가 일어난다.

×

격투….

×

격투….

혜경은 어쩔 줄을 모르고 쩔쩔맨다.

철퇴 같은 홍렬의 주먹에 준상은 방 한 구석에다가 머리를 틀어박고 쓰러졌다.

혜경은 까무러쳐 소파 위에 쓰러진다.

○

일영의 숙소

홍렬은 일영의 편지를 전하지는 못하였으나 일영이가 주소로 그리워하는 실물을 안고 일영의 앞에 나타났다ㅡ.

홍렬은 정신을 잃은 혜경을 인력거에 담아가지고 자기네가 유숙하는 집으로 데리고 가서 우선 응급수단을 하려 하였던 것이다.

별안간에 초주검이 되어 달려든 혜경을 본 일영의 놀람은 여간이 아니었다. 일변 홍렬에게 자초지종을 물으며 일변으로 혜경을 자리에 눕히고 냉수를 이마에 축여댄다.

얼마 있다가 혜경은 눈을 곱게 뜬다. 이윽고 눈을 멀거니 크게 뜨고 주위를 살펴보다가 놀라며 벌떡 일어나려 한다. 일영은 혜경의 어깨를 가만히 흔들며

"안심하십시오. 혜경 씨, 나입니다. 일영입니다."

혜경은 의식이 돌았다. 일영이와 홍렬이가 곁에 앉았음을 보고 반기며 안심하는 한편으로 부끄러워 머리를 들지 못하고 홍렬이는 자기가 말도 똑똑히 하지 못하는데다가 보기에 흉한 자기의 얼굴을 젊은 여자에게 보이기를 부끄러워 일영의 등 뒤에 가 앉아 몹시 수줍어한다.

얼마 후에 혜경은 두 사람에게 무한히 치사하고 임준상이가 자기 가족의 생명을 좌우할 수 있는 지주임을 말하고 학교에서 이 사건을 알까 겁내어 비밀을 지켜주기를 부탁한 후 자정이 넘어서 그의 숙소로 갔다.

혜경을 바래다주고 돌아온 두 청년은 더구나 이제까지 이성과 접촉이

없는, 홍렬이는 이상히 흥분되어 그날 밤 잠을 이루지 못했다.

09회, 1926.11.17.

피로회

① 그 후 준상은 그날 저녁 목적을 달치 못한 분풀이를 하려고 별별 수단을 다 써보았지만 흥렬은 노련한 정탐처럼 기민한 활동으로 번번이 방해를 놓고 어떤 때에는 혜경을 내세워 준상에게 미끼를 물린 뒤에 준상을 사방으로 끌고 다니며 헛물만 켜게 하다가는 골탕을 먹이기도 여러 번 하였다.

그러나 준상은 가끔 날벼락을 맞기는 하면서도 어떤 사람이 그다지 극성스럽게 자기를 쫓아다니며 방해를 놓는지 알 길이 없었으니 흥렬이가 준상의 앞에 나타날 때는 반드시 복면을 하거나 교묘히 변장을 하는 것을 잊지 않았던 것이다.

○

두 달 후.

준상은 꼬랑지로 몇째쯤 되는 성적으로 법전을 졸업이라고 하였다. 그러자 파산을 당하게 된 고려흥산회사에서는 목전의 위급을 구할 술책으로 새로 나온 법학사 임준상이를 덩을 태워 중역의 의자에 올려 앉혔다. 얼떨김에 소위 사회에 발전을 할 기회를 얻은 준상이는 회사의 중역이란 지위에 버티고 앉아보는 것이 큰 출세를 하는 것이라 어깨가 으쓱하지 않을 수 없었다. 그래서 오늘 저녁은 신임 피로회를 열어 각 은행 회사의 중역들을 초대하고 한턱을 단단히 내는 판이다.

임준상 : 주인규

○

어느 요릿집.

식당을 연 지 한 시간쯤이나 지난 모양 흐트러진 교자상 거품을 뿜는 맥주병.

기생들은 술을 권하기에 정신을 못 차리고 보이들은 눈코 뜰 사이가 없이 바쁘다.

야회복을 빼지른 준상이가 쏟아지는 박수소리 속으로서 일어선다.

"에— 이 사람이 박학천식으로, 에— 중임을 맡어…."

술이 거나하게 취한 김에 인사라고 몇 마디 입속으로 우물쭈물하다가 슬그머니 주저앉는다. 사방에서 술잔이 몰려간다. 노래 소리가 일어난다. 식당은 벌통 속 같다.

연주창을 째는 듯한 기생의 소리.

"오레와 가와라노 가레스스끼."

한구석에서는 맹꽁이같이 배때기만 생긴 친구가 기생을 무릎에 올려 앉히고 '오록고부시'를 배우느라고 계우처럼 목을 늘이고 끼룩거린다.

또 박수소리가 일어나매 준상이와 마주 앉아서 준상의 눈치코치만 보며 비위를 맞추고 있던 자가 일어서며 답사를 한다.

"…임학사와 같은 재덕이 겸비한 신사를 맞게 된 것은 비단 고려흥산 회사뿐만 아니라 우리 실업계를 위하여서 축하할 일입니다…"

여러 사람은 술들이 취하여서 추태를 연출한다. 그 중에 장난꾼 신문 기자 한 사람이 얼근히 취한 김에 돌아다니며 시치미를 떼고 □□ 우스운 장난을 한다. 눈이 개개풀린 결에 사람 이마빼기에 달걀을 깨뜨려먹기. "산악이 잠영하고…" 소리를 하느라고 커다랗게 벌린 입에다가 감을 던져 스트라이크로 틀어막기.

점잔을 빼느라고 지르퉁하고 앉은 친구에게 겨자에다가 경단을 찍어 전한다. 그 점잖은 친구는 안 받을 수 없이 입에 넣자 코를 쥐고 쩔쩔맨다. 그 통에 기름종이가 엎질러진다. 장난꾼 신문기자는 걸레에 기름을 묻혀 가지고 문턱 장판에다가 기름걸레질을 쳐놓고는 한구석에다가 앉는다.

넘어진다, 자빠진다, 요리접시를 들고 들어오던 보이가 미끄러진다. 점잔을 빼는 자 얌전한 체하는 자 기생들 할 것 없이 들고 나는 사람은 한번씩 스케이팅을 한다.

식당 안은 점점 난장판이 되어가지고 의기가 양양한 준상의 눈에는 세상이 다 초개같이 보인다.

10회, 1926.11.18.

2 피로회는 이차회 삼차회까지 벌어져서 자정이 넘도록 이 방 저 방에서 장고소리 가야금소리, 손뼉 치는 소리로 요릿집이 떠나갈 듯이 뒤법석을 한다.

　　　　　○

　남산공원.

　일영에게는 직업을 주는 사람이 없었다. 먼 지방 재판소의 서기 자리
가 있었지만 날로 깊어가는 혜경에게 대한 애착이 떨어지지를 못하게 하
였고 아유구용을 해가며 남의 비위를 맞출 줄을 모르는 고지식한 그의
성격으로는 마땅한 직업을 얻을 수가 없었다. 졸업만 하면 큰 수나 터지
는 줄 알고 삼추와 같이 기다리는 가족을 만날 면목이 없어 시골집에는
돌아가지 못하고 서울서 머물러 있자니 생활비를 얻을 도리가 막연하였
다. 근래에는 혜경이와도 만나지를 않고 전당질로 간신히 연명을 하고
지내며 공원으로 길거리로 기신없는 다리를 끌고 돌아다니는 것이 하루
종일 하는 일이였다.

　공원 벤치에 밤 깊도록 걸터앉아서 일영은 하염없는 공상을 하다가 혜
경에게서 온 편지를 꺼내들고 희미한 전등불에 비추어 본다.

　…일주일 전에 올린 글월은 받으셨을 듯합니다마는 답장을 받아 뵈올
길 없으니 몹시 궁금합니다. 그동안 좋은 곳에 취직하셔서 사무에 퍽 바
쁘신 듯 저는 명색은 졸업이라고 하였습니다마는 학교에는 더 다닐 형편
이 되지 못해서 집에서는 내려오라고 독촉이 심합니다마는 저는 서울서
간호부 노릇을 하면서라도 공부를 계속하려 하나 그도 여의치가 못합니
다. 어떻게 했으면 좋을는지 몸 둘 곳을 모르겠습니다. 그 놀라운 일을
당한 뒤로는 그때 생각만 하여도 가슴이 울렁거리고 밤에는 신열이 올라
서 날로 몸이 파리해 가오니 마음 괴로운 일이 한 두 가지가 아닙니다.
오 선생님! 외로운 저의 장래를 잘 인도하여 주십시오. 언제나 한번 만나

오일영 : 남궁운

뵈옵게 되는지요.

　강 선생님께도 문안하여 주시기 바라
오며 아직 이만 그칩니다.

　　　　오월 십일일

　　　　　　　이혜경 올림

　일영은 편지에 얼굴을 파묻었다. 심
줄 엉클어진 듯한 모든 문제가 결단성
이 적은 일영에게는 한 가지도 호락호
락하게 풀릴 것 같지 않았다. 눈 아래에 깔린 장안 만호의 전등불조차 졸
린 듯 깜박일 뿐이요 구더기같이 우물거리는 사람의 새끼들은 다 각기
조그만 굴속으로 기어들었건만 일영이 홀로 하룻밤 드샐 곳이 없이 이슬
을 맞으며 두루 헤매고 있다.

　　　　　　　○

　새벽녘이 되어서 준상의 피로회는 겨우 끝이 났다. 요릿집 안에는 아
직도 몇 사람이 술에 곤죽이 되어서 누룩 심부름을 하느라고 야단법석이
요 타구를 베고 누운 사람에 가는 기생의 치맛주름을 뜯어 놓으며 같이
가주지를 않는 것이 괘씸하다고 소리를 고래고래 지르는 자도 있다. 이
때까지 방 한구석에서 보료를 뒤집어쓰고 코를 골던 장난꾼 신문기자는
원고지에다가 별별 우스운 별명을 적어서 나가는 사람들의 생김 생김새
를 보아 꽁무니에다가 하나씩 붙여준다. 그자들은 제각기 제 꽁무니에
붙은 것은 모르고 남의 것을 보고 허리가 꼬부라질 듯이 웃는다.

　준상의 예복 꽁무니에는 '날도깨비'라는 별명을 붙였다.

새로 네 시나 되어서 준상이는 자동차로 돌아갔다. 자동차가 닿은 곳은 처음부터 준상의 곁을 떠날 줄 모르고 갖은 아양을 다 떨던 난심의 집이었다.

11회, 1926.11.19.

불의 화신

[1] 그동안 흥렬은 일영의 집을 떠나 행위불명이 된 지 여러 날 되었다. 일영에게는 다만 '언제까지나 이대로 지낼 수가 없고 더 있기가 미안해서 밥을 얻어먹으러 나가니 안심하라'는 간단한 글발을 적어 놓고 종적을 감추어 버렸던 것이다. 그리고 아무도 몰래 어느 노동자 숙박소에 가서 밥을 지어주는 부엌데기 노릇을 하고 있다.

○

노동자 숙박소

저녁때가 되어 숙박소 내부에는 하루 종일 과도한 노동에 기진역진한 노동자의 무리들이 송장과 같이 여기저기 사지를 뻗고 늘어졌다. 영양부족으로 얼굴빛은 누르르고 눈은 움푹 들어가 정기가 떠돌지 않는다.

목도꾼 위생인부 선로공부 등 그들은 셋집 한간도 지니지 못하고 조밥 한 그릇도 따뜻이 지어줄 가족조차 없는 사람들이었다.

방 한구석에는 나이 육십이나 넘어 보이는 노인이 얄따란 삿자리 한 잎을 깔고 금세 운명이나 할 듯이 쿨룩거리며 가래를 뱉어낸다. 그 곁에는 물 한 모금 먹여 줄 사람이 없다.

홍렬이는 부엌에서 장작을 지펴 불을 때고 있다가 부지깽이로 부뚜막을 뚜드려 장단을 맞추어가며 군소리를 하다가는 입을 다물고 한참 동안이나 아궁이에 활활 타는 불을 한눈도 팔지 않고 들여다본다. 그의 정신은 이상스러운 환각에 사로잡혀 들어가기 시작하였다.

강홍렬 : 나운규

×

아궁이의 불이 부뚜막에 올라붙고 부뚜막의 불이 벽으로 타올라 불길이 추녀를 핥다가 맹렬한 불길이 삽시간에 집 한 채를 태워 삼키고 시가를 둘러싼다. 홍렬은 미친 듯 부지깽이를 들고 길거리로 뛰어나간다.

돌연히 폭풍이 대작하며 온 시가가 불바다로 변해 버리고 불길이 한번 스친 자리엔 남는 것이라곤 없다.

이윽고 온 세계의 화재가 일어 지구 덩어리라 새빨간 불길에 녹아내리며 모든 것은 재로 화해서 공간에 날려 흐트러질 뿐.

마지막 불길이 치밀어 올라 올 제 천 길이나 되는 절벽 위에 홍렬이 홀로 살아남아 모든 것이 모조리 깡그리 타 없어지는 것을 내려다보면서 두 팔을 벌리고 펄펄 뛰며 "우리!"를 부른다.

환각에 어린 홍렬의 눈에는 젊은 사람의 염통을 짓눌러 터트리려는 권세의 폭력도 없고 오장이 옆구리로 꿰어져 나올 듯이 아니꼽살스러운 돈 있는 놈들의 지랄 빠는 꼬락서니도 보이지 않고 독사와 같은 새빨간 혀

끝을 날름거리며 산 아이의 피를 빨아 마시는 요사스러운 계집의 피딱지
도 보이지 않는다.

　우주의 삼라만상은 다 그 형체를 잃고 원시시대의 희멀건 공간이 남아
있을 뿐 거기에는 조선의 비명이 들릴 리 없고 인류의 신음 영원히 풀어
보지 못할 줄 알았던 인간의 고민이 자취조차 감추어 버렸다— 어찌 기
쁘지 아니하랴. 홍렬은 춤을 덩실덩실 추지 않을 수 없었다.

×

　홍렬의 엉덩이를 발길로 지르며 소리를 꽥 지르는 사람이 있다. 노동
숙박소의 밥 짓는 감독을 하는 사람이었다.

　"하루 밥 두 그릇을 거저 주는 줄 아니? 네나 내나 부엌데기 노릇을
하고 찬밥이나 치워 주는 주제에 무에 그렇게 신이 나서 부엌 속에서 춤
을 추니? 미친놈이로구나."

　홍렬이는 깜짝 놀라 제정신에 돌아왔다. 불시에 환상이 깨어지매 모든
것이 그전 형상대로 남아있는 것을 보고 한숨을 길게 내뿜으며 벽에 머
리를 기대고 눈을 감는다.

😊 12회, 1926.11.20.

시꺼먼 손

1 혜경의 숙소

밤은 깊어서 자정이 넘었건만 혜경은 자리에 누워 기침으로 잠을 이루지 못한다. 베개 위에 떨어뜨린 검은 머리채는 구름 같이 서리었건만 쓰다듬으려고도 하지 않고 수척해서 은어와 같이 흰 팔은 자리 아래로 내어던지듯 하였다.

몸이 약해질수록 머릿속은 재가 나를 듯이 메말라 오고 마음이 괴로워짐을 따라 악몽과 같은 공상만 늘어 눈을 뜨고도 가위를 눌릴 때가 있으니 연약한 그의 몸은 날로 파리해 갈 뿐이다.

넥타이 맵시 있게 매는 미국 유학생, 연분홍 벽돌의 문화주택 피아노—, 어멈과 하인을 마음대로 부릴 수 있는 어여쁜 주부— 이와 같은 간지러운 공상이 아직도 혜경의 마음 한구석에서 꼼지락거리고 있지 않음은 아니다. 그러나 한편으로 머리를 돌려 시골집에 있는 부모와 어린 동생들의 목숨줄이 준상이 한 사람의 손가락 끝에 달려있는 것을 생각할 때에는 등허리에 냉수를 끼얹는 듯 무서운 불안을 느끼지 않을 수 없다. 더구나 근자에는 엎친 데 덮치기로 일영을 그리는 첫사랑의 불길이 작은

가슴을 태우고야 말려는 형세로 걷잡을 수 없이 자기의 전신이 사로잡혀 가는 것을 깨달을 수 있었으니 그와 동시에 감당키 어려운 고민과 애수가 사정없이 달려들어 마음을 들볶듯 한다.

○

혜경이가 누운 머리맡 들창에 이상스러운 시커먼 그림자가 어른거린다.

문을 똑똑 뚜드리는 소리!

혜경은 히스테리 증세가 있는 사람처럼 깜짝 놀라 들창을 주목한다.

이상스러운 그림자는 또 어른거리다가 사리지고 들창문이 부시시 열리며 시커먼 장갑을 낀 손이 들어와 편지 한 장을 떨어뜨린다.

혜경은 벌떡 일어나 급히 치맛자락으로 앞을 가리고 방 한구석에 가붙어 서자 시커먼 손은 창문을 닫고 다시 똑똑 뚜드린다.

혜경은 창 밑으로 기어가서 떨리는 손으로 급히 겉봉을 뜯어본다.

일전 주신 편지는 받았습니다. 즉시 답장을 드리려 하였으나 첩첩이 쌓인 사연을 지필로는 도저히 여쭙고 싶은 말씀을 만분의 일도 사뢸 수 없어 화안을 만나 뵈올 기회만 기다렸던 것이니 용서하여 주십시오 내일은 마침 일요일이요 한강에 달도 밝을 듯하오니 상치되시는 일이 없으시거든 오후 여덟 시까지 신용산 전차 정류장까지 꼭 나와 주시기 바랍니다. 저는 먼저 가서 기다리겠습니다. 총총 이만.

즉일　　오일영

혜경은 창문 밖으로 머리를 내밀고 두루 찾았으나 캄캄한 골목 안에는 사람의 그림자도 찾을 수 없다.

○

그날 밤 거의 같은 시간에 일영에게도 편지가 왔다. 답장을 받지 못하여 몹시 궁금하다는 말을 하였고 일신상의 긴급한 일이 있어 선생님의 의견을 듣고자 하니 대단 어려우시지만 내일 오후 여덟 시까지 신용산 전차 정류장으로 나와 주십사고 애원하다시피 한 여자의 편지요 끝에는 혜경의 이름이 쓰여 있다.

오일영 : 남궁운
이혜경 : 김정숙
그림자 : 나운규

○

그 이튿날 저녁.

초승달이 어스름한 그림자를 한강물 위에 던져 먼 사람의 얼굴을 분간하기 어려울 만할 때에 철교 난간 가장자리로 어깨를 겨누다시피 하고 나란히 걸어가는 두 젊은 남자가 있다. 그들이 무슨 이야기인지 귓속 하듯이 속삭이며 걸어가는 등 뒤에는 십여 간통쯤 떨어져서 난간을 끼고 두 사람의 행동을 주목하여 쫓아오는 사람이 있다. 누구인지 얼굴은 보이지 않고 시꺼먼 윤곽만이 가까웠다 멀어졌다 할 뿐.

13회, 1926.11.21.

55

두 청춘

1 혜경이가 숙소를 떠나 한강으로 나간 지 십 분쯤 뒤에 뒤미처 준상이가 대담스럽게 혜경을 찾아갔다. 그 전날에는 술이 취해서 실례를 하였다는 사과도 하고 같은 성내에서 너무 범연히 지내어 미안하다는 핑계를 가지고 만나본 뒤에 두 번째 음험한 수단으로 혜경을 유혹해 내려고 잔뜩 벼르고 달려들었지만 불가불 헛걸음을 치게 되었다. 하숙 주인에게 물어 자세한 범절을 알고 동무들하고 한강에 달마중 나갔다는 말을 듣자 준상은 즉각적으로 일영이와 같이 나간 것이 짐작되매 금시로 눈망울 핏줄이 질리며 두 주먹은 불붙는 질투에 떨지 않을 수 없었다. 그래서 준상이는 일분의 시각을 다투며 두 사람의 뒤를 바싹 따라댔을 양으로 강변을 향하여 급히 자동차를 몰아 전속력으로 두 사람의 뒤를 추격하기 시작하였다.

그보다 조금 앞서서 흥렬이도 약속이나 한 듯이 먼저 강변에 나가 몸을 숨기고 두 사람이 나오기를 기다리다가 얼른 알아보지 못하도록 변장을 하고 두 남녀의 그림자를 밟으며 정사나 할까 보아 염려를 함인지 그들의 행동을 살피며 따라갔던 것이다.

○

두 사람은 조그마한 보트에 몸을 담았다. 혜경은 선두에 앉아 어린애처럼 손가락으로 물을 튀기며 장난을 하고 일영은 양복 윗저고리를 벗어 부치고 노를 젓는다.

편주는 생선의 비늘같이 가지런히 넘노는 물결 위에 부서져서는 조각조각이 흩어지는 황홀한 달빛을 가르고 벌레소리 그윽한 곳을 찾아 쏜살과 같이 달린다.

라인 강가에서만 슈베르트의 세레나데가 들리고 다뉴브강 언덕 으슥한 숲 사이에서만 청춘 남녀의 달콤한 속삭임이 숨어나는 것이랴? 옛 성터에 비치는 일그러진 달빛과 같이 젊은 사람들의 빛깔은 바래고 모든 경상이 소조한 우리 땅에도 사람의 눈을 꺼리는 일영과 혜경의 몸을 숨길만한 자리는 한강에도 구석구석이 있었다.

×

보트는 바위 그늘에 노를 멈추었다. 노량진(鷺梁津) 일대에 불빛은 얕은 하늘의 깔린 별의 자손인가? 뽀—얀 밤안개 속에 아득히 반득이고 달을 쫓는 구름은 수림 사이에 맑은 바람을 풍기며 두 사람의 머리 위를 씽씽 달린다.

잠잠히 흐르는 물결 말없이 비치는 달빛. 혜경은 머리를 숙여 말이 없고 일영은 바위에 머리를 기대고 눈을 감은 채 묵묵하다.

이윽고 혜경은 머리를 들어 애연한 어조로

"무얼 그렇게 생각하셔요? 네?"

하고 한 마디 건너보았으나 일영은 긴 한숨으로 대답할 뿐 어디선지 멀지않은 곳에서 처량하게 구슬픈 곡조를 꺾어 넘기는 단소 소리가 들려온

오일영 : 남궁운
이혜경 : 김정숙

다. 바위 하나를 격해서 몰래 와 숨어 앉은 흥렬이가 두 사람의 애달파하는 양을 바라보며 겸하여 자기의 신세를 돌아보고 터전만 남은 고향과 소식조차 알 길 없는 가족을 생각하매 창자가 끊어질 듯한 회포를 스스로 금할 길 없어 한 자루 단소에 영탄의 곡조를 붙여 불고 있는 것이다.

일영은 이제야 찬찬히 입을 열어

"운명을… 우리의 운명을 생각하고 있습니다!"

하고는 머리를 수그려 물속에 비추인 혜경의 얼굴을 힘없이 들여다본다.

"참말 알 수 없는 것은 사람의 운명이야요 우리가 이렇게 만날 줄이야 꿈엔들 생각해본 적이 없었건만…"

말이 끝나며 손수건으로 입을 가리고 기침을 시작한다.

흥렬이가 부는 단소 소리는 그칠 줄 모르고 두 사람의 영혼을 얽어매었다 풀어놓았다 하다가는 그 여음이 실낱같이 가늘게 공중으로 사라진다.

14회, 1926.11.23.

2 만나기만 하면 무슨 말이든지 시원스럽게 터놓고 하리라 벼르고 벼르다가 다시 얻기 어려운 조용한 기회에 두 사람은 지척에 앉았건만

'나는 당신을 사랑합니다' 하고 시원스럽게 확 뿜어낼 만한 용기는 둘이
다 없었다. 이제까지 이성과의 접촉이 없었던 그들은 비겁하다고 할 만
치 수줍어서 피차에 그리던 사람의 얼굴이언만 똑바로 쳐다보지도 못하
고 표현할 수 없는 감격에 가슴만 울렁거린다.

○

자동차에서 허둥지둥 뛰어내린 준상이는 모터보트를 잡아탔으나 으슥
한 바위 그늘에 숨은 혜경의 그림자는 쉽사리 찾아내기 어려웠다. 그래
서 연안 일대를 구석구석 뒤지기 시작한 것이다. 신비스럽다고 할 만치
고요하던 강 위에 적막을 악마가 이빨을 맞추는 소리 같은 발동기 소리
로 어지러트리고 한강 한복판을 가르며 가까이 닥쳐올 때 바위 위에서
새끼를 지키는 사자와 같이 두 사람의 거동을 살피고 있던 흥렬의 날카
로운 눈이 약빨리 준상이가 타고 오는 것을 발견하였다.

○

삼십 분 후.

바위 그늘의 일영과 혜경은 '마부시'에 오른 누에가 실을 뿜어내듯 한
번 시작된 이야기가 끊길 줄 모르고 풀려나왔다. 혜경은 자기 집안 형편
과 지금 서울서 지내는 고생스러운 사정을 이야기하고 날이 갈수록 몸이
쇠약해가는 것을 말하매 일영이는 자기가 당한 것과 같이 혜경의 처지를
동정하고 그의 신병을 염려하여 속히 의사의 진찰을 받기를 권하고 날을
정해서 병원에 같이 가보자고 약속하였다.

혜경은 한참 동안이나 말이 없다가

"그런데 시골댁에는 누구누구 계셔요?"

하고 대답하기 거북한 말을 물었다. 일영은 서슴지 않고

"늙은 어머니가 계십니다."

하고 대답은 하였지만 눈앞에는 벌써 그의 아내가 나타나 혜경과의 사이를 가로 막아서며

"나는 당신 한 분만을 생각하는 당신의 아내입니다."

하며 너무나 고적한 자기의 신세를 생각하며 하소연하는 듯하다.

혜경은 여무지게도 똑똑한 음성으로

"그러구요, 또 누가 계십니까?"

하고 바짝 캐어묻고는 일영의 얼굴에 샛별 같은 시선을 뒤집어씌우며 그의 입에서 무슨 말이 떨어지는지 조급히 그 대답을 기다린다.

이 순간에 일영의 머릿속에는 두 가지 대답이 서로 다투었다. 한참 동안이나 주저하다가 '나는 아직 독신입니다' 하는 대답이 입 밖을 튀어나오려고 입안에서 뱅뱅 돌 때에 속일 수 없는 양심의 혓바닥을 속으로 끌어들였다. 일영은 용기를 내어

"…아내가 있습니다!"

하고 바른 대로 토해버렸다. 이 대답 한 마디는 참으로 혜경의 머리 위에 떨어지는 청천의 벽력이었다. 숨기려 하여도 숨길 수 없는 절망의 빛이 떠돌자 일영의 무릎에 얼굴을 푹 파묻었다.

일영은 뜨거운 눈물이 무릎 위에 배어드는 것을 느끼매 참을 수 없고 설움이 북받쳐 올라왔다.

혜경은 어린애처럼 일영의 무릎에 매어달려 흑흑 느끼며 운다. 일영은 입술로 눈물을 깨물고 들먹거리는 혜경의 등을 어루만지며

"혜경 씨!"

하고 가만히 불렀다. 혜경은 반쯤 머리를 들며

"네?"

하고는 다시 고개를 수그리고 남자의 얼굴을 바로 쳐다보지 못한다. 일영은 몸을 반쯤 일으키며 힘껏 혜경의 손을 잡았다. 일영의 심장에 끓어오르는 뜨거운 피가 혜경의 혈관으로 쏟아지듯 흘러들어 전신

강홍렬 : 나운규

에 퍼졌다가는 다시 일영의 몸으로 돌아 들어오는 듯 두 사람은 서로 자기의 몸이 어디 있는 것을 찾지 못하는 것 같다. 일영은 열에 띄운 사람같이

"혜경 씨 혜경 씨 혜경 씨!"

하고 연거푸 불렀다. 그리고

"나는 혜경 씨를 사랑합니다!"

하고 부르짖듯 하였다. 이 한 마디의 말은 혜경의 가슴을 또 한 번 전기를 통한 쇠끝으로 찌르는 듯하였다.

혜경은 눈물을 씻으려고도 하지 않고 일영을 쳐다보며

"저를 누이동생처럼 사랑해주서요 네, 일영 씨!"

일영은 조금 머리를 흔들며

"내 마음을 내가 속이지는 못하는 것이야요 나는 당신을 누이처럼 사랑할 수는 없습니다."

"그렇지만 어떡해요? 부인이 계시지 않아요?"

일영은 흥분한 어조로

"아닙니다! 우리 어머니의 며느리며 내게 고맙게 해준 은인이 될지언정 결단코 나와 평생을 같이할 내 아내는 아닙니다."
하고 힘 있게 부르짖었다. 홍렬은 단소 불기를 그치고 두 사람을 찾아 그 옆에까지 와서 엿보고 있는 준상이를 한바탕 골려 줄 궁리를 하고 있다.

😀 15회, 1926.11.24.

중역실

[1] 준상이가 두 사람이 있는 곳을 발견해서 그 근처에 배를 멈추고 몰래 이야기하는 것을 엿들으려고 바위 등성이로 기어오르려 할 즈음에 머리 위에서 나무가 흔들흔들 하더니 모래와 잎새가 우수수하고 떨어진다. 준상이는 머리끝이 쭈뼛하여 사방을 살펴보았지만 아무것도 눈에 띄는 것이 없다. 이상스럽다 하고 발을 옮겨 디디려한즉 또 우수수 소리가 나며 이번에는 무엇이 그런지 모래를 한 움큼이나 얼굴에다가 끼얹는다. 준상이는 겁이 더럭 나서 발을 헛딛고 얼떨결에 바위 위에서 미끄러져 물속으로 굴러 떨어졌다. 요행히 물이 깊지는 않아서 허우적거리고 뱃전을 붙들고 올라가다가 그래도 두 사람이 있는 곳이 궁금해서 기웃거릴 적에 커다란 돌멩이가 언덕 위로 굴러내려 풍덩하고 준상이 몸뚱이에 물을 흠씬 뒤집어씌웠다. 준상은 가슴이 덜컥 내려앉는 듯 놀라 언덕 위를 쳐다보았지만 역시 아무것도 없고 난데없는 시꺼먼 그림자가 달빛에 어른거린다. 에고머니! 시꺼먼 그림자가 또 따라왔구나, 하고 겁쟁이 준상이는 모터보트에 뛰어올라 핸들을 막 돌려 뒤도 못 돌아보고 내뺐다. 준상이가 줄행랑을 한 후에 바위 위로 넌지시 넘겨다보는 것은 홍렬의

오일영 : 남궁운

웃는 얼굴이었다.

흥렬이는 무슨 까닭으로 위조편지까지 하여 가며(그 전날 두 사람이 받은 편지는 흥렬이가 한 것이었으니 아직도 두 사람은 서로 속고 있다) 모든 일을 제쳐놓고 쫓아다니며 그들에게 만날 기회를 만들어 주고 극력으로 혜경의 신변을 보호해주는지 그의 행동을 이해하고 마음속을 짐작하는 사람은 아직 하나도 없다.

×

일영과 혜경은 준상이가 자기네의 행동을 노려보고 간 것도 알지 못하고 강가에 별 가루를 뿌린 듯한 흰 모래를 밟으며 손길을 마주잡고 거닐었으니 어느덧 고기잡이배의 불도 꺼지고 달도 기울었건만 짧은 여름밤 안타깝게 흐르는 시간의 십 분 이십 분— 삼경이 지나도록 두 청춘의 속삭임은 그칠 줄 몰랐다.

○

며칠 후에 혜경의 병이 거의 만기가 된 폐결핵이라는 놀라운 진단을 받았다. 당자의 절망은 말할 것도 없거니와 일영의 고민도 극도에 이르렀다. 둘이 다 씻은 듯 부신 듯 가난한 터에 이태 동안이나 전지정양을 해야 살아날 희망이 있겠다는 의사의 말을 듣고 병원 문밖을 나설 때에는 강도질이라도 할 결심을 하였다.

○

어느 날 오후.

고려흥산회사에서 서기 두 명을 급히 사용하겠다는 광고를 본 일영이는 무슨 노동이든지 해서 혜경의 치료비를 대어줄 결심을 하고 길거리로 나섰다. 그 전날 저녁부터 먹을 것이 없어 오늘 오후까지 생으로 굶고 자리 속에서 주린 창자를 뒤틀다가 벌떡 일어설 때에는 머리가 핑핑 내둘리고 다리가 헛놓였다. 골목을 나서서 큰길을 걸으려니까 하늘빛이 노래지며 어찔어찔하건만 나머지 기운을 바짝 차리고 앞만 보고 걸었다. 설렁탕집 앞을 지나갈 때 훈훈한 김이 서려나오며 일영의 얼굴에 훅 끼친다. 일영은 마른 침을 삼키고 몇 간통을 걸어가려니까 선술집 석쇠에 이글이글 굽는 너비아니 냄새가 코를 찌르며 비위를 끌어당긴다. 일영은 고개를 홱 돌려 냄새를 피하며 비슬비슬 길모퉁이를 걸어 겨우 고려흥산회사라는 간판이 붙은 삼층 양옥집 앞에 다다랐다. …서기는 일영을 중역실로 안내하였다. 중역실에는 준상이가 장부에 도장을 찍고 있다가 오일영이란 사람이 직업을 얻으러 왔다는 보고를 듣고 한참 동안이나 무엇인지 생각해 본 뒤에 불러올리라고 한 것이다.

일영이가 중역실 도어를 열고 그 안으로 발을 들여놓으며 맞은쪽을 바라보니까 뜻밖에 준상이가 여송연을 질겅질겅 씹으며 큰 의자에 거만스럽게 걸어앉았다. 일영은 우선 반가웠다. 어쨌든 삼사년 동안이나 날마다 얼굴을 대하던 동창이었으므로— 그러나 벌써 두 사람 사이에는 계급의 성벽이 두껍게 쌓였고 또 한편으로는 생명이라도 걸고 싸워야할 사랑의 적인 것이었다. 일영은 언뜻 반가운 김에

"어 임준상…."

하고는 의식이 돌며 생각하니 임준상이라는 이름 밑에 씨 자를 붙여야 옳을지 군 자를 붙여야 옳을지 망설이지 않을 수 없었다.

16회, 1926.11.25.

지주와 작인

[1] 준상은 제가 이때까지 해온 지저귀는 일영이가 조금도 모르는 줄만 알고 혜경의 이야기를 멀리 둘러서 끄집어내며 일영의 속을 떠보려고 들었지만 준상이쯤이 덜미를 짚는다고 속아서 배알을 뽑히는 일영은 아니었고 도리어 준상의 뱃속이 빤히 보였을 뿐이다.

거의 한 시간쯤 뒤에 일영은 무엇엔지 가슴을 눌리는 듯한 중역실을 벗어져 나와 층층대 난간에 한 팔을 짚고는 휘유— 하고 한숨을 길게 내쉬었다.

일영은 입술을 깨물어가며 모든 것을 참고 내일부터 준상의 밑에서 일개 서기생이 되어 사무를 보아주기로 하였고 준상은 선뜻 일영에게 직업을 주어 생색을 보인 뒤에 그를 정실관계로 얽어매어서 사오십 원 월급으로 매수를 해둘 필요가 단단히 있었던 것이다.

○

사오 일 후.

일영과 혜경의 사이가 점점 가까워지며 어떤 때에는 대담스럽게 신혼한 부부처럼 길거리를 나란히 서서 다니더라는 소문을 탐지한 준상이는 무서운 그림자가 줄창 따라다니는 혜경에게 직접 손을 대다가는 또 무슨 봉변을 당할지 겁을 집어먹고 이번에는 간접으로 활동을 개시하였으니 첫 번 착수로 전보를 쳐서 자기 마음대로 부릴 수 있는 혜경의 아버지를 급작스레 불러올렸다.

　　×

…저녁밥을 잘 대접한 뒤에 준상은 혜경의 부친을 불러 앉히고 시골 사정을 몇 마디 물어보고 나서

"자네 집 지내는 형편과 금년 연사는 대강 들어서 짐작하겠네만 근자에 좀 옹색한 일이 있어서 자네가 보아 내려오던 아랫마을 스무 섬지기와 자네집 앞에 밭 여덟 메가리가 다른 사람에게로 넘어가게 되었는데 의논 한 마디 안 할 수 없이 올라오라고 한 것일세."

혜경의 부친은 기가 컥 막혀 눈을 크게 뜨고 머—하니 답주의 얼굴을 쳐다보다가 손을 부비며

"소인이 삼대째나 보아오던 논을 떼시겠단 말씀이오니까?"

준상은 흘깃 곁눈으로 놀라는 눈치를 보고 태연히 고개를 끄덕이며

"응 사정은 좀 박절하지만…."

한 마디 해 내던지고 위엄스럽게 시침을 갈긴다. 혜경의 부친은 엎드려 빌 듯하매

"사세부득이 내립시는 처분이옵지마는 수다식구가 농사 때에 떼거지가 나오니 너무 박절하지 않으시오니까? 소인이 잘못한 일이 있거들랑 한번만 사해줍시고…."

하고는 늙은이는 목이 메어 애원하였다.

…준상이는 다짜고짜 늙은이에게 큰 위협을 주어 머리를 못 들게 짓눌

러 놓고 한참 말이 없이 거동만 살피다가 슬쩍 혜경의 이야기를 둘러대었다. 제 지각이 날 만한 장성한 처녀의 몸으로 학교를 마치고도 근친을 가지 않고 일없이 서울에 머물러 있으며 놓아먹인 말 모양으로 갈 데 못갈 데 없이 싸지르고 돌아다니는 것이 천부당만부당한 일인데다가 얼마 전부터 어떤 자와 얼려 다니다가 못된 병까

혜경의 부친 : 김갑식(金甲植)
임준상 : 주인규

지 옮아서 병원 출입을 한다는 소문을 듣고 내 집에라도 데려다 두려고 몇 번이나 전위해서 찾아갔건만 유숙하는 곳에도 붙어 있지를 않아서 만나보지를 못했노라고 도리어 부모가 감독을 잘못하는 양으로 늙은이를 준절히 꾸짖듯 하였다.

혜경의 부친은 영문도 끌려 올라오자 천만뜻밖에 목숨줄이 끊어져 앞이 캄캄한데다가 맏아들 겸 태산같이 믿었던 딸자식까지 버렸다는 말을 들으니 놀라움이 지나서 얼빠진 사람처럼 정신을 차리지 못하고 두 팔을 늘어뜨리며 펄썩 주저앉은 채 말문이 막혔다.

준상은 헉헉 느끼기만 하는 혜경의 부친을 내려다보며 나직한 목소리로 어린애를 달래듯이

"허나 잠시 보아도 위인은 매우 똑똑한 모양인데 아직도 나이가 어려서 경험이 없는 탓으로 일시 발을 그릇 들인 것이니까 그다지 염려할 것은 없겠지. 이 앞으로라도 상당한 사람이 잘 지도만 해주면 지난 일이야 그다지 숭 될 것이야 있겠나. 하여간 그 병 때문에 큰 걱정인 걸… 진찰

을 하여 보았다는 의사가 마침 내 집에 다니는 사람이 되어서 자세히 물어보니까 이태 동안이나 썩 호강스럽게 지내야 완치가 되지 그렇지 않으면 올해를 넘기지 못하리라고 하던데 자네헌테 그만한 재력이 있겠나?"

하고 슬그머니 제게다가 혜경을 맡겨달라는 눈치를 보였다.

😊 17회, 1926.11.26.

산 제물

[1] 밤이 늦도록 의논을 한 끝에 팔려고 하던 전답은 아직 넘기지 않기로 보류를 해두고 그 대신으로 혜경이를 준상의 집에 맡겨두고 치료를 받게 하도록 당자의 의견은 물어보지도 않고 자기네끼리 작정을 해버렸다. 그 이튿날 아침 일찍이 혜경의 아버지는 딸을 찾아가서 홧김에 눈이 빠지도록 혜경을 꾸짖고 나서 준상의 집에 가서 있으라고 명령을 하였다.

아무리 친아버지 앞이라도 오장을 꺼내어 뒤집어 보일 수 없으니 무정 지책을 들어도 발명 한 마디 해볼 수가 없었다. 그러나 아무렇게나 명령대로 순종할 수 없어서

"아버지! 다른 말씀은 다 복종하더라도 그의 집에는 죽어도 가 있기가 싫어요!"

하고 쏘아붙이듯 하고 모진 결심을 보였다. 몇 달 전에 준상의 독수에 걸려 하마터면 유린을 당할 뻔하였다는 말까지 해버리려고 하였으나 차마 말이 나오지를 않아서 덮어놓고 못 가겠다고 악지를 쓰니까 속 모르는 아버지는 다른 생각이 있어서 그러는 줄만 알고

아버지 : 김갑식
딸 : 김정숙

"글쎄 이것아! 지각이 없어도 분수가 있지 그 양반 말씀을 듣지 않고 비위를 건드렸다가는 집안 식구가 굶어 죽을 수밖에 없지 않으냐? 아무리 신식공부랍시고 했다기로서니 부모가 있고 네 몸뚱이가 생겨났겠지 그래 별 효도는 못할지언정 어미아비가 쪽박을 차고 행길 바닥에 나가앉는 꼴을 네 눈깔로 보아야만 시원하겠니?" 하고는 천장이 얕더라고 펄펄 뛰며 몸부림을 한다. 혜경은 어쩔 줄을 몰랐다. 아무리 부녀 사이에 이해는 없다손 치더라도 늙은이가 금세로 동풍이나 될 듯이 날뛰는 모양이 몹시 가엾어 보일 뿐 아니라 여생이 얼마 남지 못한 늙은 부모와 철모르는 어린 동생들이 기한에 떨고 있는 것을 바로 눈앞에 보는 듯해서 쥐구멍이라도 있으면 머리를 틀어박고 싶었다.

그러나 아무리 사정이 박절하기로 집안 형편만 보아 준상에게로 가자 하니 처음에는 병을 고쳐준다는 핑계로 끌어다가 개 도야지 모양으로 먹여두고는 연약한 자기의 살을 짓이겨 놓고야 말 것이 뻔—한 수작인즉 부모를 살리는 것도 좋은 일이지만 자기의 몸뚱어리도 그다지 값싼 것은 아니었다. 더구나 자기의 등 뒤에는 생명이라도 희생할 각오로 사랑해 주는 일영이가 있지 않은가!

혜경은 참으로 안팎곱사등이가 되어 옴치고 뛸 수가 없었다. 한참 동안이나 아버지의 사설을 듣고 있으려니까 머리가 터질 듯이 아파오고 기침이 몹시 나서 아픈 가슴을 짜내어 담을 한 덩어리나 뱉고는 방바닥에 배를 깔고 폭 엎드린 채 정신을 차리지 못한다.

아버지는 딸이 기절이나 한 줄 알고 허겁지겁 냉수를 떠다가 입을 축여주고 다리팔을 주물러준다.

한참 만에 혜경은 몸을 일으키고 머리를 들어 아버지를 쳐다보았다.

어느덧 아버지의 찌푸렸던 얼굴은 구름이 걷힌 장마 뒤의 하늘같이 노염이 풀리고 어려서 그의 무릎에 매어달려 응석을 부릴 때에 사랑에 겨워 벙긋이 웃고 내려다보던 때와 조금도 변함없이 자비하였으나 고생살이에 찌든 그의 얼굴에는 주름살 잡힌 뺨을 흘러내린 눈물의 흔적이 보인다.

눈물 한 겹을 격해서 아버지와 딸의 얼굴이 한참 동안이나 서로 바라다보는 동안에 길을 잃었던 병아리가 어미의 따뜻한 날개 속을 기어들듯 병들고 고단한 혜경의 몸은 옛날과 조금도 변함없이 자애 깊은 아버지의 품속에 안긴 것을 깨닫자 다시금 뜨거운 눈물이 앞을 가리었다. 혜경은

"아버지!

하고 부르고는 아버지의 무릎에 얼굴을 부비며 느껴 운다.

이해는 있건 없건 가장 깨끗한 사랑으로 제 몸을 길러준 이 세상에서 제일 가까운 친어버이였고 밉건 곱건 핏줄이 켱기는 자기의 골육이었다.

아버지는 딸의 머리를 쓰다듬어 주며 목이 메여

"혜경아! 늙은 마비가 평생 처음으로 네게 청하는 일을 못하겠다고 그렇게 고집을 세워야 옳단 말이냐? 이렇게 몸이 파리하도록 병이 든 줄도 모르고 있던 아비의 마음은 칼로 에이는 것 같구나."

하고는 홀쩍이며 코를 마신다.

18회, 1926.11.27.

2 그날 밤 혜경이는 잠시도 눈을 붙여보지 못하고 자살이라도 해버릴 생각을 하며 밤을 밝혔다. 극도로 고민한 끝에 히스테리 증세가 발작됨인지 '예라 내가 살면 무엇이 그다지 행복하랴' 하고 자포자기를 하게 되었다. 폐결핵을 아무도 고쳐보지 못한 병이라 하니 방금 자기의 폐를 버러지가 나뭇잎사이를 쏠 듯 병균이 좀먹어 들어갈 것이다. 죽을 날짜를 손꼽아 가며 앞으로 한두 해 동안을 구차스럽게 산단들 다 닥치는 곳은 차고 쓸쓸한 무덤속이 아니냐. 연애도 결혼도 귀찮은 장난 같고 원만한 가정을 꾸며보려던 것도 망령된 공상이었을 뿐이요 죽음만이 눈앞에 기다리고 있는 터에 행복이란 것도 결국 미신일 따름이다. 아아 잠시 이 세상에 목숨을 붙이기가 어찌 이다지도 괴로우냐? 주위의 모든 사람은 무슨 업원으로 촛불로 날아드는 나비의 신세 같은 이 몸을 달달 볶아서 죽을 날도 편안히 기다리지를 못하게 하는가.

혜경의 마음은 절망의 함정 속에서 헤매었다. 허리띠를 풀어가지고 몇 번이나 대들보를 쳐다보았다. 그러나 그럴 때마다 일영이가 달려들어 자기의 목을 먼저 얽고 매어달리는 듯

'그이나 한번 마지막으로 만나보고 꼭 한번만 만나보고….'
하고는 끄나풀을 요 밑에다가 감추었다. 일영에게 대한 애착심은 아직도 남아 있어서 혜경으로 하여금 얼핏 자살도 하지 못하게 하였다.

×

그 이튿날 혜경은 준상의 집에 가서 계집종 노릇이라도 해주겠다고 승

낙을 하고 아버지를 위로시켜서 시골집으로 내려 보냈다. 이왕 죽을 목숨인 다음에야 저를 낳아서 이십년 동안이나 먹여 기르고 알뜰하나마 이 세상 구경을 시켜준 부모의 은혜나 갚아드려 늙은이들이 굶어 돌아가는 꼴이나 보지 않을 생각으로 산 제물이 되어 그 가냘픈 육체를 준상에게 바치려 하였던 것이었다.

오일영 : 남궁운
임준상 : 주인규

고려흥산회사 붉은 벽돌담에 석양이 나머지 빛을 던질 때 이른 여름 긴긴 하루해를 그 집속에 갇혀서 일을 하는 회사원들은 몸이 솜같이 피곤해서 풀기가 하나도 없이 회사문 밖으로 풀려나온다. 거기에는 일영이도 섞여 나온다.

등 뒤에서 일영의 어깨를 짚는 사람이 있어서 돌려다보니 그는 준상이었다.

"여보게 일영 군. 출출한데 오래간만에 우리 한잔 해볼까? 참 자네는 술을 못하지. 그럼 내 집에 가서 저녁이나 같이 먹세."

하고는 여간 사람이 길에서 인사를 해도 모가지가 칠성판 위에 굳어 붙었는지 뻣뻣하던 준상의 머리가 웬일인지 고분고분해지고 청좌를 하는 품이 매우 은근하다. 일영은 뒤통수를 긁적긁적하며

"글쎄요"

하고는 못하겠다는 핑계가 얼른 생각이 나지를 않아서 우물쭈물할 때에

준상은

"일하는 데서는 자면할 수 없이 약간 차별이 없을 수 없지만 회사 문 밖을 나서면 우리야 동창에 친구가 아닌가. 자 허물치 말고 우리 집으로 가세."

하고 일영을 끌어당기다시피 한다. 일영은 그 말씨가 비위를 뒤집어 놓는 듯 아니꼬웠지만 꿀꺽 참고 준상의 뒤를 따라가 보았다.

×

대문 중문 협문을 지나들어 사랑 마당 수청방을 거쳐서 응접실로 통한 준상의 서재로 일영은 안내되었다. 준상이는 친히 저녁 분별을 하러 들어간 사이에 떠들어보지도 않은 금자박이 원서를 꽂아놓은 책상 속을 기웃거리다가 양말구멍이 뚫어져서 알젖이 뾰죽히 내민 것을 내려다보고 혼란한 무늬로 수놓은 양탄자 위에서 발가락을 꼼지락거려 알젖을 감추러 보려고 한다.

준상이는 우선 목이 마를 터이니 냉차나 한 컵 마시자고 얼음에 채운 맥주와 빙과를 내온다. 일영이는 목이 컬컬하던 김에 연거푸 두 컵이나 마셨다. 공복에 술기운이 들어가 일영의 얼굴은 불그레하게 놀이 질린다.

😊 19회, 1926.11.28.

3 저녁상을 물린 뒤에도 준상이는 일영에게 독한 약주를 권한다기보다도 억지로 먹였다. 요리 정책을 써서 우선 입을 씻겨 놓고 독한 술로 잔뜩 흥분을 시킨 뒤에 일영이가 근자에는 혜경에게 대해서 어떠한 태도를 가지고 있으며 사랑을 한다면 그 열도가 얼마만한 정도까지 올라간 것을 엿보고 나서 뱃속에 감춘 제 술책으로 일영이마저 얽어 집어넣어

혜경을 데려오는 데 아무 장애가 없도록 예방선을 쳐놓는 것이었다.

준상이는 마침내 혜경의 이야기를 끄집어내었다.

"여보게 일영군. 실상인즉 오늘 저녁에 자어하고 좀 의논해둘 일이 있네. 자네하고 지금 연애하는 여자 말일세. 그 여자가 불일간 내 집으로 와 있게 되어서."

일영은 깜짝 놀라지 않을 수 없었다.

"뭐? 혜경 씨가?"

하고 커다란 눈으로 준상을 쳐다보았다. 준상은 침착한 태도를 보이며 가라앉은 목소리로

"자네가 놀라는 것은 무리가 아니겠지 그렇다고 결단코 나를 오해하지는 말게. 자네도 알다시피 나는 아내와 자식까지 있는 터에 하필 죽마고우라고 할 만한 자네의 사랑하는 여자를 가로채어 빼앗을 그러한 불의의 짓이야 하겠나. 그만큼은 자네가 나를 신용해 주겠지…."

하고 나서는 자기의 '마름'인 혜경의 부친이 딸의 병보를 듣고 올라와서 억지로 떠맡기며 병을 고쳐주기를 애원하므로 대단히 부질없는 일이요 자기로서는 거북한 일이 많아서 맡아둘 수가 없다고 고집을 세워보았지만 곰곰 생각해보니 사정이 하도 딱하고 자기의 금력으로 도와주지 않으면 똑똑한 젊은 여자 하나를 자기 손으로 죽이는 것 같아서 마지못해 데려다두기로 하였다는 말을 한 후에 자기 아내가 병구완까지 해줄 책임을 지다시피 하였노라고 안심을 시켜 놓고서

"자네 앞에서야 무슨 말을 못하겠나. 실상인즉 학교에 다닐 때에 자네와 같이 그 여자를 처음 보았을 때는 아닌 게 아니라 뒤도 밟아보고 간접으로 귀찮게도 굴었던 적이 많은 그 여자가 내 마름의 딸인 것을 안

다음에는, 또 자네와 피차에 사랑하는 사이가 되었다는 소문을 들은 뒤에는 맺고 끊은 듯이 아주 단념을 해버렸네. 그러니 자네도 박봉을 가지고 도저히 그 사람의 뒤치다꺼리까지는 할 수 없을 터인즉 그 일로 너무 고통을 받을 것이 없이 병이 웬만큼 차도가 있을 때까지 자네의 애인을 내게 맡겨주면 맹세코 친구로서의 신의는 지켜줌세."

×

준상의 태도는 점잖고도 꽤 진실하였다. 머릿속이 죄여드는 듯이 긴장되었던 마음이 알코올 기운에 풀어져 약간 냉정한 이성(理性)을 잃은 일영의 귀에는 처음으로 준상의 입에서 제법 인간미가 있는 참된 말을 듣는 듯 모든 것이 호의로만 해석되었다.

일영이는 눈을 감고 입술을 깨물며 한참 동안이나 말이 없었다. 귓바퀴에서 잉잉 소리가 들리도록 응접실 안은 무거운 침묵이 흐르며 벽이 찢어질 듯이 긴장된 기분으로 가득 찼다.

×

아까부터 준상의 아내가 나와 응접실 도어를 빠끔히 열고 두 사람 이야기를 엿듣고 있다.

×

일영은 벌떡 일어서며 곁에 있는 맥주병을 거꾸로 잡고 데스크 모서리에다 후려갈겼다. 모가지가 부러진 맥주병은 픽 소리를 내며 거품과 술이 물 끓듯 용솟음을 치다가 쏟아져 흐른다. 일영은 술병을 번쩍 들고 단숨에 들이마시고는 마룻바닥에다가 메다 부쳤다.

더운 김을 훅훅 뿜어내는 일영의 입에서는 피가 흘러내린다. 한 오 분 동안이나 발이 들러붙은 듯이 꼼짝도 안하고 서 있다가 비틀걸음을 걸어

준상의 앞에 가서 폭 엎드리며 무릎을 꿇었다.

"준상이! 나는 자네 앞에 무릎을 꿇었네. 사랑하는 사람을 위해서 자네의 우정을 믿고 사나이 자식이 무릎을 꿇었네! 혜경 씨는 참으로 가엾은 여자—일세. 마음껏 치료도 해보지 못하고 말라죽는 것을 차마 어떻게 볼 수가 있겠나?

오일영 : 남궁운
임준상 : 주인규

나중에는 어떻게 되든지 자네가 그 사람을 내 가슴에서 빼앗아가는 한이 있드래도 우선 그의 목숨만을 붙들어 주게!"

일영은 울음을 섞어 느껴 떠는 목소리로 애원하였다.

준상은 빙긋이 웃으며 일영의 하는 모양을 내려다보다가

"염려할 것 없네. 자네가 지금 한 말을 잘 기억이나 해두게."

하고 단단히 뒤를 다졌다.

😎 20회, 1926.11.29.

별장

① 그날 밤 자정이나 되어서 준상의 집을 벗어져 나온 일영이는 그 길로 혜경의 숙소를 향하여 발꿈치를 돌리고 큰 길로 나서자 산산한 바람이 속옷 속으로 스며들며 제 입에서 나는 술 냄새가 물큰 찌른다. 일영은 손수건으로 입을 가리고 급히 걸었다. 혜경의 집 가까이 이르렀을 때 골목 안으로부터 앞뒤 패를 지른 인력거 한 채가 풍우같이 돌아 나온다. 우비를 씌워서 탄 사람이 누군지는 알 수 없으나 어느 돈 있는 놈의 첩의 집 행차인가 보다 하고 길을 비켜주었다. 인력거는 바로 일영의 어깨를 스치고 지나갔다.

혜경의 숙소에 다닥쳐 전일에 혜경이가 알려준 법대로 대문 틈으로 칼끝을 들이밀어 살살 빗장을 밀어 벗기고 안마당에 들어서 발끝을 적이며 혜경의 문 앞으로 가까이 가서 미닫이를 똑똑 두드렸다. 방에 불은 꺼졌는데 귀를 기울여도 인기척이 없다. 잠이 깊이 들었나보다 하고 미닫이를 살그머니 열고 나직이

"혜경 씨"

하고 불러보았다. 여전히 대답이 없다. 일영은 의아해서 눈동자를 횃불같

이 둘러 캄캄한 방안을 살펴보았다. 웬일인지 맞은짝 들창이 반이나 열려 하늘의 총총한 별이 내다보이고 빈소 방같이 찬바람이 휘—돌 뿐.

일영은 성냥을 드윽 그었다. 방 한구석에는 헌 신문지와 휴지 뭉텅이가 흐트러졌고 혜경은 그림자도 찾을 수 없다. 일영은 가슴이 덜컥

그림자 : 나운규
임준상 : 주인규

내려앉는 듯 방바닥에 가 털썩 주저앉으며 아랫목에 손을 대어보니 운명이 가까워 마지막 숨을 거두어들이는 사람의 체온과 같이 아직도 미지근한 온기는 가시지 않았으나 이 자리에 누웠던 사람은 벌써 간 곳을 찾을 길 없고 쥐가 반자를 쓰는 소리만 일영의 머릿속을 박—박— 긁어댄다.

"누구냐?"

하고 안방 문을 열어젖뜨리며 선잠을 깬 주인은 소리를 빽 질렀다.

…일영은 혜경이가 벌써 준상의 집으로 간 것을 주인마누라에게 들었다. 골목바깥으로 풍우같이 몰아나가던 그 인력거— 그것은 혜경이가 타고 간 꺼먼 칠한 상여가 아니었던가?

주인마누라는 편지 한 장을 일영에게 전하였다.

　　　　×

일영 씨! 제가 죽은 줄만 아시고 찾아주지 마시기 바랍니다. 그리고 저를 진정으로 사랑해 주셨거든 이 몸의 허물을 너그러이 용서하여 주시고 지난 일은 영영 잊어버려 주시기를 비오며 만일 혜경의 무정함을 길이 용서하실 수 없거든 날카로운 비수를 제 가슴에 꽂아 주십시오 아아 당

신의 손으로나 이 몸이 죽사오면 얼마나 기쁜 마음으로 눈을 감으오리까?

×

일영은 머리카락을 쥐어뜯으며 어린애처럼 엉엉 울다가 골통이 깨어져라하고 벽에다 머리를 들부딪쳤다가 지쳐 늘어져 주인 없는 빈 방에서 하루 밤을 밝혔다.

그 이튿날 아침 여러 날을 두고 일영을 찾아다니던 흥렬에게 이끌려 노동숙박소 방구석에서 오래간만에 두 친구가 모이게 되었다.

사흘 후.

준상의 별장—.

새로 두 시나 되어서 혜경은 겨우 잠이 들었다. 혜경의 침실로 정한 방은 유리창 밖으로 우거진 수림이 내다보이는 남향한 양실이었으니 창 앞에 조그마한 침대가 놓였다.

근처에 인가도 없는 외딴 집이니 밤이면 무섭게 고적한 곳이다.

×

아닌 밤중에 침실 문이 소리 없이 열리며 시꺼먼 발이 문지방을 넘어 들어오더니 저벅저벅 혜경의 침대 앞까지 와서는 멈춘다. 이윽고 하얗고 기다란 손이 쑥 내밀며 혜경의 가슴을 헤치고 이불을 벗기려 한다— 얇은 침의만 입은 준상이었다.

혜경은 몸을 비꼬며 모로 눕는다. 준상은 한참이나 혜경의 자는 얼굴을 뚫어질 듯이 내려다보다가 기다란 손으로 내밀어

혜경의 허리를 끌어안으려 할 때 흰 이불 위에 난데없는 시꺼먼 그림자가 어른거린다. 준상은 움찔해서 창밖을 내어다보니 과연 유리창 밖에

서 그 무서운 괴상한 사람이 거닐고 있다.

준상은 겁결에 제 방으로 뛰어가서 금고 속에 넣어둔 육혈포를 꺼내어 알을 재워가지고 돌아왔다. 시꺼먼 그림자는 또 어른거린다. 총부리는 그림자를 겨냥하고 한참이나 노린다.

준상은 얼떨결에 방아쇠를 잡아 다렸다.

패—ㅇ 하는 소리와 함께 유리창이 산산조각이 나며 혜경은 침대에서 한 자 가량이나 솟았다 떨어졌다.

준상이가 쏜 육혈포 한 방에 그림자의 정체는 가슴에 손을 대이고 담 모퉁이에 가서 대번에 폭 거꾸러졌다.

🗨 21회, 1926.11.30.

② 총소리가 나자 쓰러진 사람은 홍렬이었다. 일영에게서 그 동안 지나온 경과를 자세히 들은 그는 반드시 혜경의 몸이 성한 채로 있기 어려울 줄을 알고 여러 날 전부터 밤중이면 준상의 별장 근처에 와서 무슨 계책으로든지 다시 혜경을 빼어낼 양으로 좋은 기회만 돌아오기를 엿보고 있던 것이다.

준상이는 화약 냄새가 무럭무럭 나는 육혈포를 단단히 움켜쥐고 마당으로 뛰어나갔다. 홍렬이가 넘어진 곳까지 와서는 아주 죽었는지 아직 숨이 붙어있는지 의심도 나고 하도 극성스럽게 제 뒤를 쫓아다니며 온갖 일에 방해를 놓고 철퇴 같은 주먹에 혼이 나기도 여러 번 한 그 무서운 그림자가 과연 누구이며 어떻게 생긴 사람인가 궁금해서 그 얼굴이 보고 싶었다. 그러나 아직도 혹시 어쩔까 보아 마음을 놓지 못하고 약차하면 머리에다가 한 방을 더 쏘아버리려고 방아쇠를 지긋이 잡아당기며 구두

끝으로 옆구리를 꾹꾹 찔러보다가 뒤집어 쓴 외투 자락을 벗겨 젖뜨리려고 막 흥렬의 몸에다 손을 대자 탄환에 가슴을 맞고 그 자리에 거꾸러져 즉사를 한 줄 알았던 흥렬이가 별안간 벌떡 일어나 앉으며

"이—놈! 내가 죽은 줄 알았드냐?"

하고 닭장 속에 들어간 족제비를 튀기듯 소리를 벽력같이 질렀다. 그렇지 않아도 겁을 잔뜩 집어먹은 준상이는 겁결에 방아쇠를 잡아당겨 한데다가 한방을 터뜨리고는 제 방귀에 놀라 '에고머니' 소리도 못 질러보고 뒤로 나가자빠졌다.

흥렬이는 일어나 옷에 흙을 툭툭 털고 준상의 배때기를 밟고 넘어가며 "시러베아들놈 같으니" 하고는 혜경의 침실을 찾아 뛰어들어가 사시나무 떨 듯하는 혜경을 붙들고 지금 빨리 이 집을 벗어나 도망을 하자고 성화같이 독촉을 하였다.

—호각 부는 소리—

총소리를 두 번이나 들은 순행하던 형사는 간이 콩만 해서 경관대에 전화를 걸어 비상소집을 했으므로 벌써 준상의 집을 에워싸고 십여 명이 달려들었다. 그 중에 몇 명은 담을 넘어 들어와 쓰러진 준상의 몸을 검사한다. 준상은 제가 내어던진 육혈포를 가리키며

"강도! 강도!"

하고 잠꼬대 하듯 부르짖었다.

경관들은 권총을 빼어들고 현관과 뒷문으로 별러 들어와 혜경의 침실 문 앞까지 이르렀다. 경관대가 흥렬을 체포하려고 집안으로 몰려들어오는 것을 유리창으로 내어다본 사람은 혜경이었다. 혜경은

"강 선생님! 얼핏 숨으세요! 경관대들이 선생님을 잡으려고 쏟아져 들

어옵니다. 어서요 어서요! 이리
로 들어가세요."
하고 흥렬이더러 침상 밑으로
들어가라고 발을 동동 구른다.
흥렬이는 할 수 없이 침상 밑구
멍으로 엉금엉금 기어들어간다.
혜경이는 약빨리 침상보를 마
룻바닥까지 늘여 덮어놓고 자

강홍렬 : 나운규

기는 이불자락으로 속옷만 입은 몸을 두르고 가려 선다.

흥렬이가 갑갑한 듯이 머리를 쑥 내밀고 내어다보려 할 즈음에 저벅저
벅 소리가 가까워 오다가 문이 활짝 열리며 형사 하나가 권총을 빼어들
고 들어선다. 뒤에는 정복순사가 따라 들어온다. 내밀었던 흥렬의 모가지
는 자라 모양으로 움찔하고 들어갔다.

혜경은 대답하였다.

"에구머니나!"

소리를 지르고 침대로 뛰어올라가며

"여자가 자는 방에 함부로 들어오는 법이 어디 있어요?"

하고 맵살스럽게 쏘아붙였다. 마침 앞장으로 서 들어온 형사는 준상이가
매수를 하다시피 해서 먹여 살리며 준상의 신변을 보호하는 책임을 맡아
오던 사람이었다. 그 자는

"실례올시다마는 강도놈이 이 방에 들어왔었지요?"

하고 구석구석이 뒤져보다가 침대 밑을 떠들어 보려 한다.

혜경이는 형사를 쏘아보며

85

"글쎄 어디로 자꾸 달겨 들어요? 강도놈은 이때까지 나를 붙들고 힐난을 하다가 지금 막 이 들창으로 뛰어나갔는데 인제야 와서 찾기는 무얼 찾어."

하고 저의 집 상노 놈을 꾸짖듯 하였다. 형사는 멀쑥해서 무어라고 중얼중얼 하며 나갔다. 흥렬이는 머리를 내밀고 혓바닥을 늘름거린다.

×

새벽녘이 되어 근처 마음에 닭 우는 소리가 들려올 때 흥렬은 혜경에게 이번에는 실패를 하였으나 다음 기회는 놓치지 않겠노라는 말 한 마디를 남겨놓고 준상의 집을 나와 어디로인지 그림자를 감추어버렸다.

눈에 핏줄이 질려 부근 일대에 철옹성같이 경계망을 치고 경관들이 물 부어 새일 틈 없이 늘어선 경계선을 흥렬이는 과연 무사히 벗어나갔을는지?

22회, 1926.12.01.

3 보름 후

불과 십여 일 동안에 일영은 중병이나 치르고 난 사람처럼 몸이 몹시도 파리하여졌고 껍질을 벗은 게같이 핏기가 하나도 없이 겨우 이틀에 한번쯤 회사에 간신히 출근만 하고 나와서는 혜경에게 관한 모든 일과 지난날의 추억까지도 잊어버리려고 못 먹는 술까지 마셔가며 무진 애를 썼다. 그러나 잊어버리려고 애를 쓰면 쓸수록 술잔이 들어가 얼근히 마음을 흥분시킬수록 새록새록 혜경이가 가엾고 불쌍하고 그립고 못 잊혀 하늘을 쳐다보고는 한숨을 짓고 밤이면은 밤마다 눈물로 베개를 삼았다. 일영은 아쉬운 마음에 혜경의 병이 더치지나 않고 과히 고민이나 하지 않는지 안부나 알고 싶었으나 오후 한 시쯤이나 되어 사진을 했다가 회사 안을 휘돌아보고만 나가는 준상을 붙들고 혜경의 소식을 묻기는 싫었다.

어느 날 오후 일영이는 준상이가 지방 출장을 나간 기회를 타서 혜경을 별장으로 찾아갔다. 먼발치로 혜경이가 별 탈 없이 지내는 것이나 바라다보고 돌아오리라 하고 그 근처에 가서 빙빙 돌며 혜경이가 혹시 정원에 나와 거닐지나 않나 하고 담 안을 기웃거리다가 예라 이왕 온 김에 정식으로 면회를 청하리라 하고 현관으로 들어섰다. 집안에서는 피아노 소리가 들린다. 그 피아노 곡조는 전일에 혜경이가 답답하면 군소리하듯 나직이 부르던 귀에 익은 <트로이메라이>(환상곡)였다.

하녀가 나와 명함을 가지고 안으로 들어가자 피아노 소리는 그쳤다. 조금 있더니 하녀가 가지고 들어간 명함을 다시 들고 나와서

"혜경 아씨는 오신 손님을 아시지도 못할 뿐더러 당초에 어떤 분이든지 만나보지를 않으십니다."

한 마디 해 내던지고는 뒤도 돌아다보지 않고 들어가 버린다.

일영이는 어이가 없어서 가도 오도 못하고 섰다가 분한 마음을 참지 못하고 안으로 뛰어들어가 너무나 혜경이가 무정함을 책망이라도 하고 싶었다.

×

한편으로 혜경이도 일영을 오해하였다. 그를 열렬히 사랑하였더니 만큼 저는 아무리 모진 편지 한 장을 남겨놓고 만나 의논 한 마디도 없이 떠나왔기로서니 벌써 한 달이나 거진 되어가도록 어쩌면 소식조차 전치 않고 지내나 하고 계집애 마음은 야속하였다. 그런데다가 일영이가 준상

오일영 : 남궁운
이혜경 : 김정숙

의 앞에 무릎을 꿇고 혜경의 일신을 부탁할 때에 그 거동을 엿보고

"자네가 그 여자를 내 가슴에서 빼앗아가는 한이 있드래도 우선 목숨만 붙들어주게."

한 일영의 말을 엿듣고 들어간 준상의 아내는 입이 궁금해서 말을 참지 못하고 또한 미욱하게도 혜경을 시기하는 마음으로

"나는 도저히 그 여자의 뒤를 대줄 수도 없고 병이 중하니 데려다가 치료만 해준 뒤에는 나는 절대로 상관을 하지 않을 터이니 그 뒷일은 자네 맘대로 조처를 하게."

하고 아주 귀찮고 진력이 나서 물건처럼 마음대로 고쳐서 사용을 하라고 준상에게 떠맡기고 갔었느니라고 될 수 있는 대로 그럴듯하게 거짓말을 보태서 혜경에게 전하고 나서는

"어쩌면 사나이가 친구 앞에 무릎을 꿇고 눈물을 질질 흘리고… 퍽도 못나게 굽다."

하고는 입을 비쭉거리며 승을 보았다. 처음에는

'그이가 그렇게까지 했을 리가 만무하다.'

하고 곧이듣지 않던 혜경이도 안부 한 마디 전치 않고 영영 모른 체를 하는 것을 보고

'남자란 그놈이 그놈이로구나.'

하였다. 설사 일영과 연애관계를 계속한다 하더라도 본처가 있는 사람이라 결국은 첩 소리를 듣기는 마찬가지니 남에 못할 노릇을 할 뿐이 아닌가 하였고 또 한편으로는 어쨌든 이때까지 진정으로 사랑해 오는 사람에게 병을 전염시켜 줄 염려도 없지 않아서 어쨌든 일영을 아주 잊어버리고 모든 것을 단념하려고 단단히 결심을 하고 있었던 것이다.

×

일영은 준상이도 없는 터에 자기를 문전의 걸객 모양으로 취급을 하고 번연히 집안에 있으면서도 잠시 만나주지도 않는 혜경의 심정을 추측하기에 힘이 들었다.

'그만 두어라. 들어가 보면 무얼 하랴. 순결하던 네 마음까지 벌써 돈 있는 놈에게 빼앗겼구나!'
하고 홱 돌아서 나왔다.

문간에서 어쩔 줄을 모르고 괴로워하다가 말없이 돌아서 가는 일영의 뒷모양을 창밖으로 바라본 혜경이는 너무나 가엾은 마음을 참을 수 없었다. 아무리 큰 오해를 품었더라도 그는 엊그제까지 제 몸의 장래를 맡기었던 사랑하는 일영이가 아닌가?

혜경은 여자다. 차마 그대로 일영을 보낼 수가 없어서 간단히 인사나 한 마디 하여 보낼 양으로 급히 현관으로 나왔다. 일영이도 큰 모욕을 당한 듯 대단히 분하여 발꿈치를 돌리기는 하였지만 등 뒤에서 무엇이 끌어 잡아당기는 것 같아서 어쨌든 여기까지 왔으니 마지막으로 편지나 한 장 써놓고 가리라 하고 돌아섰다. 두 사람은 현관 어구에서 마주쳤다―.

😊 23회, 1926.12.02.

④ 두근거리는 심장의 고동이 들릴 만큼 두 사람의 얼굴이 눈앞에 마주치니 깨어진 거울을 대하는 듯 서로 비춰어 초췌하였다. 두 사람은 말문이 막혀 서로 바라보기만 하다가 혜경은 일영의 시선을 피하여 고개를 숙이며 곁눈으로 좌우를 살펴보고 손톱여물을 썰며 여전히 말이 없다.

"요사이는 병환이 좀 어떠세요?"

하고 일영은 입을 열었다.

"그저 그렇지요. 그런데 무엇 하러 여기까지 오셨나요?"

혜경의 말하는 태도는 쌀쌀스러웠다. 일영은

"무얼 하러 오다니요? 그것을 몰라서 물으시나요?"

"남에게다가 네 마음대로 하라고 한 번 떼어 맡긴 이상에야 여기까지 찾아오실 필요가 없지 않나요?"

하고 서슴지 않고 쏘아붙이듯 하고는 누가 오지나 않나 하고 연방 좌우를 살펴보며 일영의 앞에 오래 서 있기를 미안스러워 하는 눈치 같다.

일영은 한 걸음 더 다가서서

"당신을 떼어 맡기다니요? 그건 확실히 오해입니다. 그리고 내가 당신을 만나볼 필요까지 없다고 하시는 것은 너무 심한 말씀이 아닐까요?"

하고 책망하듯 일영의 말도 곱게 나가지는 못한다.

"물론 내가 오해를 했겠지요. 그렇지만 인제 와서는 피차에 오해고 무엇이고 길게 말씀할 까닭이 없으니까요…. 난 들어가 보아야겠습니다. 부디 안녕히 가십시오."

곁에서 찬바람이 돌 듯이 냉랭한 태도를 보이며

머리를 숙여 가벼이 인사를 하고 안으로 들어가려 한다. 먼 데로 출장을 나간 줄만 알았던 준상이가 대문 안으로 들어선다. 맞은짝 현관 어구

에서 두 사람이 마주서서 이야기
하는 것을 한참이나 바라보다가
두 사람의 곁으로 가까이 온다.

오일영 : 남궁운
임준상 : 주인규

　일영이는 뿌리치듯이 하고 들
어가려는 혜경을 가로막아서며 숨
찬 목소리로

　"혜경 씨! 당신은 벌써…."
하고는 달려들었다. 혜경은 한 걸
음 물러서며 약빨리 말끝을 채쳐
가지고

　"네 나는 벌써 옛날의 혜경이가 아닙니다!"

　이때에 준상이는 현관 층층대로 올라서며

　"이야기하시는데 대단히 미안하오이다마는 말씀을 하시려거든 응접실
로 들어와 하시지요."
하고 안으로 들어간다.

　혜경이도 거리낌 없이 준상의 뒤를 따라 안으로 들어가 버린다.

　일영은 전선의 피가 끓어오르는 듯

　'벌써 옛날의 혜경이가 아니라니? 그러면 저 준상이놈이….'
하고 부르르 떨며 몸서리를 치다가 두 주먹을 불끈 쥐고 준상의 뒤를 쫓
아 들어갔다.

　혜경이는 제 침실로 들어가고 준상은 옷을 갈아입는 중이었다.

　일영은 문을 활짝 열어붙이고 뛰어들어가

　"이놈아! 이 천하에 때려죽일 놈아!"

하고는 달려들어 준상의 멱살을 추켜잡고 주먹으로 볼따구니를 쥐어질 렀다.

불시에 맹렬한 습격을 당한 준상이는 정신이 얼떨떨해서 대항은커녕 말 한 모금 못하고 얻어맞기만 하였다.

일영은 분한 마음이 머리끝까지 치밀어

"이놈아! 나는 네가 그래도 사람의 껍질을 쓴 줄 알고 혜경 씨를 맡겼 었다—. 그랬더니 불과 며칠 동안에 병이 들어 다 죽게 된 사람을… 이 즘생 같은 놈아! 나도 인제는 더 참을 수가 없다!"

하고 입으로 거품을 뿜으며 손에 잡히는 대로 집어가지고 준상을 후려갈 기며 미쳐나는 사람처럼 날뛴다.

등 뒤로 와서 일영의 팔을 잡고 말리는 사람이 있다. 홱 돌아다보니 혜경이었다.

"놓아라 혜경아! 이 약한 계집아!"

하고 뿌리치고는 혜경이에게로 달려들며

"저놈의 가슴에 가 안겨라! 돈 있는 놈의 품은 따뜻할 것이다. 자— 냉 큼 내 눈앞에서…. 그렇지도 못하겠거든 저놈에게 더럽힌 피를 네 입을 말끔 솟아버리고 그 자리에 꺼꾸러져라! 그러면 더럽히지 않은 네 백골 은 내손으로 거두어줄 터이다!"

준상은 비슬거리며 일영에게로 달려든다. 일영은 뛰어올라 준상의 목 줄띠를 눌렀다. 준상은 창틀에 허리를 걸치고 창밖으로 떨어지려 한다. 준상의 조끼 주머니에 넣었던 돈 지갑과 은전 몇 닢이 그로 흘러 떨어졌 다. 방밖에 양지짝에 밥통을 들고 옹기종기 모여 앉아서 고니를 두던 깍 쟁이들이 돈지갑을 집어가지고 저희끼리 다투다가 힐끔힐끔 뒤를 돌아다보며 줄행랑을 한다.

　준상은 마룻바닥에 쓰러지면서 창밖을 가리키며 잃어버린 돈이 못 잊어

　"돈! 돈!"

하고 헛소리하듯 한다.

　일영은 기운이 풀려서 쓰러지면서도 혜경의 이름을 연거푸 불렀다.

표랑의 길

[1] 그 이튿날 일영이는 회사에 사직원 한 장을 제출하여 던지고 고려흥산회사와는 발을 끊어버렸다. 그나마 수입이라고는 한 푼 없게 되고 보니 앞으로 제 한 몸의 호구조차 해갈 도리가 망연하였다. 시골집에서는 일전에 편지가 왔는데 견디다 못하여 살림을 파헤친 후 아내는 친정으로 보내고 어머니는 일영이가 서울서 딴 계집이나 얻어가지고 지내느라고 그렇지 아무려면 늙은 어미 한 몸이야 찾아만 가면 설마 길바닥으로 내어 쫓기야 하랴 하고 어림만 치고 불일간 노자 변통만 되면 올라오겠다고 한 사연이었다.

×

오 원짜리 사글세방을 석 달이나 집세를 내지 못하고 하루 이틀 미뤄오다가 오늘은 집주인이 순사까지 끌고 와서 할 수 없이 쫓겨나는 수밖에 없었다. 넓으나 넓은 서울 바닥에 즐비한 것이 사람이 살려고 지어놓은 집이건마는 제각기 담을 쌓고 울타리를 둘러막고 널찍한 터전마다 붉은 테 두른 인형을 사서 말뚝을 박아 세워 오 척에 지나지 못하는 일영이 한 사람을 용납지 않았다. 저녁때가 지나서 일영은 몹시 시장하였으나 쫓겨나올 때에 들고 나온 것은 헌옷 한 벌과 모서리가 떨어져 전당도 잡지 않는 헌 기타 하나밖에는 날로 수척해가는 알몸뚱이 하나뿐이었다.

전 재산인 헌옷 한 벌을 마지막으로 전당국에다가 틀어넣고 나온 일영의 주린 창자를 끌어 잡아당기는 것은 선술집의 구수한 술국 냄새다.

얼근히 취한 일영은 야시장이 한참 벌어진 종로 큰길로 휘젓고 나왔다.

이놈의 세상에는 처음부터 사랑할 것도 미워할 것도 없고 다만 한 술의 밥이 귀할 따름이다! 그밖에 모든 것은 틈 있는 놈들의 손장난이요, 색색이 빛깔의 분가루를 만들어 단작스럽게 차닥차닥 바르고 나서 얼굴을 가리고 아웅 하기가 아닌가. 정조란 배는 부르고 할일은 없는 계집들이 남자에게 보이기 위하여 차차 다니는 '노리개'의 별명이요 연애란 앓는 소리 없는 염병에 지나지 못한다.

그밖에 모든 것은 허무(虛無)다! 오직 허무라는 유일한 진리가 있을 뿐이다—.

에—튀 엣—튀튀 하고 일영은 길바닥에다가 침을 뱉으며 여름밤의 후터분한 바람을 마시고 길 한복판을 휩쓸며 혼자 중얼거렸다.

늘어놓은 것은 다 무엇이냐? 우물거리는 것들은 다 무엇 말려죽은 귀신이냐? 어물전 쓰레기통을 엎어놓은 것 같고 사롱(紗籠) 촛불도 꺼져가는 반우(返虞)의 행렬 같구나.

야시장의 장사치들은 목구멍이 찢어지라고 싸구려 싸구려 하고 외치기는 하는데 벌여놓은 물건이라고는 말라빠진 북어쾌, 고무신짝, 곰팡 슨 왜떡, 양과자부스러기, 그밖에는 소나 말과 먹음직한 김칫거리밖에는 보이는 것이 없다.

한편으로는 여편네들이 끌어 나온다. 마님, 마마님, 행랑어멈, 여학생, 매춘부….

기생 탄 인력거가 이십 전짜리 오리지널 냄새를 풍기며 밤바람을 가른다. 시간표 한 장만 떼어주면 살 냄새라도 얼마든지 풍겨주마 하는 듯이 ─.

신사들도 한 떼가 몰려간다. 사상가, 주의자, 예술가, 목사님, 신문기자 … 논바닥은 갈라졌어도 제일히 양복떼기를 가르고 으리으리한 양반들이 어슬렁어슬렁 뒤를 대어나온다.

싸구려장수는 이렇게 외치는 것 같다.

싸구려 싸구려

계집이어든 두루마기 자락을 버리고 신사어든 삼태기를 들여만 대오. 자─ 사람의 새끼가 싸구려

닥치는 대로 집히는 대로 안 파는 것이라곤 하나도 없구려…. ─일영의 귀에는 모든 것이 악머구리 끓는 소리 같아서 진정으로 듣기가 싫었다. 고양이에게 쫓긴 생쥐가 수챗구멍에 머리를 틀어박고 마지막으로 찍찍 하고 소리를 지르는 것 같은 조선 사람의 비명(悲鳴)이 아니고 무엇이랴?

일영은 그 소리가 듣기 싫었다. 그 비명은 가는 곳마다 쫓아다녀 피할 길이 없다.

　　　×

동대문으로 남대문 남대문으로 서대문─술이 깨어 얼굴빛은 더욱 해쓱해진 일영이는 지팡이로 길바닥을 뚜드리며 여름날의 온 밤을 헤매었다.

연초공장의 첫 뚜─가 불어도 협수룩한 일영의 그림자는 감출 곳이

없었다. 어느 은행 모퉁이 돌층계에 피곤한 몸을 쉬이려 하니 거기에는 일영보다 먼저 표박의 길을 떠났던 옛날친구의 한 사람이 앞서와 누워서 문둥병자 모양으로 마르다 못해 뚱뚱 부어오른 다리를 긁적긁적 하다가 신음을 하며 돌아눕는다.

오일영 : 남궁운

새벽바람은 산산이 길바닥을 핥는다. 일영은 두 어깨를 으쓱 올리고 그 친구의 곁에 누워 그의 몸에서 온기를 취하려 하였다.

🎭 25회, 1926.12.04.

결혼식장

1 그 후 혜경이는 밤마다 마귀와 같이 달려드는 준상이를 갖은 수단을 다하여 간신 간신히 모면을 해오다가 정 어쩔 수 없는 경우에 마지막 수단으로 첩 노릇은 할 수 없으니 이혼만 하여 주면 그때에는 모든 것을 바치겠노라 하였다. 그러나 꼭 이혼을 하기를 바라고 한 말은 아니요 준상이가 몸이 달아서 못할 짓 없이 다해 바치더라도 크낙한 집안에 주부요 금실도 그다지 나쁘지 않은 터에 소생이 남매나 되는 본 아내를 이혼까지는 못하리라 짐작하고 자기의 몸을 더럽히지 않을 방패막이로 일부러, 어렵고 시일을 오래 끌어나갈 문제를 주었던 것이다. 그러나 돈의 위력을 가진 준상에게 있어서는 이혼 문제도 그다지 어려운 일이 아니었으니 제가 호주임을 부모의 동의를 얻을 필요는 없고 장인 되는 자는 젊어서부터 미두이나 금광으로 쫓아다니며 투기사업과 허황된 것으로 늙은 건달이었으니 먹을 것은커녕 집 한 칸 지니지 못하고 걸객 모양으로 돌아다니며 일상 준상의 재산에 손을 대지 못해 갖은 음모를 다해보던 중이라 논 섬지기나 떼어주고 늙은 부랑자를 삶아 이혼신청지에 도장 하나쯤 받아내기는 용이한 일이었다. 준상은 아낌없이 삼백 석지기 논을 장

인에게 떼어주고 불과 수일 내에 쉽사리 이혼 수속을 한 후에 아내는 다른 집 한 채를 사서 뒤로 돌려놓고 임시로 식량이나 대어주는 것처럼 꾸며놓았다. 준상의 아내는 영문도 모르고 따라지목숨이라 남편이 하라는 대로 순종은 하면서도 의심이 없지는 않았으나 설마 내야 어쩌랴 하고 아들과 딸을 믿고 안심하였다.

어느 날 밤 이혼 수속을 한 민적등본까지 내어 가지고 들어온 준상이를 혜경이는 무어라고 말막음을 해 내어보낼 도리가 없었다.

그날 밤 밤새도록 부대끼고 난 혜경은 참말로 옛날 혜경이가 아니었으니 기어이 처녀의 자랑까지도 무참히 빼앗기고 말았던 것이다— 병약한 혜경이가 한사하고 아끼고 생명과 같이 지켜오던 한 점의 살까지 짓이겨놓은 준상이는 제 딴에도 마음에 찔리는 구석이 있었든지 첩장가를 드는 셈으로 세간 청지기 김동석이와 꿍꿍이셈을 한 후 부랴부랴 간단히 혼인 예식을 거행할 준비에 착수하였던 것이다.

> …결혼식까지 하게 되기 전에 여러 가지 층절이 있어 세밀한 묘사를 해야 할 것이나 스틸(삽화사진)이 부족해서 부득이 경정경정 뛸 수밖에 없이 되었고 결혼식 장면은 전문용어만 쓰지 않고 원 영화각본을 꾸미는 체로 시험 삼아 써봅니다… (작자)

○ 결혼식장
▲ 예배당 종대 울려나오는 종소리.
▲ 예배당 마당에 즐비한 자동차와 인력거 예배당 안으로 들어가는 남자, 여자, 늙은이, 젊은이 수십 명.
▲ 예복을 입고 바쁘게 들락날락하는 김동석.
○ 식장 내부.

▲ 십자가를 아로새긴 정면 단 위에는 생화와 화환으로 장식되었고 사람은 아직 한 사람도 없다.

▲ 좌우에 간— 걸상 수십 개.

예식에 참례 온 사람들은 착석하기 시작한다. 혜경의 아버지의 얼굴도 보인다.

▲ 종대에 울리는 종.

"준상의 집에서 혜경을 빼앗아 내오려다가 강도 혐의를 쓰고 두 달 동안이나 예심에 붙어 고생을 하던 홍렬이는 증거불충분으로 일전에 감옥에서 나왔으니 예배당에서 울려나오는 종소릴 일상 반가워하는 화종소리로 알고…."

▲ 어느 길모퉁이에서 종소리에 귀를 기울이다가 그 방향으로 달려오는 홍렬.

○ 목사가 쓰는 방.

▲ 예복을 입은 목사가 성경책을 들고 앉았다가 시계를 꺼내어본다.

▲ 김동석이가 협문으로 들어와 무엇인지 봉투에 넣은 것을 목사의 주머니에 슬그머니 넣어준다.

"약소하지만 신랑이 사례로 목사님께 올리는 것입니다."

▲ 목사 뒷손을 벌리듯 하며.

"천만에…."

○ 목사 받지를 않고 사양한다. 김동석 나간다.

▲ 목사 흘금흘금 좌우를 돌아보고 봉투에 든 것을 급히 뜯어본다.(오백원짜리 예금수형)

▲ 그때에 들창 밖에서 목사가 수형을 펴보는 것을 들여다보는 학생이

있다.

"장난꾼이요 딱장떼로 유명한 준상의 처남은 제 매부가 또 장가를 간다는 소문을 듣고 학교 동무들을 몰아가지고 식장으로 달려왔던 것이다."

▲ 준상의 처남, 목사가 수형 펴든 것을 보고 고개를 끄덕끄덕하고 식장으로 들어가 남의 등 뒤에 가서 얼굴이 보이지 않게 가려 앉는다.

▲ 예식에 참례 온 사람들은 거의 다 착석하였다.

○ 문밖.

▲ 호로를 씌운 인력거 한 채가 달려든다.

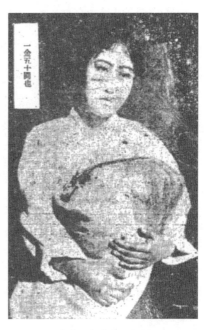

난심 : 윤정진(尹貞珍)

▲ 난심이가 갓난 어린애를 안고 초췌한 얼굴을 목도리로 가리고 기신이 하나도 없이 들어와 한 귀퉁이에 가서 끼어 앉는다.

"일 년 전 준상은 하룻밤 난심의 몸을 돈 오십 원을 던지고 산 일이 있은 후 난심은 곧 태기가 있어 어린애를 배어 낳았으나 준상은 제 자식이 아니라하고 모른 체를 하였으므로 살림을 내주지 않는 분풀이를 하고자 별러오던 차에 오늘은 좋은 기회를 얻어 무엇인지 결심한 후 어린애를 안고 식장으로 쫓아왔던 것이다."

26회, 1926.12.06.

② ○ 식장에 딸린 다른 방.

▲ 눈같이 흰 면사포를 쓰고 꽃다발을 안은 신부와 들러리.

▲ 혜경, 들고 있던 꽃 한 송이를 손톱으로 모가지를 잘라 꺾어가지고는 화판을 한 잎씩 쪽쪽 찢어 마룻바닥에 흩어 놓는다.

▲ 흰 꽃 한 송이가 저절로 떨어진다. 혜경은 구두바닥으로 그 꽃송이를 으깨어버린다.

○ 식장.

▲ 한 여자가 풍금을 친다.

　─결혼 행진곡─

▲ 참례한 손들은 긴장한다.

▲ 혜경, 상여를 메고 나가는 상두꾼의 소리를 듣는 듯 창문턱에 머리를 부빈다.

▲ 들러리에게 부축되어 일어서는 신부.

▲ 목사가 단 앞에 나와 선다.

▲ 두 편 문이 마주 열리며 신부와 신랑이 마주 나온다.

▲ 연미복에 실크햇을 들고 점잖게 걸어 나오는 신랑을 보고 놀라는 준상의 처남

▲ 몸을 반이나 일으키며 신랑을 뚫어질 듯이 주목하는 난심.

○ 괴상한 그림자! 정면 들창에 나타나 어른거린다.

▲ 신랑, 그 시꺼먼 그림자를 바라다보고 주춤 한 걸음 주춤 물러서다가 아랫배에 힘을 주고 앞으로 걷는다.

○ 창밖에 흥렬, 들창에 매달렸다가 뛰어내려 사방을 돌아보고 급해서 어쩔 줄을 모른다.

▲ 홍렬은 화종소리인 줄만 알고 종소리 나는 곳으로 쫓아와 보니 뜻밖에 준상과 혜경의 결혼식이 거행됨을 보고 그대로 있을 수 없었다.

▲ 홍렬, 무엇인지 결심하고 예배당 문 앞으로 도로 뛰어나간다.

○ 예배당 문 앞.

▲ 신랑이 타고 온 자동차에 뛰어오르며 운전수에게 운전을 명한다.

▲ 운전수 듣지 않는다.

▲ 홍렬, 운전수를 한 주먹에 때려눕히고 운전을 하여 어디인지 급히 몰아간다.

▲ 신부 마주 나와 거의 어깨를 걸고 서게 된 신랑을 흘낏 곁눈으로 본다. 가만가만히 가까워오는 신랑이 해골의 탈을 쓰고 앙상한 이빨을 벌리고 달려드는 것과 같이 보인다.

▲ 놀라서 주춤주춤하는 신부.

▲ 성경을 들고 단 앞 중앙에 위엄 있게 선 목사.

▲ 신랑신부, 정한 자리에 선다.

▲ 목사 기도를 인도한다.

▲ 일동, 머리를 숙인다.

▲ 시들은 백합꽃 같은 신부의 얼굴, 이슬을 머금은 듯 눈물의 흔적이 마르지 않는 채 있다.

▲ 반쯤 감은 신부의 눈.

▲ 여러 가지로 변한 일영의 환영이 지나가기도 하고 정면으로 달려들기도 한다.

▲ 비웃는 일영—.

▲ 저주하는 일영—.

▲ 달 밝은 밤 한강 언덕 모래밭에서 손길을 마주잡고 거닐 때의 저와 일영—.

▲ 눈감고 기도를 인도하는 목사의 입.

"거룩하옵신 하느님께서 아담과 이와를 내으심 같이 이 두 사람이 영원한 배필이 됨으로 말미암아 아버지께 영광을 돌리고…."

▲ 점점 크게 뜨는 신부의 눈.

▲ 시골집 늙은 부모와 그의 동생이 남의 집 문전에서 거지꼴을 하고 엄동의 불불 떨며 구걸하는 꼴—.

▲ 칼로 심장을 찔러 자살하는 일영—.

▲ 흘낏흘낏 곁눈질을 하여 신부를 흘겨보는 신랑.

▲ 해골의 탈을 쓴 준상이가 달려들어 목을 누르는 듯.

▲ 신부 놀래어 쓰러지려 한다. 들러리들이 부축을 한다.

▲ 신부 머리를 숙인다. 여러 가지 환영이 뒤섞여서 일시에 번갯불과 같이 머리 위로 핵핵 달려간다.

○ 준상의 집 문전.

▲ 홍렬, 자동차에서 뛰어내린다.

▲ 정원에서 공을 가지고 노는 준상의 딸과 서너 살 먹은 아들.

▲ 홍렬, 가게에 가서 과자와 과일을 사가지고 와서 아이들을 꼬여댄다.

▲ 큰애는 안으로 들여보내고 작은애를 살살 달래서 자동차 안에다 싣고 운전수를 잡아 일으켜 운전을 시킨다.

▲ 성화같이 재촉하는 홍렬.

▲ 자동차 움직인다.

▲ 씽씽 지나가는 길거리.

▲ 자동차 앞으로 닥쳐오는 사람과 전차 자
  동차를 아슬아슬하게 피한다.

○ 예배당.

▲ 목사, 신랑을 향하여

"임준상 이 신부가 병이 들든지 구차하든
지 세상을 떠나는 날까지 보호하고 길이 사
랑하겠느뇨?"

▲ 신랑, 고개를 숙이며

"네 그리하오리다."

▲ 목사 신부를 향하여

신랑 : 주인규
신부 : 김정숙

"이혜경, 이 신랑이 병이 들든지 가난하든지 영원히 섬기겠느뇨?"

▲ 신부 입술을 앙물고 대답이 없다.

▲ 일어서서 주먹을 쥐고 무어라고 두덜거리는 준상의 처남

▲ 눈치를 채고 그 곁에 가있다가 붙들어 앉히는 김동석

▲ 잔뜩 흥분이 되어 금세 악이라도 한 마디 지르려고 벼르는 난심

▲ 영문도 모르고 또 꺼들려 올라와 어리둥절하고 앉았다가 점점 불안한
  눈치가 보이는 혜경의 부친

○ 큰길로 최대속력을 내어 풍우같이 몰아오는 흥렬이가 탄 자동차는 거
  의 예배당까지 다다랐다.

27회, 1926.12.07.

③ ○ 식장.

결혼식은 순서를 밟아 정숙히 진행되는 듯하나 식장 안의 공기는 점점
험악해간다.

▲ 목사, 성례문(聖禮文)에 쓰인 대로 예식순서를 치러 나가다가 웅숭깊
  은 목소리를 반쯤 떨며 참례 온 여러 손님들을 향하여,

  "…지금 이 두 사람이 혼인함으로 부부가 되고자 함에 대하여 정당치
않은 이유가 있는 것을 누구든지 알거든 이 당장에서 말씀하시오. 그렇
지 않으면 이후에는 영원히 말하지 못합니다."

▲ 목사, 불안스럽게 좌우를 둘러본다.

▲ 일동, 잠시 무거운 침묵

▲ 준상의 처남, 벌떡 일어서며

  "정당치 못한 이유가 있소!"

▲ 일동, 고개가 준상의 처남에게로 쏠린다.

▲ 김동석, 쫓아와서 떠들지 말라고 붙들어 앉힌다.

▲ 준상의 처남, 무가내로 말을 듣지 않고 김동석의 손을 뿌리치고 일어
  서서 신랑을 가리키며

  "저이는 멀쩡한 우리 매부—ㄴ데 장가를 또 드는 법도 있어요?"

▲ 목사, 엄숙한 태도를 지으며

  "신랑은 월전에 이혼했으니까 죄 되지 않소"

▲ 준상의 처남, 앞으로 달려들려고 하며

  "아니요. 거짓말이요. 우리 누님은 알지도 못하는데…."

▲ 처남을 흘겨보는 준상, 김동석에게 눈짓을 한다.

▲ 김동석, 준상의 처남을 억지로 꼭두잡이를 시켜 바깥으로 끌고 나간
  다.

▲ 준상의 처남, 끌려 나가며

  "난 다 알아요 저 매부가 우리 아버지에게 삼백 석지기 논을 떼어 주

고… 저 목사한테(가리키며) 오백 원
짜리 돈표를 해주고…."

▲ 김동석, 문밖으로 내쫓고 들어와
  "미친 아이입니다. 여러분 조용하십
시오."

▲ 신랑, 목사에게 또 눈짓을 한다.

▲ 목사, 기어들어가는 목소리로
  "여러분, 정숙하십시오. 계속해서 예
식을 거행하겠습니다."

▲ 난심, 몹시 흥분하여 일어선다.

▲ 김동석, 붙들어 앉히려 하나 여자라
  손을 대지 못한다.

신랑 : 주인규
신부 : 김정숙
흥렬 : 나운규

○ 문밖.

▲ 자동차에 뛰어내려 쫓겨나온 준상의 처남에게서 전후 이야기를 듣는
  흥렬.

○ 식장.

▲ 난심, 악이 받쳐서 째어진 목소리로 폭백을 하듯이
  "여봐요, 목사님! 미치지 않은 사람의 말을 믿으시겠소 이 애는 저 신
랑의 자식입니다. 오십 원… 어린애 하나 값이 단돈 오십 원이야요!"

▲ 곁눈으로 흘겨보는 어쩔 줄 모르는 신랑.

▲ 목사, 꾸짖듯이
  "증거할 수 없는 말씀이오 물러가시오! 신성한 예식장을 문란케 하는
무리들은…."

▲ 난심, 어린애를 내밀며 발악하듯

"여보 신랑, 이 어린애나 데려가고 나서 장갈랑은 몇 백 번이든지 들어요!"

▲ 난심, 너무 흥분하여 그 자리에 쓰러지려 한다.

▲ 김동석, 난심이를 옆방으로 끌어들여간다.

▲ 신랑, 목사에게 또 눈짓을 한다.

▲ 목사, 맡았던 순 백금반지를 신랑에게 준다.

▲ 신부, 아까부터 제정신을 잃고 몸을 들러리에게 간신히 기대고 섰다.

▲ 신랑, 신부의 무명지에 반지를 끼어주려 한다.

　—반지와 신부의 손가락—

▲ 반지를 받는 신부의 손가락은 아무 감각이 없는 것 같다.

　　　　　×

○ 신부와 신랑이 선 맞은짝 들창—.

▲ 막 반지를 끼어주려 할 때 시꺼먼 괴상스러운 그림자가 예배당 정면 들창에 어른거리다가 별안간 유리창이 활짝 열리며 어린애를 안은 흥렬이가 한 손을 들고 벽력같이 고함을 친다.

▲ 흥렬의 등 뒤로부터 오후의 햇발이 침침하던 식장 안을 쏟아지듯 흘러들어온다.

▲ 어쩐 셈인지를 모르고 무서워서 불불 떠는 혜경의 아버지.

▲ "에구머니" 소리를 지르고 털썩 주저앉는 여편네들

▲ 흥렬, 단 위에서 선뜻 뛰어내려 성난 맹수와 같이 신랑을 노려보며 침착히 한 걸음 한 걸음 신랑의 앞으로 다가온다.

▲ 신랑, 얼이 빠져서 등신 모양으로 눈을 멀거니 뜨고 흥렬을 마주 바라

본다.

▲ 홍렬, 신랑의 앞에 가까이 가서 어린애를 내려놓는다.

▲ 준상의 아들, 아장아장 걸어서 신랑의 앞으로 와서 들고 선 실크햇을 이상스러운 듯이 만져보다가 응석하듯

"아부지이—"

▲ 신랑은 어린애를 내려다보니 틀림없는 제 자식이다. 눈을 피하다가 불을 뿜어내는 듯한 눈으로 자기를 핍박하는 칼날 같은 홍렬의 시선과 마주치자 최면에 걸렸다가 별안간 놀라 깨나는 듯이 "어—ㄱ" 하고 외마디소리를 지르고는 소매로 얼굴을 가리고 비슬비슬 뒷걸음질을 친다.

▲ 목사, 성단 한 모퉁이에 가 돌아서서 혼자 무어라고 중얼중얼하며 기도를 올리다가 형세가 대단 험악함을 보고 슬슬 뒤꽁무니를 뺀다.

▲ 홍렬, 달아나는 목사의 궁둥이에다가 손가락 다섯을 펴대며,

"오백 원!"

하고는 물건을 경매하듯 소리를 지른다.

▲ 신부, 그 소리에 악몽을 깬 듯 눈을 번쩍 떴다가 다시 정신을 차리지 못하고 허공으로 손을 내젓다가 기절하여 쓰러지려 한다.

▲ 홍렬, 달려들어 왼팔로 신부의 상체를 선뜻 안고 바른손 손가락 셋을 꼽아들면서 이 귀퉁이 저 귀퉁이로 몰려다니는 여러 손들을 향하여

"벼 삼백 석!"

하고 외친다.

28회, 1926.12.08.

109

④ ○ 식장.

▲ 신랑은 몸 둘 곳을 모르고 일초가 급하게 피신을 하려고 식장으로 통한 협문으로 달려가 문을 열어젖힌다.

▲ 그리로서 일시 정신을 잃었던 난심이가 눈꼬리가 샐쭉해가지고 마주 나온다.

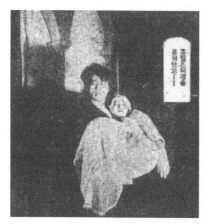

홍렬 : 나운규
신부 : 김정숙

▲ 홍렬, 한복판에 가 버티고 서서

"오십 원!"

하고 또 외친다.

▲ 신랑, 주춤 물러서며 목사가 빠져 나간 왼편 문으로 달려가서 머리로 문을 받는다.

▲ 그리로서는 김동석에게 꺼들려 나갔던 제 처남이 골이 통통히 나서 두 주먹을 불끈 쥐고 마주나오다가 눈을 똥그랗게 뜨고 얼굴을 신랑의 턱밑에다 바짝 치받치며,

"형님!"

하고 당장 한바탕 들부딪듯이 달려든다.

▲ 신랑, 그리로도 나가지를 못하고 물러선다.

▲ 앞에는 홍렬.

▲ 왼편에는 처남.

▲ 오른편에는 난심.

▲ 홍렬, 난심, 처남, 신랑을 중심으로 에워싸고 똑바로 쏘아보며 동시에

바싹바싹 좁혀든다.

▲ 신랑, 독 안에 갇힌 쥐가 되어 나갈 구멍을 찾느라고 쩔쩔 맨다.

▲ 그 꼴을 보고 흥렬은 하늘을 우러러 "핫하하하하하하" 하고 크게 웃어 젖뜨린다. 예배당 안이 떠나갈 듯, 그 웃음소리를 반향한다.

▲ 신랑, 마지막 용기를 내어 실크햇을 집어 내던지고 허겁지겁 뒷문을 박차고 나가다가 발을 헛딛고 돌층대에 거꾸로 나가자빠진다.

▲ 한 사람도 나아가 준상을 일으켜 주는 사람은 없다.

▲ 흥렬, 아주 정신을 잃은 신부를 들쳐 안고 바깥으로 나가려 한다.

▲ 벌벌 떨며 앞을 막아서는 신부의 아버지와 격투라도 할 듯이 벼르며 닥쳐드는 김동석.

▲ 흥렬, 한 손으로 신부의 아버지를 떼어다 밀며 발길로 김동석의 불두덩을 내어지른다.

▲ 개구리처럼 발딱 자빠진 신부의 아버지와 그 자리에 폭 꼬꾸라져서 몸뚱이가 동그랗게 말린 김동석

▲ 흥렬, 엄숙한 표정으로 변한다.

▲ 한 사람도 감히 그 앞에 얼씬도 하지 못한다.

▲ 신부를 들쳐 안고 흥렬은 뒷문으로 달려간다.

▲ 나가다가 돌층계에 허리를 걸치고 자빠진 신랑의 골통을 구두 부리로 툭툭 건드려본다.

▲ 예배당 안은 그만 수라장이 되어 모였던 사람들은 물 끓듯 하다가 뒷덜미에서 마구나 달려드는 듯이 엎드러지며 곱드러지며 좁은 문을 부비고 쏟아져 나온다.

▲ 뒤를 흘낏 돌아다보고 흥렬은 몸을 날려 어디로인지 종적을 감추어버

111

렸다.

◇

혜경을 안은 홍렬이가 어느 병원 문전에 이르렀을 때는 벌써 어스레한 황혼이었다.

병원 문을 뚜드렸으나 나와 주는 사람이 없다. 홍렬은 급한 김에 문을 걸어차고 마당으로 들어섰다.

안에서는 의사와 간호부가 마당을 내어다보고 저희끼리 수군수군하다가 한참 만에 간호부가 진찰실문을 빠끔히 열매, 묻기도 전에

"지금 의사가 먼데 왕진을 나가서서 환자를 받을 수 없습니다."
하고 쏙 들어가 버린다.

신부 복색을 차리고 다 죽은 것이 아무리해도 단단한 말썽이 붙은 듯하고 안고 들어온 자의 행동을 보니까 협수룩하고 험상스러운 품이 치료비 한 푼 낼 것 같아 보이지가 않아서 의사는 숨어버리고 따돌린 것이다.

아무리 급한 사정을 말해도 내다보지도 않으니 혜경을 내려놓고 팔이나 잠시 쉬어볼까 하던 홍렬은 그대로 돌아설 수밖에 없었다.

두 사람이 돈은 한 푼도 지녔을 리 없었고 그네들은 죽어가는 사람의 목숨보다도 원가가 몇 십 전도 되지 못하는 주사 한 대 값이 아까웠다.

홍렬은 덮어놓고 인력거 한 대를 불러 늘어진 혜경을 담아가지고 어느 큰 병원을 가서 의사를 강제로 꼭두잡이를 시켜다가 겨우 응급수단을 베풀었으나 가엾다! 혜경은 다시 피어날 것 같지가 않았다.

29회, 1926.12.09.

병원

① 어느덧 밤은 깊어서 죽음과 같은 적막이 우중충한 병원을 둘러채어 병실로 통해 다니는 기다란 복도로 밤새는 간호부의 신발 끄는 소리밖에는 이따금 중병환자의 신음소리가 들릴 뿐.

흐릿한 전등 아래에 혜경은 잠이 든 듯 고이 눈을 감은 채 혼수상태에 빠져 있다. 주사로는 잘 듣지 않아서 산소 흡입을 한참이나 시킨 뒤에 겨우 숨길을 돌리기는 했으나 코밑에 약간 온기가 떠돌 뿐이다.

온종일 맹렬한 활동으로 몸이 몹시 피곤도 하련마는 흥렬은 혜경이가 누운 침대 곁에서 잠시도 떠나지 않고 정성을 다하여 극진히 간호를 해주고 있다. 침침한 불빛에 다 죽어 늘어진 핏기 없는 혜경의 얼굴을 들여다보매 여러 가지 설움이 한꺼번에 복받쳐 올라서 금시로 울음이 터질 듯 터질 듯한 것을 그는 몇 번이나 참았던고 이 세상에 나온 지 근 삼십년에 혜경은 그를 너무나 냉정하게 굴었으니 일찍이 어버이를 여의어 따뜻한 부모의 애정을 받아보지 못하였고 장성하여 제 지각이 날 만하자 조선 땅에 태어난 탓으로 여러 차례 감옥 출입에 꽃다운 청춘은 피어보지도 못하고 시들어버렸으니 다만 울분과 불평과 세상을 저주하고 비웃

113

는 마음으로 일그러진 생명을 오늘날까지 부지하여 왔던 것이다.

흥렬의 마음은 메말라 사막(砂漠)과 같이 타박타박 하였다. 그러나 사막을 걷는 낙타(駱駝)의 등 위에서는 대상(隊商)들이 멀리 두고 떠나온 애인이 그리워 상사의 곡조를 부는 피리소리나 들리지 않는가. 흥렬의 가슴은 빙세계와 같이 차고 쓸쓸하였다. 그러나 얼음만 깔린 오로라의 밑에서도 흰 곰들이 짝을 지어 얼음장 위에서 춤을 추지 않는가.

흥렬은 사랑을 알지 못하는 불행한 사람이었건만 한 번 혜경을 본 뒤에 그의 가슴에는 비로소 사랑의 엄이 돋아나기 시작하였으니 뜻하지 않은 경우에 젊은 이성의 육향까지 맡게 되매 깊은 잠을 소스라쳐 깨듯 극히 육감적인 만큼 열렬하여 애욕의 불길은 걷잡을 수 없이 타올랐던 것이다.

그러나 혜경은 이미 이 세상에서는 다만 한 사람밖에 없는 귀한 친구인 일영이가 사랑하는 여자이었으니 친구의 의리를 아는 그는 죽어라 하고 끓어오르는 자기의 감정을 참아오기는 하였다. 그러나 그의 신병에 위험이 닥칠 때에는 또한 죽기를 한하고 보통사람으로는 상상도 하지 못할 온갖 모험을 해왔던 것이다.

사랑을 알지 못하여 불행하던 그가 사랑을 깨닫게 되자 그보다 더 큰 불행이 먼저 그의 앞길을 가로막고 있지 않은가. 그러나 자기의 눈앞에는 어떠한 불행이 닥쳐오든지 오직 자기의 손으로 끝까지 혜경을 간호하여 주리라 하고 침대 밑으로 떨어뜨린 혜경의 머리카락을 주워 한 가닥한 가닥 세어보며 사랑하는 사람이 다시 소생되어나기만 안타깝고 간절한 맘으로 묵묵한 가운데 끊임없이 기도를 올리고 있다.

하늘이 무심치 않아 흥렬의 정성을 알아주심인가. 영영 감아버린 줄

알았던 혜경의 눈은 가늘게 떠졌다. 홍렬은 놀라듯 기쁨을 참지 못하여

"아 혜경 씨!"

하고 가만히 어깨를 흔들었다. 혜경은 흐릿한 눈동자로 멀거니 천장을 쳐다볼 뿐이요 곁에 사람이 앉은 것도 모르는 모양이다. 홍렬은 혜경의 입에 냉수를 흘려 넣어

병원에서 밤은 깊어서

주었다. 병자는 냉수도 아니꼬운 듯이 구역을 하다가 가슴을 쥐어짜듯 하여 담을 한 덩어리 내뱉는다. 홍렬은 손을 벌려 담을 받았다. 혜경은 잠꼬대하듯 헛소리를 두어 마디 하다가 다시 눈을 감는다.

쌀쌀한 밤바람은 낙엽을 몰아다가 혜경이가 누운 머리맡 들창에 우수수하고 끼얹는다. 홍렬은 제 몸에 걸쳤던 다 떨어진 망토자락을 벗어 이불 위에 덧덮어 주었다.

한참 있다가 혜경은 또 신음을 하기 시작하였다. 조금 의식이 돌아 곁에 앉은 사람이 일영이로 보였던지 손을 내젖다가 이불자락을 끌어당기며 입속으로

"일영 씨! 일영 씨!"

하고 부르는 소리가 모기소리만치 가냘프게 입술을 깨어 나온다.

그 소리를 들은 홍렬은 섭섭하지 않을 수 없었다.

30회, 1926.12.10.

115

홍렬 : 나운규
신부 : 김정숙

② 새로 두 시나 되어 혜경의 신음하는 소리가 더욱 높아가며 신열이 올라서 숨이 가빠하는 것을 보고 이마를 짚으니 불타듯 덥다.

거의 일주야 동안을 물 한 모금 얻어 마시지 못한 홍렬이는 시장기가 지나서 마른 창자가 비꼬이는 듯한 데다가 밤을 엄습하는 추위와 불안한 마음으로 전신을 불불 떨며 의사나 한 번 더 청해볼 양으로 호젓한 복도로 뛰어나와 이 방 저 방을 더듬다가 간신히 간호부들이 숙직하는 방을 찾아 문을 뚜드렸다.

온종일 잔걸음을 치기에 몸이 솜같이 풀려 노그라진 간호부들이 냉큼 일어나 나와 줄 것 같지가 않다.

홍렬은 힝힝 내둘리는 머리를 한 손으로 짚고 당직하는 의사가 자는 방문턱까지 이르러 푹 엎드러지며 다짜고짜 문을 열고

"사람을 살려주시오!"

하고 황급히 부르짖었다.

당직 의사는 놀라 깨어 벌떡 일어나 앉으며 홍렬의 황당한 거동을 책망하고 나서

"내일 아침 회진 시간에 가보지요"

하고 자리에 쓰러져버리는 것을 빌다시피 하여 한참만에야 병실로 꺼들려가지고 왔다.

그동안에 혜경이는 가슴을 풀어헤치고는 다시 혼도하여 사람이 들어오는 것도 알지 못하는 모양이다.

의사는 눈을 부비고 맥박을 본 후에 청진기를 가슴에 대고 한참이나 듣고 나서 머리를 흔들다가 주사 한 대를 놓아 주고는 아무 말도 없이 나아가버린다. 흥렬은 의사의 뒤를 쫓아나가 소매에 매달리듯 하며

"어떻습니까? 네?"

하고 조급히 묻기는 했으나 의사의 입에서 어떠한 말이 떨어질는지 그 동이야말로 삼추와 같이 길었다.

의사는 여전히 입을 다물고 섰다가 흥렬이가 하도 조바심을 하고 불불 떨고 쫓아다니는 모양이 측은해 보였던지 나직한 목소리로

"처음 진찰할 때에도 말씀했지만 폐결핵은 아무리 만기가 되었더라도 한두 달씩 끌어나가는 수가 있지만 불시에 심장에까지 병이 생겼으니 편작이라도 손을 대어보지 못할 것이요 주사의 힘으로나 앞으로 한 이틀 부지를 할는지."

하고 숙직실로 들어가 버린다.

의사의 들어가는 뒷모양을 멀거니 바라보다가 돌아서는 흥렬은 앞이 캄캄하였다. 제 몸도 살아있는 것 같지 않고 저승 속에서 헤매며 돌아다니는 듯

'잘해야 이틀밖에 못 산다…. 참말일까? 혜경이가 정말 죽고야 만단 말인가?'

하고 미친 사람처럼 입속으로 중얼거리며 살아있다는 것과 죽어 없어진다는 것을 구별할 수 없는 것 같기도 해서 머릿속은 눈보라를 섞은 회오리바람이 부는 듯하다.

병실로 돌아온 흥렬은 혜경의 발치에 가 털썩 주저앉으며 주사를 맞고 혼곤히 누운 혜경의 손을 잡고 양초로 빚어낸 듯이 희고 매끈한 손등을 제 뺨에다 비빈다.

이 보드라운 손에 온기가 걷혀 얼음장같이 식어버릴 것인가? 이다지도 수척해진 살이 다시 한 번 피어보지는 못하고 이대로 썩어 한 줌의 흙으로 화해버릴 것인가? 그것이 정말일까. 참 정말 혜경의 몸이 죽으면 내 손을 고이고이 묻어나 주련마는 이놈이 모진 목숨이 붙어있는 날까지는 내 가슴속을 깊이깊이 파고들어 앉은 혜경이를 어찌하잔 말인가?
하고 푸념하듯 한다.

일영이는 어디로 갔는가?

밤바람은 살을 에어내고 생명과 같이 사랑하던 사람은 숨이 끊기려 하는데 어느 길거리에서 헤매며 밤을 밝히는고?

기나긴 병원이 하룻밤을 기한에 몸을 떠는 흥렬이가 소리도 크게 못 내고 흑흑 느끼는 소리만 병실 안에 가득 찼다.

31회, 1926.12.12.

③ '이 세상의 모든 것은 오직 허무일 따름이다' 하고 뼈아픈 실연이 동기가 되어 사상까지 돌변해버린 일영이는 마음 쓰라린 지난날의 기억까지도 잊어버리려고 애를 쓸 뿐이요 혜경의 소식조차 알려고 들지도 않았거니와 의지할 곳 없는 몸이 그림자로만 벗을 삼아 구걸을 하고 돌아다니는 사람에게 뉘라서 그간에 일어났던 풍파를 전해주었을 것인가?

해가 뜨면 오늘도 어제와 같은 날이 오고 날이 저물면 내일도 또한 오늘 같으려니 할 뿐. 바람이야 불거나 물결이야 치거나 도시가 내 상관할

바 아니라 하고 낮에는 공원모퉁이나 노동자들이 우물거리는 움집 한 구석에 쭈그리고 앉아서 올빼미 모양으로 눈을 멀거니 뜨고 졸다가 어둑어둑해지면 기타를 둘러매고 일인들이 사는 길거리나 양옥집 근처 호젓한 골목으로 숨어 다니며 저녁밥 뒤에 가족들이 한 곳에 모여앉아 웃음소리가 새어나오는 들창 밑에서 한 곡조를 뜯어주고 적선하는 셈으로 어린애들이 던지는 몇 닢의 돈을 주워 그날그날 겨우 연명을 해왔으니 그에게는 중학시대부터 우연히 배워 익혔던 기타를 뜯는 재주 하나가 오늘날에는 밥을 비는 다만 한 가지 밑천이 되었던 것이다.

오늘 밤에도 일영은 밤이 깊었건만 새삼스러이 심사가 산란해서 쌀쌀한 밤바람에 여기저기 흩어져서는 정처 없이 길바닥을 구르는 낙엽을 아삭아삭 밟고 우연히도 일영의 발길은 혜경이가 누운 병원 근처까지 이르렀다.

○

혜경은 주사 기운이 깨어 숨을 길게 몰아쉬고 나서 다시 눈을 감았다.

쥐도 새도 잠이 깊이 든 고요한 밤중이라 군소리하듯 나직이 부르는 노래 소리가 혜경의 귀에는 들려옴인지 몸을 일으켜 보려고 애를 쓰나 아랫도리는 천근같이 무거워 운신을 할 수가 없다.

간신히 한 팔을 짚고 일어 앉으려하다가 팔에 힘이 풀려 자리 위에 털썩 떨어지며 정신이 아뜩한 모양이더니 머리맡 들창을 가리키며 손을 내젓고 일영의 이름을 연거푸 부르는 모양이나 곁에 앉은 홍렬은 무슨 소리인지 알아들을 수 없었다. 일영이가 울음 섞어 부르는 노래는 실낱 같이 가늘어도 혜경의 귀에 익은 <흑노의 망향곡>이었다—

◇

애달파라!

나그네 마음은 쓸쓸한 폐허를 더듬으며

죽음의 속삭임과 같이도

무덤 속의 적막을 노래 부르네

오오 들어다오

그리운 사람이여!

나직한 곡조에 떠도는

울음과 애원의 소리를

그대의 마음과 그대의 귀를 비노니

내가 뜯는 기타에 기울여다오!

오직 한 분을 위하여 부르는

애끓는 나의 노래를

◇…◇

○

혜경은 눈을 어렴풋이 뜨고 꿈속같이 무엇인지 생각하고 있는 모양이
다.

×

병실 문이 푸시시 열리며 일영이가 아련히 나타나 신발소리도 없이 가
까이 걸어들어 오더니 말없이 침대 곁에 가 앉는다. 혜경은 상체를 일으
키며 두 팔을 벌려 그를 맞으려 하니 일영은 묵묵히 혜경의 손을 쥐고

말없이 사랑하는 사람의 얼굴을 내려다본다.

혜경은 전신의 신경이 한꺼번에 발발 떨다가 오그라드는 듯 처음 겸 마지막으로 행복이라는 것을 느껴보는 듯하였다. 혜경은 일영에게 굳게 잡힌 손을 가만히 빼어내며 알뜰한 사람에게 병이나 옮길까 도리어 염려함인지

일영 : 남궁운

"내 몸을 가까이 하지 말아주세요."
하고 이상스러이도 똑똑히 말을 어울릴 수가 있었다. 일영은 다가앉으며 더 단단히 병자의 손을 잡고 한 손으로 흐트러진 머리카락을 쓰다듬어 주며

"혜경 씨! 당신은 정말 가시렵니까?"
하고 무겁게 입도 열었으나 두 눈에는 참을 수 없는 눈물이 글썽글썽하게 괴었다.

"저를 용서해 주시겠지요 네? 일영 씨! 저는 당신을 오해했었습니다."
하고는 일 분 일 초 동안이라도 더 보고 싶은 듯이 일영의 얼굴을 쳐다보며 애원하였다.

"나를 먼저 용서해 주십시오. 끝까지 당신을 사랑하고 보호해드리지 못한 내 허물을…."
혜경은 어린애와 같이

"저 세상도 이 세상처럼 괴로우면 어떡해요?"
하고 무슨 성자(聖者)나 대한 듯이 묻는다.

"죽음의 나라에는 즐거움도 괴로움도 없겠지요. 길이길이 편안히 잠이 들뿐이니까…"

"그럼 저 혼자 편안한 나라로 먼저 가는 것이 미안하지 않아요? 일영 씨를 이 더럽고 괴로운 세상에 남겨두고…"

"거기에는 우리와 같이 가난한 사람과 당신과 같이 죄 없어 짓밟힌 사람들도 들어갈 수 있습니다.

우리보다 먼저 떠나간 사람들은 거기서나 자유로이 동지를 맞아주겠지요…. 나도 얼마 아니해서 당신의 뒤를 따라갈 것입니다."

혜경은 일영의 옷소매를 놓치지 않으려는 듯이 잡아당기며

"난 잠깐이라도 더 살고 싶어요! 당신이 떠나실 때까지 이 세상에서 좀 더 같이 고생을 하고 싶어요!"

하고 매어 달린다. 일영은 여전히 정숙하게

"당신은 너무나 일찍이 많은 고통을 받았으니까 그 값으로 먼저 편안한 나라로 가서 몸을 쉬시게 되는 것입니다. 이왕 떠나실 길이어든 부디 기쁜 마음으로 고이고이 잠이 들어주시오!"

하고 죽음의 신비스러움을 설법이나 하는 듯 은밀한 가운데에도 일영의 태도는 사랑하는 사람의 안타까운 임종을 바라보는 사람이라고는 할 수 없을 만치 침착하고 점잖았다―.

😊 32회, 1926.12.13.

④ 새벽녘에 체온을 보러 들어오는 간호부가 병실문을 쿠―ㅇ 하고 닫는 소리에 놀라 눈을 뜨니 일영은 간 곳이 없고 일영이가 앉았던 자리에는 홍렬이가 턱을 고이고 앉아서 피곤한 눈으로 들여다보고 있다.

혜경은 일영을 만나보고 마지막 이야기를 주고받은 것이 너무나 똑똑해서 꿈인지 생시인지 구별을 할 수가 없었다.

곁에 흥렬이가 앉아있는 것을 한참 동안이나 멀거니 바라보다가 아무래도 꿈이라고는 믿을 수 없는 듯이 다시 눈을 감고 스러진 꿈의 자취를 찾으려 하는 모양이다.

우연한 기회에 만나 이생에서는 잊을 길 없는 원한을 품은 두 사람은 또한 우연한 기회에 몸은 지척에 있으면서도 서로 알지 못하고 영혼만이 허공에서 서로 찾다가 꿈으로 다리를 걸치고 잠시 만나 영결의 말을 바꾸었던 것이다. 그러나 깨고 나면 하염없는 눈물만이 베개를 적시는 한 조각 환영에 지나지 못하건마는 혜경은 죽음이 가까워 올수록 더욱 그립고 아쉬운 마음에 그 꿈을 생시로만 여겼다.

검온(檢溫)을 하고 나서 맥박을 짚어보던 간호부는 황급히 종종걸음을 쳐서 환자가 절맥이 되어 간다는 것을 의사에게 보고하였다.

간호부의 거동이 심상치 않은 눈치를 챈 흥렬이는 혜경의 손을 잡고 맥을 짚어보았다. 맥은 실낱같이 가늘게 뛰다가 한 번씩을 쉬고는 태엽이 다 풀린 시계처럼 조금 가다가는 그치고 그쳤다가는 간신히 이어지고 한다. 손끝은 벌써 싸늘하게 식어 올라간다. 다리에 손을 짚어보니 거기는 온기가 그친 지 오래인 모양이다.

흥렬은 혜경의 가슴에 귀를 대고 들었다. 아득히 먼 곳에서 울려오는 깨어진 종소리를 듣는 듯 심장의 고동조차 그치려 한다.

흥렬은 그 희미한 소리나마 놓치지 않으려는 듯이 서로 젖가슴을 파헤치고 부비며 의사가 들어와 청진기를 대고 들으려 하여도 흥렬은 떨어지려고 들지를 않는다.

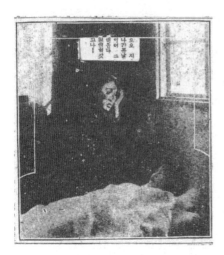

홍렬 : 나운규
혜경 : 김정숙

의사는 가만히 혀를 차며

"진작 수혈요법(輸血療法)이나 써 봤드면 어땠을는지."

하고 간호부를 돌아보고 수군거린다. 귓결에 이 소리를 들은 홍렬은 벌떡 일어나 선뜻 팔을 걷어붙이고 의사의 턱 밑에 치받치듯 하며 황급히

"이 팔의 피를 뽑아 넣어 주시오! 이 팔의 피를!"

하고는 달려들어 성화와 같이 독촉을 한다. 의사는 머리를 흔들며

"벌써 늦었소이다. 캠플이나 한 대 놓아드리지요"

하고 캠플 주사를 한 대 놓아 주었다. 조금 있다가 혜경은 잠시 정신이 반짝 도는 모양이더니 속눈썹 사이로 정기 없는 눈동자를 굴려 물끄러미 홍렬을 보더니 간신히 혀끝을 돌려

"고맙습니다!"

하고 입을 다물어 버린다.

아아 오늘까지에 홍렬의 모든 노력과 그에게 향한 극진한 정성이 이 "고맙습니다" 한 말 한 마디로 갚아졌을 것인가?

홍렬은 의사의 앞으로 달려들어 주사기를 든 팔을 끌어당기며

"한 대만 더 한 대만 더"

하고 울음 섞어 애원으로 한다. 의사는 슬그머니 홍렬의 팔을 뿌리치며

"가는 사람은 억지로 붙잡지 못합니다. 잠시라도 더 고통을 줄 뿐이지요."

하고 혜경의 맥을 짚고 섰다.

홍렬은 그의 입에서 정다운 말 한 마디라도 더 듣고 싶은 듯이

"잠깐이라도 더 살려주고 싶어요! 잠깐이라도…."

하고는 침상 모서리에다가 머리를 부딪고 헉헉 느껴 운다.

맥을 짚고 섰던 의사는 가만히 손을 떼며

"돌아가셨습니다!"

하고 간호부와 잠시 머리를 숙였다가 뒤도 안 돌아다보고 나아간다.

…양미간에는 풀어보지 못한 원한의 자취를 감추지 못하였으나 입모습에는 그린 듯 미소를 띠고 혜경은 꿈에 만난 일영의 축원과 같이 마음이 드는 듯 고이고이 눈을 감았다. 더럽고 괴롭고 백주에 이매망량이 날뛰는 이 사바(娑婆)에서 더럽히고 짓밟힌 그 육체를 내어버리고 깨끗하고 아름다운 처녀의 영혼은 영원히 근심 없고 편안한 나라로 떠나가고 말았다.

홍렬은 혜경의 죽음이 도무지 믿어지지 않았다.

"저 얼굴을 보라! 죽은 사람의 얼굴에 저렇게 화색이 돌 리 없다. 저 입을 보라 나를 반기는 듯이 웃음을 띠고 있지 않느냐?"

미친 듯 중얼거리며 그래도 한편으로는 못 믿어져서 간 사람의 어깨를 흔들며 이름을 부르니 한번 떠나간 혜경이가 어디서 대답을 할 것인고?!

"이 밤이 언제나 밝으려나! 이 긴긴 밤이 언제나 밝으려나!"

하고 울며 부르짖다가 별안간

"누구냐?"

하고 소리를 벽력같이 지르고 복도로 뛰어나가며

"누구냐? 혜경이를 죽인 놈이 누구냐!"

목청이 찢어져라하고 이빨을 갈며 고함을 친다.

×

이윽고 먼동이 트고 날이 새어 온 밤의 감추었던 비밀이 드러날 때 무심한 햇발은 아직도 미소를 띤 채 눈을 감은 혜경의 시체와 그 곁에 동녘 하늘을 향하여 머리를 두고 쓰러진 홍렬을 한결같이 비취었다.

×

병원 안의 아침밥 때를 알리는 종소리가 울려올 때 혜경의 사체는 시체실로 옮겨갔다—.

🙂 33회, 1926.12.14.

⑤ 그 이튿날—

살아서도 몸을 의지할 곳이 없던 혜경은 죽은 시체조차 편안치가 못하였다.

치료비도 한 푼 받지 못한 이름도 없는 송장이라 병원에서는 한 시각이라도 바삐 내어가라고 독촉이 자심하였던 것이다—

인왕산 등성이로 뉘엿뉘엿 넘는 해도 하루 날의 마지막을 고할 때 혜경의 관을 실은 조그마한 수레는 병원 언덕을 굴러 큰 길로 나왔다.

병원을 떠날 때에는 하룻밤 혜경을 간호해 주던 일녀 간호부가 병원 정문까지 걸어나와 한 방울 동정의 눈물을 흘려주었을 뿐이요 화환 하나 관 위에 얹어 줄 사람이 없었으니 홍렬이가 단거리로 입던 헌 망토를 구의(柩衣) 삼아 얇은 관 위에 덮어 주고 부르르 떨며 수레 뒤를 밀고 따라 갈 뿐이었다. 길거리에는 한 사람도 혜경의 마지막 길을 전별은커녕 거들떠보는 사람도 없고 제각기 멸망당한 도회지를 헤매는 개떼와 같이 한 술의 밥을 줍느라고 눈이 벌게서 헐떡거리고 돌아다닐 뿐이니 어느 구석에서 사람 한 마리가 또 퀴였구나 하고 고개를 돌리고 지나갈 따름이다.

문밖 공동묘지로 나가려면 준상의 별장 근처를 돌아나가는 길밖에 없었다.

준상의 별장! 거의 오 리나 자동차 길을 닦아 놓은 신작로! 뼈를 창칼로 긁어내는 듯한 기억이 어제와 같이 새로운 이 길을 혜경의 죽은 시체가 지나가게 되니 야릇하고 심술궂은 운명은 언제까지나 사람의 희롱하려는고?

잎새는 다 떨어지고 줄거리만 앙상하게 남은 길거리에 길게 면한 포플러 사이로 관을 실은 수레는 묘지를 향하여 떨떨떨 굴러간다. 온종일 찌푸렸던 날도 주름살을 펴지 못한 채 저무니 근처 마을에는 벌써 황혼이 둘러싸였고 모르는 겨를에 오는 눈이 한 송이 두 송이 혜경의 관 위로 내려앉는다.

관을 실은 수레가 막 길모퉁이로 돌아가려 할 즈음에 큰 괴물과 같이 시커먼 것이 앞을 가로 막으며 길을 비키라고 근처 산이 움직이도록 으르렁거린다.

혜경이가 타본 일이 있는 준상의 자동차다—

자동차 한 대만 겨우 지나다니게 닦아논 길이니 어디로 비켜서란 말인가? 흥렬은 수레 뒤채를 잡고 없는 힘을 다 들여서 수레를 추슬러 길모퉁이로 비켜 놓으려 할 즈음에 관머리가 벌떡 일어섰다가 덜커덕하고 떨어져 하마터면 언덕 비탈로 내려 구를 뻔하였다.

'내가 닦아논 길에 걸리적거리는 것이 무엇이냐' 하고 자동차 안에서

커튼을 걷고 바깥을 내어다보는 준상의 얼굴! 야회에 참예할 시간이 늦어지는 것이 걱정이었다.

자동차는 먼지를 끼었고 가솔린 냄새를 풍기며 전등불이 얕은 하늘에 별 깔리듯 한 시내로 뿡뿡거리며 속력을 주어 달린다.

혜경의 관을 실은 수레는 차디찬 무덤을 찾아 어둠 속으로 아득히 멀리 굴러 들어간다—

먹을 것을 찾는 여우소리 산골에 스며드는 공동묘지의 밤— 등불 몇 개만 고총들 사이에 유령과 같이 깜빡이는데 뗏장도 덮지 못한 조그만 봉분 앞에는 삽을 들어 묘표를 박는 시커먼 그림자가 있었고 그 후 일영은 서울 안에서 그림자도 찾을 수 없었다—

😊 [작자가 한 마디]
머리말은 큼직하게 걸어놓고 정작 탈[假面]은 한 껍데기도 똑똑히 벗겨보지를 못한 채 겨우 삼십사 회로 「탈춤」 전편을 끝막습니다. 장근 일 년 동안이나 병석에 누워 있다가 공교롭게 원고가 게재되기 시작한 이튿날 다리에 두 군데나 큰 수술을 받게 되어 원고의 태반은 병원에서 미라처럼 누워서 우유로만 연명을 해가며 그날 그날 치를 죽지 못해 끄적거린 것이라 '막걸리'를 거르려다가 '지게미'도 건지지 못하고 붓을 던집니다마는 건강이 회복되는 대로 다른 것을 계속하여 써볼까 합니다. 끝으로 오자와 낙서가 많아서 독자 여러분께 여간 미안한 것이 아닙니다.

😊 34회, 1926.12.16.

소년영화소설

기남(奇男)의 모험

기남이가 학교에서 하학한 뒤에 동무들과 캐치볼을 하고 놀다가 다른 날보다도 시간이나 늦게 골목 안에 두부장사가 지나간 뒤에야 집에 돌아 왔습니다.

집문 앞에까지 피곤한 다리를 끌고 와 보니 웬일인지 전날 같으면 자 물쇠를 채워두었을 터인데 바깥으로 고리만 걸려 있었습니다.

'이상스럽다' 하고 매어달려 걸린 고리를 벗기고 나서 발길로 문짝을 걷어차고 앞마당에 들어서 사방을 둘러보았습니다.

마루 위에는 먼지가 발이 파묻히도록 쌓였고 방은 덧문이 반이나 닫힌 채 인기척도 없었습니다.

기남이는 마루 끝에 책보를 내어 던지고 정신없이 털썩 주저앉으며

"기순아! 기순아!"

하고 남유달리 우애가 깊은 누이 이름을 불러보았습니다. 그러나 대답이 없었습니다.

"기순이 어디 갔니? 얘―기순아!"

이번에는 아까보다 목소리를 높여서 불렀습니다.

여전히 사람의 대답은 없고 깊은 산골 속에서 어우—ㅇ한 바위들 사이로 울려나오는 짐승의 외마디 소리처럼 비인 집 속에 반향하는 제 목소리에 겁 없고 다부지기로 유명해서 '모도리'라는 별명을 듣는 기남인데도 오늘은 등허리에서 별안간 찬물을 끼얹는 듯이 어깨가 으쓱 올라갔습니다.

×   ×   ×

"아이구 오빠! 오늘도 공 찼구려 왜! 인제 왔수."
하고 언제든지 저보다 학교에서 먼저 와서 밥이 되나 죽이 되나 부채질을 한바탕 해가며 끓이고 있다가 부엌에서 까치걸음으로 뛰어나와서 오빠의 책보를 받아내려 놓고
"나 벌써 밥 다해놓고 입때 기다렸다오. 내 얼핏 퍼올려 올께—응."
하고 반은 응석을 부리는 말씨로 '응' 자를 길게 뽑으며 다시 부엌으로 깡충깡충 뛰어들어가는 어린 누이동생의 귀여운 뒷모양! 방울을 굴리는 듯한 고 아름다운 목소리!
그 모양이 보이지를 아니하였습니다.
불러도 불러도 대답이 없고 구석구석이 뒤져보아도 기순의 그림자조차 찾을 길이 없었습니다.
'고것이 날 속여 먹으려고 어디를 숨었는 게지.'
하고 기남이는 부엌문을 열어보고 방문을 열어보고 벽장문도 열고 들여다보다가 마루 끝에 쌓아놓은 빨래보퉁이까지 손가락으로 꼭꼭 눌러보았습니다.
'어어 정말 없네. 이것 웬일인가? 학교에서 여지껏 안 왔을 리는 없는데—'

속으로 중얼거리며 신짝을 거꾸로 끌고 마당으로 내려서서 마지막으로 뒷간 속까지 들여다보았습니다.

날은 벌써 아주 저물어서 사방으로 어둠이 에워싸고 도는데 깊숙한 뒷간 속에는 사람의 그림자란 보이지도 않고 눈도 코도 없는 도깨비가 충충 걸어 나오는 것 같아서 기남이는 머리끝이 쭈뼛하여졌습니다.

문짝을 메어 부치듯 닫고는 한달음에 마루 끝에 와 털썩 주저앉으며 주먹으로 턱을 고이고 그 조그만 샛별 같은 눈을 깜빡거리며 곰곰이 생각을 해보았습니다.

'소제 당번이라도 전기불이 들어올 때까지 있을 리가 없고 무슨 일이 있든지 나보다 늦게 온 적은 한 번도 없는데…. 괴상스런 일도 다— 많다 이런 때는 어머니나 일찌감치 돌아오셨으면….'
하고 저 혼자 투덜거리다가 날마다 아홉 시나 열 시가 되어서야 회사에서 돌아오시는 어머니가 원망스러워졌습니다.

어두컴컴한 텅 비인 집안에 기남이는 혼자 쭈그리고 앉아서 누이를 염려하고 어머니를 원망하는 끝에 두 눈에는 눈물이 글썽글썽해졌습니다.

$\times$ $\times$

기남이는 열세 살 기순이는 열한 살—

이 어린 두 남매를 끼쳐 두고 아버지는 삼 년 전에 그 무슨 일로 감옥에를 들어갔습니다. 자유로운 몸이 되어 세상에 나오시려면 아직도 삼년이란 긴 세월을 기다리게 되었습니다. 본디 아무것도 없던 가난한 살림살이였는데 아버지마저 감옥으로 들어가신지라 두 남매가 오늘날까지 살아온 것도 참말로 눈물겹거니와 노상 속병으로 괴로워하시던 어머니가 생으로 과부처럼 되어서 의지가지 할 곳 없는 홀몸으로 다달이 집세를 물고 두 아이의 학교 뒤치다꺼리를 오늘날까지 해오시느라고 고생하신 이야기야말로 삼월이 두 달이라도 다 할 수 없었습니다. 어머니는 그 전에 학교에도 다니신 적이 있어서 생각다 못하여 재봉틀 회사에 들어가서 주문도 맡으러 다니고 헌 재봉틀을 고치는 법도 배워서 얼마 안 되는 수입으로 간신 간신히 살아오려니 억지로 사는 것이란 얼른 죽어버리는 것만도 못하다고 깊은 한숨을 쉬실 때가 하루에도 몇 번이었습니다.

서울 길거리를 소 갈 데 말 갈 데 없이 온종일 돌아다니시다가 솜같이 피곤해진 몸으로 날이 저문 지 한참 되어야 집이라도 찾아들면 기순이가 먼저 내다르며

"오빠! 어머니 오셨수! 아이고 오늘은 퍽 치우셨지요?"

하고 어머니 손을 끌어당겨서 호호 불어드리기도 하고 젖먹이처럼 어머니 겨드랑이에 매어 달리기도 하였습니다. 기남이는 장작을 패고 물을 길어오고 집안을 치운 뒤에 복습을 하다가 뛰어나와서 어머니를 맞아드리는 것이었습니다.

어머니는 하루 종일 고생스럽게 지내던 생각은 봄볕에 녹아버리는 눈처럼 스러지고 고달픈 몸은 귀여운 정이 넘치는 자기의 아들과 딸이 기다리고 있던 따뜻한 보금자리 속에 포근히 파묻히는 듯 아무 말도 없이 어린 것들의 등을 어루만져 주실 뿐이었습니다.

그러다가 아랫목에 파묻어 두었던 밥을 꺼내놓고 상머리에 앉아서 없는 반찬에 많이 잡숫기를 기다리고 바라보는 기순이를 보면은

"내가 죄 많은 여편네다! 조 어린 것을 이 치운 날 밥을 시켜먹다니…."

가엾고 애처로운 생각이 나서 목이 메어 하시는 것을 기남에게 들키기만 하면

"애— 어머니 또 앵두 따신다. 아버지가 돌아가신 뒤에 따신 걸 모으면 아마 닷 말은 훨씬 될 걸"

하고 어머니를 놀리는 것은 어른을 조롱하려는 생각이 아니라 억지로라도 웃으시게 하려는 것이었습니다.

"난 싫어 어머니! 또 그러시면 난 싫어."

이번에는 기순이가 눈물이 그렁그렁해지며 발버둥지를 치다시피 하였습니다.

"아니다. 찌개에 고추를 씹었더니…."

하시고 밥을 눈물로 삼키시는 것이었습니다.

기남이는 다시 책상으로 돌아앉으며 군소리하듯

"우리 집 여대통령은 울기만 하셔서 못 쓰겠어. 밤낮 아버지 생각만 하시느라고 그렇지ㅡ. 나두 아버지만큼 훌륭한 사람이 될 텐데!"

하고 저 혼자 투덜거리다가

"그래두 내가 이 주먹을 한 번 뽑아들고 나서는 날이면ㅡ"

하고 나서 돌덩이 같은 팔뚝을 걷어 제치고 무쇠 장도리 같은 조그만 주먹으로 책상 한복판을 '콰ㅡㅇ' 하고 내려치는 바람에 문풍지가 뜨르르 울리니 어머니도 기순이도 깜짝 놀랐다가 이다지 고생살이를 해 가건만 자기 아들이 튼튼하고 활발하게 자라나는 것을 바라보니 마음이 든든해지고 또는 귀여운 생각에 어머니는 금세로 빙그레 웃는 것이었습니다.

"저것 봐라 저것 봐라 어머니가 웃으신다."

무슨 경사나 난 듯이 기순이는 손뼉을 치며 기뻐하였습니다.

그러나 밤이 깊어서 남매를 나란히 앞에 누이고 나서 찬물에 설거지까지 하느라고 부풀어 오르고 툭툭 터진 기순이의 조그마한 손등을 쓰다듬으시면서 첫 '뚜—'가 불 때까지 잠을 이루지 못하실 때가 많았습니다.

×   ×   ×

기남이는 가위나 눌렸던 것처럼 깜짝 놀라 소스라쳐 깨었습니다.

벌써 앞마당은 컴컴하여지고 사방은 무섭도록 고요하여졌습니다.

어머니는 아직도 돌아오실 때가 못 되었고 당초에 늦게 들어오는 법도 없으려니와 동무 집에도 놀러 다닐 줄 모르는 기순이는 영영 그림자도 나타나지 않았습니다.

기남이는 으스스 추워오고 배도 몹시 고프건만

'참말 이상스럽다. 큰일 났구나. 어쨌든 이러구만 있을 때가 아니다.'

하고 모자를 집어 쓰고 황급히 길거리로 뛰어나아가서 한걸음으로 기순이의 담임선생의 집으로 찾아갔습니다.

"오늘은 체조 선생이 안 오셔서 한 시간이나 일찍이 갔는데 어느 동무 집에 가 놀고 있는 게지!"

하는 것이 태연한 선생의 대답이었습니다.

×   ×

기남이는 허리띠를 졸라매고 내친걸음에 기순이와 의초 좋게 지내고 가끔 집에 놀러오는 봉주와 마리아의 집으로 달음질하였습니다. 불쑥 내민 새가슴이 터질 듯이 숨이 가빴습니다.

"그 애가 왜 우리 집으로 올 리가 있나요 아까 우리보담 먼저 갔지요 숙제가 밀렸다고 한 걱정을 하면서…. 참 별일일세!"

하는 것이 두 계집애의 똑같은 대답이었습니다.

기남이는 앞이 캄캄하여졌습니다.

그리하여 어찌 하였으면 좋을는지 찬비가 뿌리기 시작하는 길모퉁이

전기불이 껌뻑거리는 남의 집 추녀 밑에 쭈그리고 서서 별별 방수끄리는 생각까지 해보았습니다.

'전차에 치지나 않았을까? 그래서 병원으로 떠담아가지나 않았을까?'

시뻘건 피를 흘리고 끌려가는 기순이의 모양이 눈앞에 떠돌자 기남이는 고개를 홱 돌렸습니다.

몸서리를 치면서 발뒤꿈치를 돌리기는 했지만 어디로 갈지를 몰랐습니다. 한참 망설이다가

'에라 파출소에나 가서 물어보자.'

하고 질척질척해진 길바닥에 미끄러지며 발이 빠지며 허겁지겁 달려가서 파출소 문지방을 밟았습니다.

기남이의 황급한 태도에 놀랐던 당번 순사는

"별일도 아닌 걸 가지고 저 녀석이 그렇게 호들갑을 떨었구나."

하고 입속으로 중얼거리며 그날 사고를 적어두는 일기장을 뒤적뒤적해 보다가

"그런 불의의 일이 발생했으면 관할하는 파출소로 벌써 통지가 있었을 터인데…. 집에 가 좀 더 기다려 보는 게 좋겠지."

하고는 귀찮은 듯이 검은 구레나룻만 쓰다듬고 앉아있었습니다.

'그렇다고 조심성 많은 계집애가 어른처럼 지각이 난 애가 전차 같은 데에 치었을 리는 만무하다'

생각하고는 조금 안심이 되어서 설마 인제야 왔겠지 하고 집으로 돌아왔습니다.

×　　×　　×

기순이를 연거푸 부르며 마루까지 올라왔건만 사람 없는 집에서 쥐란

놈이 비인 천정을 사각사각 긁고 쏘는 소리밖에는 집안은 무섭게도 조용하였습니다.

마음은 불안하고 배는 고프고 몸은 지쳐서 기남이는 그만 마루에 가 쓰러졌습니다.

한참이나 눈을 멀거니 뜨고 희미한 전등불에 비추이는 마룻바닥을 무심히 바라보다가 이상스러운 일을 발견하였습니다.

예전부터 비질도 하지 않은 길바닥 먼지가 켜켜로 날아와 앉은 마룻바닥 위에는 어른의 발자국이 뚜렷이 났습니다.

틀림없는 커다란 남자의 넓적한 발자국이었습니다. 그 발자국은 조그마한 버선 발자국을 이리저리로 쫓아다닌 흔적이 뚜렷하였습니다.

기남이는 정신이 번쩍 나서 명탐정이나 된 것처럼 이 구석 저 구석으로 쏘는 듯한 시선을 달렸습니다.

　　×　　×　　×

이상스러운 일을 또 한 가지 발견하였습니다. 그것은 기순이의 책보가 책상 밑에 틀어박혀 있는 것이었습니다.

기남이는 또 무슨 생각을 하고 벌떡 일어나 벽장 속에 어머니가 감추어 두고 쓰시던 조그마한 궤짝을 깨뜨리고 보니 어제가 월급날이라 남매의 학비로 돈 십 원이나 준비해서 어머니가 넣어두었던 것이 분명한데 돈은 한 푼도 없고 감옥에서 온 아버지의 편지와 놋기명을 잡힌 전당표만 서너 장이나 흐트러져 있을 뿐이었습니다.

　　×　　×　　×

괴상스런 일이 하나 둘이 아니요 네 가지나 되었습니다.

1, 집을 지키는 사람이 없어서 대문에는 자물쇠를 채우고 열쇠를 다—

각각 가지고 다니는데 자물쇠는 없고 고리만 걸려있었다.

 2, 마루 위에 커다란 발자국이 왜? 기순이를 쫓아다녔을까?

 3, 책보가 있는 것을 보니까 기순이는 집에 다녀간 것이 분명하다. 무슨 뜻밖에 일이 생겼다 하드래도 이때까지 소식이 없을 리는 없을 것이다.

 4, 돈은 어느 놈이 훔쳐 간 것이 확실한데 어저께 어머니 월급날인 것을 알고 들어온 것과 다른 데는 손도 대이지 않고 아무도 모르는 벽장 속까지 둘쳐서 궤짝만을 뒤진 것을 보면 집안 사정을 잘 알고 노 드나드는 사람의 짓이다. 그런데 기순이는 무슨 까닭으로 데리고 갔을까?

×　　×　　×

 오늘은 다른 때보다도 더 늦게 아홉 시를 쳐도 어머니는 돌아오시지를 않았습니다. 의논 한 마디 해볼 곳 없는 기남이는 이 여러 가지 이상스러운 일을 눈앞에 놓고 별별 생각을 다—해보다가 한참이나 적은 뇌를 짜낸 끝에 기남의 머리에는 어떠한 생각이 번갯불처럼 났습니다.

 '옳다! 알았다. 꼭 그렇다! 찾아내고야 말 터이다. 불친절한 선생이다— 무엇이냐? 내 누이 기순이는 내손으로 찾아내고야 말 것이다!'

☺ 출전 : ≪새벗≫, 1928.11., pp.101~108. [현재까지 연재 1회분만 확인됨. 필자명은 '沈薰', 삽화는 '安夕影'.]

시나리오

탈춤

나오는 사람들

오일영(吳逸泳) ···································· 남궁운(南宮雲)

그의 어머니 ·· 윤부인(尹夫人)

그의 아내 ·· 최윤희(崔潤姬)

이혜경(李蕙卿) ···································· 김정숙(金靜淑)

그의 아버지 ······································· 김갑식(金甲植)

임준상(林俊相) ···································· 주인규(朱仁圭)

강흥렬(姜興烈) ···································· 나운규(羅雲奎)

기타 목사·기생·학생 등 다수

자　막

　　사람은 태고로부터 탈을 쓰고 춤을 추는 법을 배워왔다. 그리하여 제각기 가지각색의 탈바가지를 뒤집어쓰고 날뛰고 있으니, 아랫도리 없는 도깨비가 되어 백주에 큰길을 걸어다니기도 하고 때로는 제웅 같은 허수아비가 물구나무를 서서 괴상스러운 요술을 부려 같은 인간의 눈을 현혹케 한다. '돈'의 탈을 쓴 놈, '권세'의 탈을 쓴 놈, '명예', '지위'의 탈을 쓴 놈…

　　또한 요술쟁이의 손에서는 끊임없이 '연애'라는 달콤한 술이 빚어 나온다. 모든 무리는 저희끼리 그 술을 마시고 환호한다. 그러나 눈 깜짝할 사이에 향기롭던 그 술은 사람의 창자를 녹이는 '실연'이란 초산으로 변해버리는 것이다.

　　옛날에 짐새[鴆]가 한번 날아간 그늘에는 생물이 죽어버린다 하였거니와 사람의 해골을 뒤집어 쓴 도깨비들이 함부로 장난을 하는 이면에는 순결한 처녀와 죄 없는 젊은 사람들의 몸과 영혼이 아울러 폭양에 시드는 잎사귀와 같이 말라버리고 만다.

　　그러나 그 탈을 한 겹이라도 더 두껍게 쓰는 자는 배가 더 불러가고 그 가면을 벗어버리려고 애를 쓰는 자는 점점 등허리가 시려울 뿐이다.

　　그리하여 모든 인간은 온갖 모양의 탈을 쓰고 계속하여 춤을 추고 있는 것이다.

심훈

S.#1　오(吳)의 숙소

(F·I) 아궁이. 불, 불, 시뻘건 불길! D·E 되는 강(姜)의 얼굴 (C·U)

대소(大笑), 홍소(哄笑), 폭소(爆笑)!

풍로 불을 부치며 웃는 강 (F·S)

T　불을 보면 미쳐나는 사람… 강흥렬

부채를 들고 불을 부치며 노래를 부르는 강 (M·S)

강의 어깨를 두드리는 손. 처다보는 강 (PAN)

책보를 들고 피곤한 얼굴로 내려다보는 오. 라켓을 들었다. (M·S)

놀라 반기는 강, 가엾이 내려다보는 오 (F·S)

☐ 오일영

오, 찬장을 뒤진다. 반찬거리가 없다.

마루 끝에 앉아 빈 도마를 두드린다. (F·S)

점점 침울해지는 강 (M·S)

먼 산을 바라다보고 싱글싱글 웃는 오, 그 곁에 강이 와 앉아서 유심
   히 처다본다. (M·S)

오, 여전히 웃는다. 라켓을 들고 여자와 인사하는 흉내를 내며 멀거
   니 무엇을 생각하며 웃는다. 강, 더욱 이상스럽게 본다. (F·S)

강, 오더러 왜 웃느냐고 묻는다.

오, 대답이 없이 웃기만 한다.

강, 재촉을 한다. (M·S)

오, 외면한 채 가만히 입을 열어 (M·S)

☐ 미, 미, 미인을 보았다나.

강, 약간 냉소하며 이야기를 하라고 조른다. (O·L)

S.#2 학교 운동장 (테니스코트) (遠景)

칠팔 명 학생이 테니스를 치고 있다.

전위(前衛) 보는 오, 스매싱 (M·S)

엄파이어 보는 학생 (M·S)

☐ 아웃!

공을 쫓아가는 오 (L·S)

판장을 넘으려다가 넘지 못하고 동무들을 부른다. (M·S)

달려오는 학생들 (L·S)

S.#3 판장 너머 조그만 언덕길

걸어오는 여학생. 등 뒤에서 그 앞으로 굴러가는 공 (L·S)

닭이 한 쌍 (FLASH)

쳐다보는 여학생 (FLASH) (B·U)

공과 여자의 발. 밟는다. (FLASH) (M·S)

S.#4 교정(校庭)

무등을 서서 담 위에 올라서는 오. (FLASH) (M·S)

S.#5 길

넘어진 여학생, 흐트러진 책보, 수틀, 일어나지를 못한다. (S·F)

선뜻 뛰어내리는 오 (F·S)

돌아다보는 여학생 (B·S—C·U)

T 모 여고 4년생… 이혜경

오와 이(李). 오, 주저주저하다가 여자의 책보를 털어 옆에 놓고 머 뭇거리다가 (F·S)

T 과히 다치지나 않으셨습니까?

이, 무릎을 짚고 간신히 일어서며, 부끄러운 듯 웃음을 조금 띄우고 (B·S)

T 괜찮습니다.

담 위. 내려다보는 학생 4·5인 (F·S)

서로 떠다밀며 판장으로 내다보는 학생들 (F·S)

여러 학생들을 밀치고 내다보는 한 학생 (F·S)

옹이구멍과 눈 (L·H)

비웃는 듯이 주목하는 한 학생 (B·S)

T 일영과 동급인… 임준상

임(林), 라켓으로 판장을 탁 친다. (M·S)

홱 돌아다보는 이와 오 (B·S)

가벼이 인사하고 헤어져 간다.

이의 가는 뒷모습을 바라다보는 오 (F·S)

가려다 살짝 돌아보는 이 (F·S) (O·L)

S.#6 오 숙소

끓어 넘는 솥의 밥

강과 오, 정신없이 이야기를 하다가 마루 아래로 미끄러져 내려가 댓
돌에 털썩 주저앉는다. (F·S)

강, 얼른 내려가 팔을 벌리며, 라켓을 들고 (M·S)

T 과히 다치지나 않으셨습니까?

둘이 마주 붙잡고 깔깔 웃는다. (M·S) (F·O)

T (F·L) 그 이튿날 아침

S.#7 학교에 가는 길

바삐 걸어가는 남녀 학생들 (L·S)

길모퉁이. 여러 학생들 가운데 섞여서 가는 오. 준상이도 섞였다.
(M·S)

길 이쪽 모퉁이. 다리를 조금 절룩거리며 오는 이 (F·S 이동)

이, 길모퉁이에서 여러 학생과 마주친다. (F·S)

준상, 이의 어깨를 일부러 스치고 간다. (F·S)

T 혹시 오라는 학생을 아십니까?

T 모르겠습니다.

T 저 어저께 만나신 내 동급생 말이야요.

T 그러면 물으신 양반이 더 잘 아시겠지요.

오, 여자의 다리 저는 것을 가엾이 보다가 따로 쳐져 여자의 뒤를 따
라가서 공손히 모자를 벗고 인사한다. (PAN)

오와 이 (M·S)

T 미안합니다. 다리를 저시는구먼요.

이, 가벼이 답례하며 (B·S)

T 아니요, 아무렇지도 않습니다.

임(林), 전신주에 몸을 가리고 두 사람의 행동을 뚫어질 듯이 곁눈질
을 하고 있다. (M·S) (F·O)

S.#8 오의 숙소 (그들의 방 안)

(F·I) 방을 치우는 강, 흐트러진 오의 책을 정돈해 놓는다. (F·S)

책상 위에 내어던진 오의 일기책 (C·M)

강, 유심히 떠들어 본다. (M·S)

(INSERT)

『…다만 일별견(一瞥見)! 그의 용자(容姿)는 무서운 차밍으로 내 가
   슴에 낙인을 쳐 놓았다. 여러 해 동안 눌러 오던 정열이 불시에 끓
   어오르려 한다. 참아야겠다. 가엾은 마음아! 참지 않으면 어쩌잔
   말이냐? 나를 위해서는 모든 것을 희생해 온 아내(?), 아! 죽는 날
   까지의 암종(癌腫)이다!』

일기책을 덮어 놓고 책상에 턱을 고이고 묵상한다. (M·S)

S.#9 교실

(F·I) 교수, 목에 힘줄이 뻗쳐서 지나치게 열심히 강의하고 있다. (B
   ·S)

정신없이 필기를 하고 있는 학생들 (F·S—이동한다)

창 앞에 오, 정신없이 팔을 괴고 선생의 입만 바라보고 앉았다. (M·
   S)

몇 자리 건너서 임, 눈이 게슴츠레해진다. (M·S)

(INSERT) 노트

『작소(昨宵) 철야(徹夜)하여 심신이 몽롱야(朦朧也)』 (C·U)

꾸벅꾸벅 졸기 시작한다. (B·S)

뒤에 앉은 학생, 노트 쪽을 찢어서 노끈을 꼰다. (M·S)

임, 침을 질질 흘리며 졸고 앉았다. (M·S)

T 병아리오줌이라고 별명을 듣는…준상의 처남
   병아리오줌, 임의 코침을 준다.

임, 코를 실룩거리다가 재채기를 한다.

침이 앞 사람의 얼굴에가 튄다.

앞의 학생, 딱장대, 홱 돌아다보며 (M·S)

T 이 자식아 여기가 한데 뒷간인 줄 아느냐?

임의 귀퉁이를 쥐어박는다. (M·S)

배경의 학생들 돌아보고 웃는다.

임, 침을 씻으며 얼떨떨해 한다. (B·S)

오, 칠판을 바라본다. (C·U)

칠판에서 이, 걸어 나온다. (D·E)

오, 머리를 짚고 선생을 바라본다.

선생, 어디로 가고 그 자리에 이가 웃으며 나타난다. (M·S) (D·E)

오, 눈을 비비며 주시한다. (C·U)

이, 다시 선생으로 변한다. (F·S)

임, 코를 드르렁 드르렁 곤다. (B·S)

덜덜덜 떨리는 유리창

책상에 얼굴을 파묻는 오 (B·S) (F·O)

T 그날 밤 깊어서…

S.#10 오의 숙소

(F·I) 기울어가는 하현달 (O·L)

난간에 기대어 기타를 뜯는 오. 보표(譜表)로부터 (O·L)

S.#11 오의 고향

꿈속 같은 촌가의 달밤 (O·L)

시비(柴扉)에 짖는 삽살개

안마당. 베틀 위에 앉은 오의 아내

그 곁에 물레를 두르며 조는 어머니 (F·S)

T 일영의 아내

그의 아내 (B·S)

T 정사창연억원인(停梭悵然憶遠人)

봄이면 누에를 치고 여름이면 길쌈을 하여 십년 동안이나 공규(空閨)
를 지키며 남편의 학비를 대어왔다.

S.#12 오의 숙소

기타를 뜯는 오, 눈물에 어리운다. (C·U)

S.#13 이가 있는 집 마당

화단을 거닐다가 (F·S) 옥잠화의 향기를 맡고 취한다. 머리를 숙인
다. (C·U)

S.#14 오의 숙소

오, 기타를 그친다. 강, 그 곁에 앉아서 역시 무엇을 생각한다. (F·
O)

T 며칠 후 저녁 때

S.#15 이의 숙소

엎드려 안 고리를 벗기고 집안으로 들어가는 이 (L·S)

뒤를 쫓아가 문패를 살펴보고 돌아서는 임

T 몇 시간 후 준상의 집

S.#16 임의 집 문패(W) 사랑 응접실

대문(大門), 중문(中門), 내문(內門), 내문(來門) (O·L)

신사 양복을 입은 임, 소파에 걸터앉아서 집사와 무엇을 소곤거린다.

집사, 무엇을 계속한다. (D·S)

T 준상의 집 집사…김동석(金東錫)

임, 놀라다가 무엇을 결심한다.

준상은 의외로 혜경이가 삼백 석지기나 되는 자기 사음(舍音)의 딸로

　서울에 올라와 공부하는 중인 것을 알았다…. 그날 황혼에….

S.#17 이의 집 문전. 큰 길.

검은 그림자가 나타난다. 문패를 살핀다. 강이다. (F·S)

이번에는 이편 골목으로부터 검은 그림자가 나타난다. (F·S)

강, 골목 안으로 몸을 피한다. (F·S)

성냥을 그어 문패를 살핀다. (M·S)

주머니에서 전보지(電報紙)를 꺼내어 문 안으로 들어뜨리며

T 전보 받으우!

돌아서 급히 간다. 김의 얼굴이다.

강, 나타나 의심하다가 김의 뒤를 쫓아간다.

S.#18 이의 거처하는 방

방 안에 편물(編物)을 하고 있는 이 (M·S)

미닫이를 두드리는 손. 전보를 들이민다.

돌아서 전보를 받아 뜯어보는 이 (M·S)

(INSERT) 전보지(電報紙)

『금야 7시 경성역착 부』

이, 의아하다가 시계를 본다. (B·S)

Ⓣ 농사 때에 어째 올라오실까?

(INSERT) 팔뚝시계

『여덟시 반』(C·S)

이, 일어나 바삐 옷을 갈아입는다. (F·S)

S.#19 문전(門前)

이, 급히 나와 큰 길로 나간다. (F·S)

나타나는 김, 이를 보고 공손히 인사하며 (M·S)

Ⓣ 이혜경 씨가 아니십니까?

옆 골목에서 나와 엿듣는 강 (F·S)

Ⓣ 네, 그렇습니다.

호로 씌운 자동차 그의 앞에 와 닿는다. 김, 안내하며

Ⓣ 나는 임준상 씨 댁에서 온 사람인데 춘부장께서 낮차로 올라오셔서 헛걸음을 하실까 보아 모시러 왔습니다.

이, 의심스럽게 (B·S)

Ⓣ 우리 아버지께서 지금 그 댁에 와 계세요?

김, 대답하며 자동차를 불러 타라고 재촉한다.

이, 한참 주저하다가 탄다. (F·S)

타기가 무섭게 움직이는 자동차.

강, (어찌할 줄 모르다가) 급히 나와 자동차를 쫓아간다.

길모퉁이를 돌았을 때, 운전수는 임의 얼굴, 득의한 웃음 (B·S)

자동차 꽁무니에 매달리는 강.

자동차 (O·L)

S.#20 임의 집 문전

닫히는 대문.

문새로 스치어 들어가는 치맛자락 (F·S)

무겁게 걸리는 빗장 (C·U)

대문을 열려고 애쓰는 강 (F·S)

S.#21 임의 집 내실. 장지(障紙)를 격(隔)하여 침실

하녀, 이를 안내하며 소파 한 모퉁이에 앉힌다. (F·S)

하녀, 돌아나가며 입을 삐죽하고

T 흥, 또 하나 걸렸군!

걸어 들어오는 발 (C·U)

침실에서 임, 자리옷을 갈아입고 나온다.

이, 일어나 (선생에서 경례하듯) 공손히 인사한다. (F·S)

임, 이를 앉히고 그 곁에 다가앉는다.

S.#22 대문 밖

담을 넘으려는 강, 쓰레기통을 끌어다가 딛고 올라선다. (F·S)

S.#23 실내

불안해하는 이 (B·S)

T 우리 아버지가 어디 계십니까?

임, 다가앉아 사음(邪淫)한 눈초리로 이의 얼굴을 뚫어질 듯이 보며

T 야시(夜市) 구경을 나간 모양인데…. 나하고는 이야기 좀 못하나.

임, 일어서서 침실 앞으로 돌아서서 위스키를 병째 들어 마시고 돌아
　　서서 이를 노려보며 그 곁으로 달려든다. (B·S)

하얀 목덜미

문밖에서 지키고 있는 김 (F·S)

담 안으로 넘겨다보는 강

이의 곁으로 바싹 다가앉는 임 (M·S)

이, 자꾸 피해 앉는다.

임, 자꾸 다가앉는다.

문틈으로 엿보는 하녀. 질투에 타는 눈자위 (M·S)

T 준상의 시비(侍婢) 겸 제3부인…임순(任順).

임, 슬그머니 이의 손목을 잡으며

T 그래 혼처 정한 데가 있나?

이, 손을 뿌리치고 머리를 숙이며 돌아앉는다.

임, 이의 허리를 얼싸안으려 한다. (M·S)

비명을 지르는 이 (C·U)

155

담 안으로 뛰어내리는 강 (F·S)

일어나 몸을 피하는 이

임, 비틀거리며 쫓아간다.

S.#24 마당

격투하는 김과 강, 달려드는 집안사람 2, 3인, 닥치는 대로 집어치는

　　강

S.#25 실내

이를 쫓아가 껴안고 키스하려 하는 임 (M·S)

들창에 어른거리는 시꺼먼 그림자. 반항하는 이, 침실로 끌려 들어간

　　다. (F·S)

얼굴을 가리고 들어와서 쫓아 들어가는 강

들여다보는 강 (M·S)

S.#26 마당

간신히 일어서는 김

S.#27 실내

커튼 사이로 내미는 육혈포

육혈포를 비틀어 빼앗고 커튼자락과 함께 임을 발길로 질러 넘어뜨

　　리는 강 (F·S)

강, 쫓아 들어간다.

흔들리는 휘장

강, 이를 들쳐 안고 나온다.

문 안으로 달려드는 김, 강 발길로 지르고 빠져 나가다가 육혈포를
  던져준다. (F·S)

김, 반쯤 일어나 육혈포를 집어 들고 강에게 겨냥하여 한 방 터뜨린
  다.

S.#28 마당

이를 안은 강. 넘어지려 하다가 비웃으며 손을 벌려 보인다.

손과 탄환 5, 6개 (C·U)

탄환을 담 밖으로 집어 던지며 (M·S)

T 용, 용 죽겠지? (F·O)

T (F·I) 흥렬은 혜경을 데리고 일영의 숙소로 왔었다.

S.#29 일영의 숙소

(F·I) 이, 난간에 머리를 기대고 있고 그 곁에 오. 두 사람의 등 뒤
  에 강.

두 사람을 비교해 보며 몰래 웃는다.

이, 찬찬히 머리를 들며 오에게 애원하듯 (B·S)

T 이 일을 아무에게든지 말씀하지 말아주세요

오, 흥분하며

T 네, 잘 알았습니다. 나를 믿어주십시오.

S.#30 준상의 집 내실

임과 임순 (F·S)

임순, 원망하듯 임을 책망하다가 금시 야비한 웃음을 지으며 위로한
다. (M·S)

T 과하면 이렇게 체하는 법이에요.

임, 화를 내며 임순을 떠다민다.

넘어져 발악하는 임순 (F·S)

T 내가 홀몸인 줄 아시우? 벌써 여덟 달이에요.

임, 술병을 깨뜨리고 임순을 발길로 찬다. 미친 사람과 같이 (F·S)

임순, 반항하며 (M·S)

T 흥, 이래만 봐요, 벙어리도 말할 때가 있을 테니…

임, 소파에 가 털썩 주저앉으며 입술을 깨물고 (F·S)

T 어디 두고 보자!

임, 무엇을 결심한다. (M·S)

S.#31 오의 숙소

오와 이. 마당으로 내려오며 오, 강에게 (M·S)

T 큰 길까지 바래다 드리고 옴세.

이, 강에게 공손히 인사하며 (B·S)

T 무어라고 여쭐 말씀이 없습니다. 안녕히 주무십시오.

강, 묵묵한 채 섭섭히 답례한다.

마루 끝에서 (M·S)

이와 오, 나란히 나간다. (F·S)

쓸쓸하게 의미 있는 눈으로 두 사람이 나가는 뒷모양을 전송하는 강
　(M·S)

T 사막에 태어나 폭양에 시들어가는 잎사귀와 같이 억지로 말라붙는
　청춘의 가슴! 흥렬은 형용 못할 쇼크를 받아 이 한밤을 앉은 채 밝
　히고 말았다.(F·O)

T 세월은 흘러서 준상에게는 법학사라는 '견서(肩書)'가 붙었으니 때마
　침 파산을 당하게 된 고려흥산회사에서 그를 중역으로 올려 앉혔다.

T 신임 피로회

S.#32 어느 큰 요릿집 복도

(F·I) 버티고 들어오는 '병아리오줌'

맥고모자와 스틱

방문 앞 분주히 다니는 보이들

모자를 벗어주는 '오줌'. 스틱과 보이의 모가지. 요리를 나르는 다른
　보이. '넥타이'

문을 연다.

S.#33 실내

넘쳐흐르는 맥주잔. 술 취한 어중이떠중이 수십 명 틈틈이 끼어 앉아
　술을 따르는 기생, 낭자(狼藉)한 배반(盃盤), 삼현육각(三絃六角),
　가야금 (BACK)

까딱거리며 들어와 앉다가 미끄러져 자빠지는 '병아리오줌' (F·S)

임, 그 곁에 모신 좌우의 기생 (등 뒤로) 날라 오는 술잔. 회석(會席)

전체가 보인다.

득의만면한 임, (술잔을 받아들고 경음(鯨飮), 개개풀린 눈자위)

무대, 승무·검무.

임, 벌어진 입. 풀린 눈동자로 바라본다. (C·U)

추파를 던지며 춤추는 기생 (B·S)

T 준상의 제5부인…난심(蘭心).

'오줌', 후춧가루 병으로 식탁을 두드린다. (M·S)

바람에 나는 커튼. 풍기는 후춧가루

손들, 일시에 재채기를 한다.

'오줌', 달걀을 곁의 사람의 이마에 깨뜨려 마시고 시치미를 뗀다.

정신을 못 차리는 곁의 사람 말라깽이

'오줌', 그 곁 뚱뚱보한테로 간다. (F·S)

꿀 종지와 겨자 종지를 바꾸어 놓는다. (C·U)

떡을 겨자에 찍어먹는 뚱뚱보, 버러지를 씹은 얼굴 (C·U)

뚱뚱보, 일어나 이 사람 저 사람에게로 달려들어 떡살을 흔들며 쩔쩔
　　매면서 뺑뺑 돈다. (말라깽이 '넥타이'를 잡고 늘어진다) (F·S)

'오줌', 시치미를 떼고 다른 자리로 피한다. (F·S)

『산악이 잠영(潛影)하고…』 커다랗게 벌린 입, 귤, 스트라이크

'무르팍머리' 일어선다. (M·S)

일동 박수

'무르팍머리' 후중(厚重)하게

T …임 학사와 같은 재덕이 겸비한 신사를 맞이한 것은 비단 우리 회
　　사뿐만이 아니라 조선의 실업계를 위해서 경하하여 마지않는 바입

니다.

비틀거리며 일어서는 임, (기생 난(蘭)이 부축) (F·S)

임, (B·S)

T 에— 이 사람이, 에— 박학천식(博學淺識)으로, 에— 중임을 맡어…

'오줌' 업신여기고 흉내를 낸다.

땀을 씻어주는 난심. 임, 주저앉는다. (B·S)

T 공원 한 모퉁이에 밤은 깊어서…

S.#34 공원 낡은 벤치, 소조(蕭條)한 나무그늘

기신없이 앉은 오 (F·S)

달빛에 비춰 편지를 본다. (B·S)

(INSERT) 어머니의 장서(長書), 이의 편지

『…그동안 좋은 곳에 취직하셔서 퍽 바쁘게 지내시는 듯, 요사이는
  반가운 친필도 대하지 못하오니 대단 궁금합니다.

저는 졸업이라고 하였사오나 더 공부할 도리가 없고 집에서는 혼처
  가 있으니 내려오라고 독촉이 성화같습니다.

오 선생님, 외로운 저의 장래를 잘 지도해 주십시오! 언제나 다시 한
  번 만나 뵈올는지요?

                              ×월 ×일 이혜경 올림』

모자를 벗는 오, 한참 머리를 들고 무엇을 생각하다 각 모자를 홱 집
  어 내던진다.

푹 엎드린다. (F·S) (O·L)

S.#35 피로회

지쳐 늘어진 손, 취해 자빠진 손 (F·S)

꽹과리, 수구, 장고, 짠지패

임, 기생과 맞붙잡고 어우러져 춘다— 뛴다—. (F·S)

'오줌' 탈바가지를 하나씩 뒤집어씌운다. (F·S)

맹꽁이 '구리귀신' (C·U) (PAN)

껑청이 '멍텅구리' (C·U) (O·L)

쫄쫄이 '윤바람' (C·U) '오줌'

임, '날도깨비' (C·U)

여러 사람 (F·S)

춘다—. 뛴다—.

꽹과리 (C·U) (F·O)

T 며칠 후

S.#36 길거리

(F·I) 오, 무엇을 싼 보자기를 옆에 끼고 시름없이 걸어온다. (F·S)

노동자 숙박소 앞에 우뚝 서서 그 안을 들여다본다. (F·S)

S.#37 노동자 숙박소

(F·I) 내부, 피곤하여 늘어진 노동자의 무리. (PAN)

부엌 문 앞. 강, 장작을 패고 있다.

(그 뒷모양) (F·S)

급히 뛰어 들어오는 오 (F·S)

장작을 패면서 뒤를 돌아다보는 강

두 사람 달려들어 손을 잡고 반긴다.

T 일영에게서도 견딜 수 없게 된 흥렬은 노동자 숙박소로 종적을 감춘 지 여러 날이 되었었다.

오 (B·S)

T 이 사람아 그래 말 한 마디 없이 가버린단 말인가?

강 (B·S) (땀을 손등으로 씻으며)

T 성명도 없는 놈의 일이란 그렇지, 자네 밥을 얻어먹는데 가시를 씹는 것 같아서….

강의 흐트러진 머리, 흐르는 땀

물끄러미 측은하게 바라보는 오

S.#38 헛간 속 석유 궤짝 침대

강, 오를 끌고 들어간다. (F·S)

궤짝 침대에 둘러앉는다. (M·S)

강,

오, 베개 밑에서 인형, 이의 사진(상배(相背)의 포즈) 발견

T 어때, 침실이 훌륭하지? 밤마다 허깨비 마누라하고 동침도 하고….

두 사람, 고소(苦笑)

오, 주머니에서 편지를 꺼내 보인다.

강, 『보아도 관계치 않은가?』하고 펴본다.

강, 말없이 생각한다. (B·S)

오, 애원하듯 (B·S)

T 이 일을 어쩌면 좋단 말인가? 집에서도 과거나 한 줄 아는지 서울살림을 하러 올라오겠다고 야단이니….

강,

T 자네는 그래도 편지해 주는 사람이나 있네…. 내 좀 만나보게 해줄까?

오, 수줍어한다.

숙박소 주인영감, 장작을 안아다가 마당에 던지며 일을 하라고 야단을 친다. (F·S)

T 하루 밥 두 그릇을 거저 주는 줄 아니? 어서어서 선뜻선뜻 일을 할 게 아니라… 그 주제에 무슨 생쥐 벼락 맞던 이야기냐?

강, 나와 장작을 패기 시작한다. (F·S)

오, 나간다. (F·S)

강, 돌아다보며

T 가진 건 무엇인가?

오,

T 일육(一六)은행 마지막 출동일세

장작 패는 강의 뒷모양 (F·O)

T (F·I) 그 이튿날 흥렬이는 그리워하는 두 사람에게 만나볼 기회를 지어주었다.

S.#39 한강의 달밤

철교, 난간, 나란히 걸어가는 오와 이 (F·S)

앞으로 남남(喃喃) (이동한다)

구름 사이로 은현(隱現)하는 달 (L·S)

등 뒤로 쫓아가는 강 (O·L) (L·S)

S.#40 강변

이와 오. 보트 타고 저어나간다. (F·S)

오, 노를 젓고 이, 키를 조종한다. (L·S)

헤엄치는 오리떼

S.#41 이의 숙소 문전

찾아 들어오는 임

임, 미닫이를 두어 번 두드리다가 와락 열고 들어간다. (신발을 신은
채) (L·S)

S.#42 방안

임, 책상서랍을 뒤진다. (M·S)

(INSERT) 오에게서 온 편지

『…오늘 저녁 여덟 시에 한강철교로 꼭 나와 주십시오. 오일영』

임, 주먹을 쥐고 급히 나온다. (F·S)

S.#43 한강 중류

저절로 흘러 내려가는 보트

멀리 밤바람에 흔들리는 대안(對岸)의 포플러 (L·S)

바위 그늘로 보트는 숨어든다. (F·S)

S.#44 길거리. 자동차

임, 자동차를 몰아타고 나간다. (F·S)

S.#45 강변, 모래밭

모래 위의 발자국 (뒤로 이동한다)

모래밭을 나란히 어깨를 겨누고 거니는 이와 오

사장(沙場)의 긴 발자국

언덕 위로 숨어 올라가는 강

두 사람, 바위 위로 올라가 앉는다.

걸어온 발자국

잠잠히 흐르는 물결. 말없이 비치는 달빛. 은 조각, 금 조각.

바위 그늘에 숨어 횡적(橫笛)을 부는 강.

오, 『거두망산월(擧頭望山月)』

이, 물 위에 비치는 그림자

『저두사고향(低頭思故鄕)』

횡적(橫笛). 강, 눈물 겨워 (B·S)

이, 가만히 머리를 들며 애연히

Ⓣ 무얼 그렇게 생각하세요, 네?

오, 한숨으로 대답

오, 무거운 입을 열어

Ⓣ 우리의 운명을 생각합니다!

S.#46 길거리, 달리는 시가(市街), 자동차 (SPEED)

S.#47 바위 위

이, 어른에게 응석하듯

T 우리 둘의 장래가 어떻게 될까요?

오, 머리를 들며 달을 바라본다.

달을 뒤덮는 시꺼먼 구름장

오, 한숨 섞어

T 글쎄요!

바위에 부딪치는 격류, 횡적, 강

이, 때때로 가슴을 쩨어내는 듯 기침

S.#48 강변

강변으로 SPEED를 놓아 달려오는 자동차.

모터보트를 잡아타는 임.

S.#49 바위 위

이, 한참 머뭇거리다가

T 시골댁에는 누구누구 계신가요?

오, 센티멘털하게

T 늙은 어머니가 계십니다.

이, 다가앉으며 초조히

T 그러구요 또….

오, 화살에 가슴을 찔린 듯 마음은 거친 고향을 더듬는다.

S.#50 오의 시골집

시비(柴扉)에 기대어 사람을 기다리는 오의 아내 (O·L)

S.#51 바위 위

침사(沉思)하는 오

수면에 떠오르는 아내의 얼굴

이,

T 또 누가 계셔요?

오, 손으로 얼굴을 가리다가 용기를 다하여 (B·C)

T 아내가 있습니다.

이,

T 네?

정신을 잃은 사람과 같이 몸을 꼼짝 못하다가 오의 무릎에 머리를
파묻는다.

S.#52 중류

물결을 가르며 달려드는 모터보트, 의심스럽게 바라보는 강 (B·S)

오와 이. 오, 이를 안고 등을 어루만지다가 힘 있게 (B·S)

T 나는 혜경 씨를 사랑합니다!

눈물로 애소(哀訴)하는 이 (C·U)

T 저를 누이동생처럼 사랑해주셔요 네? 일영 씨.

S.#53 바위 밑

보트에서 내려서 바위 위로 기어 올라가는 임 (F·S)

몸을 일으켜 바위 밑을 응시하는 강 (B·S)

S.#54 바위 위

오와 이. (F·S)

T 오, 내 마음은 속일 수 없습니다.

이, 눈물을 머금고

T 그렇지만 어떻게 해요? 부인이 계신데….

두 사람의 뒷모양을 바위 뒤에서 숨어서 넘겨보는 임 (B·U)

강, 돌멩이를 집어던지려 한다. (F·S)

오와 이. 오, 머리를 들고 저주하듯 힘 있게 (C·U)

T 아닙니다. 아닙니다. 우리 어머니의 며느리는 될는지는 모르지만 결
단코 내 아내는 아닙니다!

이, 매달려 운다.

오, 눈물을 씻어준다. (C·U)

임에게 돌멩이를 던지고 숨는 강 (F·S)

주위를 살펴보는 임 (M·S)

물 위에 비치는 강의 시꺼먼 그림자.

깜짝 놀라는 임 (C·U)

강, 모래를 임의 머리 위로 우수수 내리 끼어얹는다.

임, 굴러 떨어져서 물속에 빠질 뻔하다가 보트 위로 간신히 떨어져
내뺀다. 넘겨다보고 냉소하는 강 (M·S)

속력을 놓아 달아나는 임 (L·S)

모터보트, 임이 달아나는 것을 무심히 바라보는 오와 이 (F·S)

오, 감격하여 이를 포옹하며

오와 이 (C·U)

T 혜경 씨! 혜경 씨! 혜경 씨!

이, 울며 (C·U)

T 난 몰라요 난 몰라요.

이, 오의 가슴에 머리를 파묻는다. (M·S)

산 너머 나무숲으로 기우는 달

오와 이. (L·S)

꿈 속 같이 머리 위로 떠나가는 조그만 어선. 명멸하는 어화(漁火)

　(L·S) (F·O)

T (F·I) 그 이튿날

두 사람의 사이가 점점 깊어가는 눈치를 챈 준상이는 자기의 사음
인 혜경의 아버지를 전보로 불러올려다 놓고 소작하는 전답을 내
어놓으라고 위협하였다.

S.#55 준상의 집 사랑, 조선 방

이의 아버지와 김 (F·S)

T 너무나 억울치 않습니까? 삼대째나 보아온 토지온데….

김, 담배를 끄며 동정하듯. (B·S)

T 아까 하신 말씀을 듣고도 그러는구려! 영감의 처분이 계신 걸 난들
어찌합니까.

이의 아버지, 넋을 잃은 사람과 같이 쳐다보며 (B·S)

애원한다. (C·U)

T 이 늙은 것을 살려주십시오! 농사 때에 떼거지가 나란 말씀입니까?

김, 들은 체 만 체하며 곁눈으로 흘낏 눈치를 보고나서 외면하며 (B
·S)

T 흥, 그보담 큰 걱정이 생긴 줄은 모르나 보구려?

놀라다가 앉으며

T 뭐요?

문밖에서 엿듣는 임

김, 고개를 돌린 채 아무 말 없다. (B·S)

이의 아버지, 김의 소매를 잡아당기며 (B·S)

T 또 무슨 큰일입니까? 네? (B·S)

김, 기막힌 웃음을 짓는다. (B·S)

T 딸 버린 줄도 모르오?

김, 혀를 찬다.

말이 끝나면서 곧 문을 열고 들어오는 임 (F·S)

김, 물러앉는다.

이의 아버지, 일어나 안경을 벗고 손을 비빈다.

임, 이의 아버지에게 손짓하여 앉으라고 하며 들어와 안석(按席)에
기대어 앉는다.

이의 아버지, 떨어져 꿇어앉는다. (M·S)

파이프담배를 붙이며

T 그렇게 길게 이야기할 게 없네! 그렇지 않아도 자네 딸은 한 번 데려

다 본 일이 있었는데 말 한마디 안 일러줄 수 없어서….

김, 가로채가지고

T 아 불량패들하고 어울려 다니며 갖은….

풍파가 났었다고 풍을 떨어 보인다.

부, 정신을 못 차린다.

임, 한숨을 쉬며

T 요새 여학생들의 체신이란 참… 한심한 일이지….

부, 주먹으로 가슴을 치며 푹 엎드려진다.

T 임, 과년한 처녀를 놓아먹인 말처럼 내버려두니 무슨 탈이 안 나겠
나. 그럴 게 아니라 내 집으로 데려다 주게!

S.#56 혜경의 숙소

(F·I) 오와 이 (F·S)

두 사람 마주앉아 타래실을 감는다.

이, 재킷을 짜고 그 곁에 오

S.#57 들창 밖

두부장수

이에게 모자를 달라는 오

이, 모자를 집어주려다가 감추며

T 더 노시다 가세요.

오, 댓돌에 내려서며

T 벌써 세 시간이나 되었는데 그만 가봐야지요.

오, 모자를 받아들고 인사하고 나간다. (F·S)

이,

T 이것 좀 보세요.

하고 조그만 버선을 내보인다.

오, 끌리는 듯 들어와 본다.

실에 매달린 조그만 버선 (C·U)

둘, 버선을 놀리며 두 사람 허리가 아프게 웃는다.

이, 웃다가 기침을 시작. 오, 등을 어루만져 준다.

T 내일은 같이 병원에 가봅시다.

S.#58 임의 집 사랑

울며 일어서는 부,

T 자식이 그럴 리는 없는뎁쇼….

김, 따라 나오며 귓속말하듯

T 내 말대로 이 댁에 데려다 두는 게 상책입니다. 그렇게만 하면 땅은
떨어지지 않을 도리가 아주 없지는 않을 듯하니….

돌아서는 김, 허겁지겁 나가는 부

S.#59 이의 숙소

T 이젠 정말 가게 해 주세요.

나가려는 오

이, 재킷을 들고

T 다 짰는데 이것 좀 입어보지 않고 가세요?

오, 또 끌려 들어온다.

이, 오에게 재킷을 입혀 놓고 앞뒤로 다니며 요모 보고 저모 보고….

S.#60 길거리

…한걸음으로 오는 아버지. 담 모퉁이에 쓰러질 뻔하다가 (이동)

S.#61 이의 숙소

이, 오, 마주 앉아 털실을 감는다.

풀어주는 오 (B·S)

감아 당기는 이 (B·S)

S.#62 이의 집 문전

문을 흔드는 아버지

문을 열고 비켜서는 아버지

아버지, 문안에 들어서서 오와 마주보다가 몹시 아래 위를 훑어본다.

오, 나간다.

부, 냉담한 태도로

T 그 사나이가 누구냐? (F·O)

T 제 동무예요.

S.#63 오의 숙소

(F·I) 고리짝을 뒤지다가 내던지고 책과 옷을 뒤져 신문지에 헌 책
  몇 권을 싼다. (M·S)

책을 잡히고 혜경의 진찰비를 얻고자 싸다가 신문지를 유심히 들여
   다본다.
(INSERT) 신문지 인사광고란
『이력서 휴대 본인 내담 고려흥산주식회사 고원(雇員) 2명 지급 모
   집』
싼 것을 던지고 캡을 들고 일어서는 오 (F·S)
정기 없는 눈 (B·S)
핑핑 내 돌리는 하늘, 지붕, 마당, 하늘. 이마를 짚고 내려오는 오

S.#64 길거리. 싯누런 오후의 시가

추녀 밑으로 비실비실 걸어가는 오
설렁탕집 문간. 서리어 나오는 김
끌려 들어가는 듯하다가 지나가는 오
바쁘게 걸어가는 사람들. 그 사이로 기운 없이 빠져나가는 오
선술집 석쇠에 지글지글 굽는 너비아니 냄새를 맡다가 획 돌아서는
   오.
이층양옥 앞에 다다른 오.

S.#65 회사 앞

달려와 닿는 자동차 내려 들어가는 임의 뒷모양
간판을 쳐다보는 오. (M·S) (PAN·TO·UP)
까마득한 지붕
T 고려흥산주식회사

오, 서슴서슴하다가 안으로 들어간다.

S.#66 현관

사무원에게 말하는 오

사무원, 아래 위를 훑어보고

T 잠깐만 기다리시오.

이층 위로 올라간다.

S.#67 중역실

중역의자에 버티고 앉은 임.

등 뒤로 피어오르는 여송연(呂宋煙) 연기.

그 곁에 사무원 명함을 전한다.

임과 명함

(INSERT)

『경성대학 법과 오일영』

명함을 유심히 들여다보다가 사무원더러 한참 생각한 후

T 이리 들어오라고 하게.

사무원 나간다.

임, 위엄을 꾸민다.

S.#68 도어 밖

도어의 손잡이를 돌리는 손, (C·U)

S.#69 중역실

임, 급사에게 눈짓하고 돌아앉아 사무를 보는 척한다.

급사, 도어를 열고 오, 들어선다. (F·S)

급사, 임에게 사람이 들어왔다고 고한다.

임, 천천히 돌아앉는다. (회전의자) (M·S)

놀라는 듯 반기는 듯 임을 주시하는 오 (B·S)

임, 오에게

T 여 임준상 씨가 아니시오?

임, 앉은 채

T 오— 오일영 군이 아닌가?

급사, 오에게 의자를 권한다.

오, 무의식적으로 앉아서 머리를 들지 못한다. (F·S)

임, 여송연을 권하며

T 방면이 달라서 자연 격조(隔阻)했네. 그래 재미가 좋은가?

오, 사양하며 그저 바로 쳐다보지 못하고

T 일자리를 얻으러 나왔던 길에…

임, 지어 놀래며

T 그저 취직을 못했을 리가 있나? 무슨 다른 재미가 많은 게지.

임, 조소하듯 깔깔깔깔

T 아버지와 딸의 문제

S.#70 이의 숙소

아버지와 딸. (F·S) 담뱃대를 부서지라고 댓돌에 터는 아버지. 그

177

곁에 엎드려진 이. 흐트러진 머리. 머리를 드는 이. 비 오듯 하는
눈물 (C·U)

T 다른 말씀은 다 복종하더라도 그이 집에는 죽어도 가 있기가 싫어요!
이, 다시 엎드리며 느껴 운다. (M·S)

아버지 주먹으로 땅을 치며 (B·S)

T 글쎄 이 소갈머리 없는 것이 부모가 있고 내 몸뚱어리가 생겨나겠지
그래, 늙은 아비가 쪽박을 차고 행길 바닥으로 나앉는 꼴을 네 눈깔
로 보아야만 시원하겠니?

아버지, 펄펄 뛰며 몸부림을 한다. (M·S)

이, 점점 더 느껴 울다가 다가앉아 반항하듯 (C·U)

T 먹기를 위해서 이 몸뚱어리를 산 제물로 바치란 말씀입니까?

아버지, 가슴이 찔리는 듯 풀이 죽는다. (M·S)

이, 입술을 깨물고 머리를 쥐어뜯다가 기침을 몹시 시작하고 아버지
앞에 푹 엎드러진다. (M·S)

아버지, 놀라 딸의 등을 어루만지며 어찌할 줄을 모른다.

이, 가슴을 쥐어뜯고 기침은 더욱 심하다.

아버지, 머리를 들어 일으키려다가 손에 피 묻은 것을 들여다본다.
   (B·S)

피 묻은 손. (C·U)

마루 끝으로 뛰어 내려가다가 발을 헛딛고 넘어진 채 아버지 기절을
   한다. (F·S)

깜짝 놀라 고개를 드는 이. (B·S)

이, 맨발로 뛰어 내려가 아버지의 머리를 떠받쳐 일으킨다.

아버지, 몸을 딸의 가슴에 덜컥 실린다. (F·S)

아버지의 얼굴, 죽은 사람과 같다.

아버지, 입술만 떨린다. (B·S)

아버지 얼굴을 들여다보는 이 (C·U)

이, 가만히 아버지의 어깨를 흔든다.

T 아버지! 아버지! (B·S)

천천히 뜨는 아버지의 눈, 헛소리하듯 (C·U)

T 여기가 어디냐?

이, 조금 반기며

T 아버지! 아버지!

아버지 의식이 돌며 눈을 크게 뜨고 딸을 안으며

T …네가 혜경이냐?

T 네, 네.

아버지 얼굴을 물끄러미 내려다보다가 외면하며

S.#71 갈라진 논두렁 (뒤에 쓰러져가는 초가)

거지가 된 아버지. 매어달리는 동생들. (손가락을 빠는 어린아이) 모
두 늘어졌다. (F·O)

S.#72 이의 숙소 (O·L)

(F·I) 아버지 얼굴. 멍하니 딸의 말을 바란다. (B·S)

이, 눈을 감고 깊이 생각한다. (C·U)

현훈(眩暈)

T 「일영의 첩」「준상의 노리개」「희생」「자살」「병마」(VISION)

거지 된 아버지, 동생들

벌벌 떨며 SCREEN으로 달려든다.

이의 얼굴 (C·U) 자아를 못 찾는 듯.

T 아무렇게든지 하세요, 아버지 뜻대로 마음대로―

얼빠진 것 같은 아버지 눈을 뜬 채 있다.

딸, 어깨에 머리를 떨어뜨린다.

T 촛불로 날아드는 나비의 신세와 같이 연약한 살점의 한 점 한 점을
뜯는 대로 뜯기려 하였다.

정신 상실한 이 (F·O)

T (F·I) 한편으로 준상은 일영에게 직업을 주었으니 모래에 던지는 한
조각의 빵이나마 일영은 오직 사랑하는 사람을 위해서는 줍지 않을
수 없었다.(O·L)

S.#73 중역실

두 사람은 일어서 나온다. (F·S)

임, 오의 어깨를 두드리며 (B·S)

T 자, 그럼 내일부터 출근하시게.

공손히 예를 하고 나오는 오.

임, 도어를 열어주고 가벼이 인사한다.

문을 닫고 나와서 난간을 짚고 묵묵히 머리를 떨어뜨린다. (F·O)

T 혜경의 병은 초기가 지난 폐결핵으로 진단되어 이년 간 전지정양(轉
地靜養)이나 해보라는 의사의 선고를 받아서 일영은 최후로 돈 준비
를 해보려고 나갔던 길이었다.

S.#74 (F·I) 회사 문전

큰 시계. 다섯 시를 가리킨다. (C·U) (O·L)

회사 문전. 피곤한 걸음으로 나오는 회사원들 (L·S)

뒤에 따라 나오는 오. (F·S)

이 쪽 길로 무엇을 생각하며 걸어가는 오 (F·S)

뒤따라 나오는 임, 최경례하는 '문지기'

들어와 닿는 자동차

임, 몇 걸음 오의 뒤를 따라가며

T 여보게 오 군 (F·S)

돌아다보는 오 (F·S)

오, 돌아서 온다.

임과 오, (M·S) 임, 오의 어깨를 짚으며

T 우리 어디로 저녁이나 먹으러 가세. 이야기도 좀 할 일이 있으니.

오, 사양한다.

자동차 운전수 타라고 한다.

임, 오의 등을 떠밀다시피 태운다.

자동차 달린다. (F·O)

S.#75 (F·I) 준상의 별장 노대(露臺)

임과 오, 흐트러진 맥주병 칠팔 개

임, 등의자에 기대어 앉았다.

오, 숙였던 머리 든다. 취하였다.

임순, 맥주병을 들고 나와서 오를 유심히 바라보다가 들어간다.

뒤로 지나가는 김

임, 신중하게 (B·S)

T 그만하면 혜경이가 내 집에 와서 치료를 받게 된 데 대해서 나를 오
해치 않겠나?

오, 이성을 잃었다. (B·S) 맥주병을 집고 얼빠진 사람처럼 무엇을
생각한다.

임, 다가앉아 오를 어루만지듯 하며

T 내야 아내나 자식까지 있는데 하필 자네의 애인을 빼앗을 리야 만무
하니까!

오, 맥주병을 들고 벌떡 일어난다.

임, 겁내어 주춤 물러앉는다.

오, 임을 때릴 듯이 달려들다가 비실비실 걸어가 난간 모서리에 맥주
병을 깨뜨려 얼굴에다 퍼붓고 병을 내어던지고 나서 의자에 가 푹
엎드린다.

숨어서 쫓아 나와 엿보는 임순.

임, 까딱도 안하고 앉았다. 침묵. 침묵

오, 임의 무릎에 엎드러지며

T 나는 임 군의 우정을 믿네. 아 가엾은 혜경이! 나중에 그 사람을 내
가슴에서 빼앗아가는 한이 있더라도 우선 끊어져가는 그의 목숨을
붙들어주기 바라네!

임, 빙긋이 웃으며 오의 하는 양을 내려다보다가

T 염려 말게, 자네가 지금 한 말을 잘 기억이나 해두게.

임, 다짐한다.

오, 고개를 끄떡이고 나서 땅바닥에 푹 고꾸라진다. (F·S)

임, 눈을 씽긋한다. (M·S)

김, 들어와 선다. (F·S)

임, 김에게 귓속말을 한다. (B·S)

T 지금 곧 데려오도록 하게.

김, 끄떡이고 나간다.

엎드러진 오, 임의 손, 어깨를 흔든다.

S.#76 길거리, 비오는 밤

정신없이 비틀거리고 걸어오는 오

진흙과 발

S.#77 이의 숙소 앞 골목

우비를 씌운 인력거. 앞뒤 패를 질러 나온다. 뒤에 또 한 채 [카메라 깊게]

어구에서 오와 마주친다. 오, 개천에 빠질 뻔한다.

인력거 뒤를 불쾌하게 바라다본다. (M·S)

S.#78 이의 숙소, 문전

문을 발길로 차고 들어가는 오. (F·S)

S.#79 이의 방문 앞

오, 가만히 노크한다.

T 혜경 씨! 혜경 씨!

오, 귀를 기울이고 서 있다가 문을 열고 들어간다.

화면 어둡다.

S.#80 이의 집 문전

문전으로 배회하는 강 (L·S)

T 흥렬도 밤마다 외쪽 그림자를 이끌고 혜경의 환영을 길거리에 그리며 배회하였다.

추녀 밑에서 낙수를 손바닥에 받고 있는 강 (F·S)

S.#81 방문 앞

문짝과 함께 허리를 걸치고 덧문 고리를 잡고 쓰러지는 오

문고리에 매어놓은 편지 (C·U) (손과 편지)

오, 끌러서 급히 펴본다. 떨린다.

(INSERT)

『일영 씨! 제가 죽은 줄만 여기시고 찾아주지 말으시기 바랍니다. 그리고 진정 나를 사랑하신다면 모든 허물을 용서해 주십시오.

아 당신의 곁에서나 이 몸이 죽사오면 얼마나 기쁜 마음으로 눈을 감으오리까! 즉일 이 혜경이는 마지막으로 올리나이다!』

T 벌써 갔구나. 계집은 결국 돈 있는 놈에게 팔려가는 상품이구나.

편지를 갈가리 찢어 흩뜨리고 기막힌 웃음!

T 캄캄한 지옥 속을 더듬는 자들에게는 오늘도 어제와 같고 내일도 또
  한 오늘과 같은 날이 계속될 뿐이었다. 어느 날 밤은 깊어서—

S.#82 개천가 어느 큰 대문집

갓 낳은 어린 아이를 안고 문전을 방황하는 임순 (L·S)
한참 주저하다가 대문 안에 어린애를 들이밀려 한다. (F·S)
그 집 주인 들어간다.
임순, 급히 쫓겨나와 담에 붙어 선다.
그 집 주인 나와서 임순에게 욕을 퍼붓고 들어간다.

S.#83 다리 밑

사람의 눈들을 피하여 쓰레기 곁에 어린애를 놓고 돌아서려는 임순.
  (F·S)
우는 어린애 (C·U)
다리 위, 지나다 내려다보는 강
다시 돌아서 어린애 입을 틀어막는 임순 (F·S)
뛰어내리는 강
놀라 쳐다보는 임순
강과 임순.
강
T 웬 어린애인가요?
  임순, 울며 떨며
T 성명이 없는 자식입니다.

임, 어린애를 안아들고 어른다. (B·S)

어린애의 사기(邪氣)없는 웃음

임순, 벌벌 떤다. (F·S)

강, 아무 말 없이 어린애를 안고 다리 위로 올라가려 한다. (F·S)

임순, 쫓아가며

T 이리 주세요, 내 자식을 어디로 가져갑니까?

다리 위에서 강, 손짓하며

T 어쨌든 나만 따라 오시오.

임순, 허겁지겁 따라간다.

S.#84 노동자 숙박소 문전

들어가는 두 사람

나오는 오. 강, 오를 다시 끌고 들어간다.

오와 임순, 이상히 마주보며 들어간다.

T 하녀의 몸에서 낳은 자식을 체면상 그대로 둘 수 없어 준상은 일금
  50원을 주어 임순을 내어 쫓았던 것이다. 두 사람은 임순에게 혜경
  의 소식을 들을 수 있었다.

S.#85 석유궤짝 침실

흥분된 두 사람, 이야기를 퍼붓는 임순 (F·S)

임순, 기가 막히는 듯 숨이 차게 (B·S)

주먹을 쥐고 일어서는 강, 어린애를 안았다. 마주 일어서는 오, 임순,
  붙잡아 앉히려 한다.

오, 뿌리치고 나간다. (F·S)

강의 어깨를 짚는 시꺼먼 손 (M·S)

놀라 보는 임순 (C·U)

돌아다보고 풀이 죽어 어린애를 임순에게 주는 강

T 잠깐 다녀오리다.

임순, 강의 옷소매를 잡으며

T 어디를 가십니까?

강

T 나도 모르는 곳이라오.

강, 끌리듯 나간다. 임순, 털썩 주저앉는다. (F·O)

S.#86 임의 별장. 실내

(F·I) 혜경 기신없이 피아노를 치고 있다. (F·S)

눈물에 어린 이, 손 (B·S)

S.#87 창밖

얼굴을 가리고 이 창 저 창 더듬어 오는 오 (F·S)

S.#88 실내

피아노와 이의 손 (C·U)

등 뒤로 느물거리고 가까이 다가오는 임 (F·S)

등 뒤로 이의 어깨에 손을 얹는 임 (M·S)

S.#89 창밖

들여다보는 오 (실내에 임과 이가 보인다) 물러선다.

S.#90 실내

가만히 뿌리치고 일어서는 이, 나간다.

임, 따라 나간다.

S.#91 현관

기둥에 기대어 선 이 (F·S)

정원으로 내려간다. (PAN)

쫓아 나오는 임

S.#92 정원, 흰 벤치, 늘어진 나무그늘

이, 정신없이 걸터앉는다. (F·S)

그 곁, 나무 사이로 지나가는 오의 그림자

벤치 뒤에 와 서는 임, 조금 물러앉는다. (M·S)

임 (B·S)

T 오늘밤 안으로 꼭 대답을 들어야만 하겠오.

이, 머리를 숙이며 기침, (B·S)

임, 쫓아와 앉아 조른다.

T 글쎄 왜 대답을 못해?

이, 고개를 돌이키며 옷고름을 씹으면서

T 죽어도 첩 노릇은 할 수 없어요.

임, 애걸하듯

T 글쎄 이혼만 하면 그만이 아닌가?

숲 속에서 엿듣는 오 (두 사람의 뒷모양) (L·S)

임과 이, 이 머리를 흔들며

T 부인과 아기네는 무슨 죄로요….

임, 기운이 나서

T 그만 수단이야 없겠소. 뒷일은 잘 처리할 텐데….

미끄러지는 오의 발, 나무가 흔들흔들.

임, 오의 있는 곳을 유심히 곁눈질해 본다. (B·S)

임, 담배를 찾는 척하다가 이에게

T 내 담배를 좀 가지고 나오리다.

하며 오의 있는 곳을 주시하면서 뒷걸음질 쳐 피한다. (F·S)

이, 일어서서 풀기 없이 숲 사이로 걸어 들어간다.

나무에 기대어 쭈그리고 선 오 (M·S) 그 곁으로 가까이 오는 이의
   발

오, 돌아선 동시에 주춤

물러서며 들여다보는 이

놀랐다가 무심히 반기는 오와 이, 함께 머리 수그러진다.

엿듣는 임

등을 지고 선 오와 이

오, 간신히 입을 열어

T 병이 좀 어떠세요?

이, 양구(良久)에

Ⓣ 염려해주신 덕분으로 좀 낫습니다. 그런데! 무슨 일로 오셨나요?

　오, 다가서며

Ⓣ 무슨 일로 오다니요? 내가 오지 못할 덴가요?

　이, 물러선다.

Ⓣ 나는 폐병환자입니다. 가까이하지 마세요.

　오, 달려들며

Ⓣ 그게 무슨 말씀이요? 네 혜경 씨.

　빙긋 웃는 임.

　이, 흥분하여

Ⓣ 나를 헌 물건처럼 마음대로 고쳐서 사용하라고 남에게 한 번 떠맡긴
　다음에야 무슨 낯으로 다시 찾아오셨느냐는 말씀이야요.

　웃으며 턱을 쓰다듬는 임 (B·S)

　오, 무릎을 꿇으며 (F·S)

Ⓣ 혜경 씨! 그건 너무나 엄청난 오해입니다. 내가 당신에게 대한 사랑
　은 조금도 변치 않았지만…

　이, 뿌리치고 돌아서며 (M·S)

Ⓣ 물론 속 좁은 내가 오해를 했겠지요. 그러구요 나는 벌써 옛날의 혜
　경이가 아닙니다.

Ⓣ 약하나 내 팔에 안기시오.

Ⓣ 나도 생명이 아까워요. 아직 죽기는 싫어요.

　이, 눈을 깔고 돌아서 간다. (F·S)

　오, 놀라며 손을 벌리고 몇 걸음 쫓아가다가 나오는 임과 마주친다.
　(M·S)

　임, 벌리고 선 오의 두 손을 마주 잡으며 (M·S)

T 그래 이야기 재미있게 하셨나?

임, 크게 웃다가 홱 돌아서서 이의 뒤를 따라가 이와 함께 들어간다.
  (L·S)

오, 주먹을 쥐고 쫓아 들어간다.

임의 옷소매를 잡아 재치고 사령장을 팽개친다.

닫히는 문. 바라다보고 섰다가 홱 돌아서며 발을 헛딛는다. (F·O)

S.#93 현관 앞
T (F·I) 정처 없이 내어 디디는 표랑의 첫 길 (O·L)

S.#94 길거리
(IR·I) 공장의 기적소리

걸어오는 오

S.#95 은행 돌 층층대
쓰러져 눕는 오 (PAN)

그 곁에 다리를 긁는 걸인. 오, 등을 대고 쓰러진다. (F·O)

T 이, 삼일 후

S.#96 임의 집, 응접실
들어오는 '오줌' (F·S)

돌아다니며 방안을 뒤진다. (F·S)

발가락 알젓, 꼼지락 (C·U)

담배합에 담배를 훔쳐놓고 옆방으로 들어간다.

S.#97 임 처의 거실

동시에 임의 아내, 어린애를 데리고 나온다.

'오줌', 담배를 토한다.

인사하는 '오줌' 무색하여

어린애들 뛰어와 '오줌'에게 매어 달린다. (M·S)

임의 처,

T 너 왔니.

하고 와 앉는다. 근심스럽다. (B·S)

T 준상의 아내….

'오줌', 우물쭈물하다가

T 형님 그저 사퇴 안하셨우?

임의 처, 한숨 섞어

T 모르겠다. 나더러는 시골집에 내려가 있으라고 들볶아대는구나. 진
정이지 살기가 죽기보다 싫다.

'오줌', 말을 할 듯 할 듯 하고 못한다.

뒤통수를 연방 긁는다.

임의 처

T 또, 무슨 일이 생겼니?

'오줌', 궁상을 떨며

T 누님, 돈, 돈…좀 돌려주, 이번 한 번만 더.

임의 처, 한숨을 쉬며

T 글쎄 이젤랑 너도 좀 마음을 잡아라. 그 학생년이 와 있는 뒤부터는 더 꼼짝할 수 없다.

'오줌', 안달을 한다.

임, 들어온다. 불쾌히 외투를 벗어 내던진다.

어머니에게로 달려가 매어달리는 아이들

'오줌', 간사스럽게 인사한다. (F·S)

임, 아내를 돌아다보고 (B·S)

T 들어가 있어!

아내, 아이를 데리고 피해 들어간다.

임, 앉으며 '오줌'에게 (M·S)

T 또 무엇 하러 왔어?

'오줌', 고양이 앞에 쥐

담배, 성냥, 켜 올린다. (M·S)

'오줌' (B·S)

T 형님.

임, 불쾌히

T 왜 그래?

'오줌', 빌다시피 하며 (M·S)

T 살려주시는 셈 치고 이번 한 번만 더 보아주시오.

임, 머리를 흔들다가 '오줌'을 흘겨보고 나서 한참 생각하고 나서
(M·S)

T 마지막으로 돈 천원이나 돌려줄 테니 이번에는 차용증서에 도장을 찍어야 해.

'오줌', 어떻게든지 하라고 한다. (M·S)

임, 돌아서서 무슨 문서를 꺼내 가지고 위를 접어 내용은 못 보게 하고 도장을 찍으라고 지시한다.

'오줌', 허겁지겁 도장을 찍는다. (B·S)

지면과 도장 (C·U)

임, 돌아서서 서면을 펴본다. (M·S)

(INSERT)

『협의이혼원(協議離婚願)』

임, 빙긋이 웃고 접어 넣으며 (M·S)

T 이 뒤에는 무슨 일이 있든지 두 말 못하지?

'오줌'에게 소절수(小切手) 한 장을 떼어준다. (M·S)

(INSERT)

『소절수 일금일천원야(一金壹千圓也)』

'오줌', 받아들고 해롱거리다가 창 곁으로 가서 이리오라고 한다. (F·S)

임, 따라간다.

임의 옆구리를 꼭 찌르고 해해거리며 보라고 한다. (F·S)

T 저거 미인 좀 봐요.

S.#98 창 밖

쪼그리고 앉은 암캐 한 마리 (F·S)

S.#99 응접실

임, 멀거니 바라본다. (M·S)

'오줌', 뒤로 대고 놀리며 살금살금 피해 나간다. (F·S)

임, 돌아다보고 튀긴다. (M·S)

S.#100 복도

'오줌', 문에 가 옷자락이 낀다. (C·U)

'오줌', 살려달라고 빈다. (M·S)

S.#101 응접실

김, 들어오며 (F·S)

T 됐습니까?

임,

T 음.

하고 서면을 내보인다. (B·S)

김, 보고나서

T 쇠뿔도 단결에 빼야 한답니다.

임, 김의 어깨를 짚으며

T 그럼 자네가 속히 힘써주게

김,

T 염려 맙쇼.

한참 공모한다.

'오줌', 땀을 씻어가며 그저 빌고 있다. (F·O)

S.#102 예배당 종대

울리는 종, (PAN) (O·L)

S.#103 예배당 마당, 즐비한 자동차

인력거, 들어가는 남녀노소 수십 명 (L·S)

예복을 입고 바쁘게 드나드는 김 (F·S)

S.#104 예배당 내부

착석하는 손들.

S.#105 부실(副室)

신부— 그 곁에 들러리 두 사람 (F·S)

신부 (B·S)

무심히 꽃잎을 한 잎 한 잎 뜯어 떨어뜨린다.

으깨어지는 화판과 구두 부리 (C·U)

신부— 괴롭게 눈을 감는다. (O·L)

S.#106 종대 대종(大鐘)

S.#107 쓸쓸한 언덕길

고개를 넘어가는 오, 담요자락을 둘러메었다. (L·S)

종소리를 듣고 발을 멈추었다. 돌아다보는 오 (등 뒤로 종대와 시가
　가 보인다)

시가를 마지막 바라보는 오 (B·S)

울음 섞어 노래를 부르듯

T 오 오 잘 있거라 서울아! 이제 가면 이제 가며는….

획 돌아서서 고개를 넘어 내려가는 오. (L·S)

S.#108 예배당 부실

눈을 깔고 앉은 이 (B·S)

S.#109 예배당 종대

울려 나오는 종 (C·U)

S.#110 길거리

길모퉁이로 뛰어오다가 귀를 기울이는 강 (F·S·M·S)

T 혼례식장에서 울려 나오는 종소리를 화종소리로만 여겨 흥렬은 쇠사
슬을 끊어 던지고 뛰어나왔다.

예배당의 종과 화종(火鐘)

강, 미친 듯이 뛰어온다. (L·S)

S.#111 예배당 근처

어린애를 안고 기대어 선 임순 (F·S)

그 앞을 지나가는 신랑이 탄 자동차 (F·S)

임순, 피해서다가 자동차에 치인다. (F·S)

자동차 바퀴와 임순 (C·U)

임순을 질질 끌어 길 곁에 치워놓는 운전수 (F·S)

노리고 쳐다보는 임순 (B·S)

어서 떠나라고 손짓하는 임, 휘장을 내린다. (C·U)

자동차 구르기 시작 (F·S)

그 뒤를 노려 쳐다보는 임순, 일어나며 (M·S)

S.#112 예배당 마당

자동차를 내려 걸어 들어가는 신랑 (L·S)

맞아들이는 사람들 (F·S)

김, 이의 아버지도 섞여 있다.

S.#113 길거리

길모퉁이에서 마주치는 강과 임순

한참 바라보다가 서로 놀랜다. (M·S)

S.#114 식장

풍금을 누르는 여자 (M·S)

홱 돌아다보는 손들 (F·S)

천천히 열리는 왕문(王門) (L·S)

풍금, 손. (C·U)

천천히 걸어 들어오는 신랑과 신부, 들러리 등 (F·S)

일어나서 기웃거리는 부인네들. (F·S)

정신없이 부축되어 걸어 들어오는 신부 (M·S 이동한다)

(PAN) 곁눈질을 하는 신랑 (F·S)

정면. 목사 (F·S)

S.#115 예배당 담 밖

무엇을 약속하는 임순과 강

서로 헤어진다. (F·S)

S.#116 식장

목사 앞에 와 선 신랑 (M·S)

S.#117 예배당 마당

풍우같이 몰려오는 인력거 한 채 (L·S)

내리는 사람 '오줌' (F·S)

T 준상의 처남은 속아서 도장을 찍은 줄 알고 흥분김에 달려든 것이다.

김을 밀치고 들어가는 '오줌' (F·S)

S.#118 식장

신랑과 신부 (B·S)

분이 퉁퉁히 나서 밀치고 앉는 '오줌' (F·S)

목사, 신부의 손을 잡아 신랑에게 쥐어준다. (C·U 중간)

조금 외면하는 신부 (C·U)

신랑을 쏘아보는 처남 (B·S)

그 곁에 만족해하는 이의 아버지.

S.#119 문밖

들어오려는 임순, 쫓아나가 밀어내는 김 (F·S)

임순, 달려들어 발악한다. (B·S)

S.#120 식장 정면

목사, 여러 사람을 향하여 (M·S)

T 지금 이 두 사람이 결혼함에 대하여 정당치 않은 이유가 있거든 이 당장에 말씀하시오.

목사, 불안스럽게 좌우를 둘러본다. (B·S)

정면 유리창에 어른거리는 시꺼먼 그림자 (L·S)

놀라는 신랑 (B·S)

T 다시 없습니까? 하고 둘러본다. (M·S)

일동 무거운 침묵 (F·S)

T 지금 말씀하지 않으면 영원히….(PAN)

처남, 발딱 일어선다. (M·S)

처남, (B·S)

T 정당치 못한 이유가 있소!

일동 쏠리는 고개, (F·S)

주시하는 신랑 (B·S)

김, 쫓아와 붙들어 앉힌다. (F·S)

그 통에 식장 한 모퉁이로 들어서는 임순 (F·S)

처남 반항 (M·S)

T 저이는 내 매분데 장가를 또 드는 법도 있소?

목사, 엄숙한 태도를 지으며 (B·S)

T 신랑은 월전(月前)에 이혼했으니까 죄가 되지 않소.

처남 앞으로 달려들며 (F·S)

T 아니오. 우리 누님은 알지도 못하오!

처남을 흘겨보는 신랑, 김에게 눈짓을 한다. (B·S)

김, 억지로 처남을 끌고 나간다. (F·S)

목사, (B·S)

T 여러분 정숙하십시오.

김, 들어와 여러 사람을 향하여 (M·S)

T 미친 사람입니다. 여러분 조용하십시오.

임순 입장

임순, 악에 받쳐서 (B·S)

T 여봐요 목사님, 미치지 않은 사람의 말은 곧이를 들으시겠소?

주춤 물러서는 신랑, 어찌할 줄 모르는 신부 (B·S)

목사, 꾸짖듯 (B·S)

T 물러가시오, 증거할 수 없는 일이오.

임순, 어린애를 내밀고 달려들며 (M·S)

T 이 애는 저 신랑이 난 자식예요, 어린애 값이 단돈 오십 원이예요.

신랑을 향하여 폭백(暴白)하다가 쓰러지려 한다. (M·S)

김, 임순을 옆방으로 끌고 들어간다. (F·S)

S.#121 문밖

처남을 내려놓고 들창으로 뛰어오르는 강 (F·S)

S.#122 식장 정면

목사, 반지를 신랑에게 준다. (B·S)

신부, 들러리에게 간신히 기대어 섰다. (M·S)

신랑, 신부의 무명지에 반지를 끼워주려 한다. (M·S)

신부, 아무 감각이 없다.

반지와 손가락 (C·U)

목사,

T 결혼이 성립되었습니다.

맞은쪽 유리창

그림자가 어른거리다가 활짝 열리며

강, 나타나 한 손을 들고 벽력같이 고함을 친다. (L·S)

깜짝 놀라는 신랑과 신부 (B·S 뒤로)

와짝 일어서는 손들 (F·I 앞으로)

강, 성난 맹수와 같이 신랑을 노려본다.

(등 뒤로 SPOT) (C·U)

강, 한 걸음 한 걸음 신랑의 앞으로 다가온다.

신랑, 얼이 빠져서 등신 모양으로 강을 멀거니 바라본다. (M·S)

강과 임, 이무기와 호랑이 (C·U)

들러리들 뒷걸음질 쳐 달아난다. (F·S)

신부, 졸도한다.

강, 팔로 신부를 안는다. (M·S)

어쩔 줄 모르는 아버지 (M·S)

꽁무니를 빼는 목사, (F·S)

신랑, 별안간 악몽을 깬 듯 외마디소리를 치고는 소매로 얼굴을 가리
　　고 뒷걸음을 친다. (F·S)

이 귀퉁이 저 귀퉁이 몰려다니는 손들, 아버지 달려든다. (M·S)

강, 손가락 셋을 펴서 아버지 턱을 치받치며 (B·S)

T 벼 삼백 석!

주춤주춤 물러서는 아버지 (M·S)

식장을 통한 내문으로 달려가 문을 열어 제치는 임 (F·S)

동시에 눈꼬리가 샐룩해진 임순, 어린애를 안고 마주 나온다. (B·S)

얼굴과 얼굴 (C·U)

강, (B·S)

T 오십 원!

강, 뒷걸음질을 친다. (M·S)

(PAN) 왼편 문으로 달려가서 머리로 문짝을 받는 임 (M·S)

동시에 마주 달려드는 처남 (B·S)

얼굴과 얼굴 (C·U)

강, (B·S)

T 일천 원!

임, 그리로도 나가지 못하고 물러선다.

임순, 처남. 신랑을 중심으로 에워싸고 똑바로 쏘아보며 동시에 바싹
　　바싹 좁혀든다. (Birds eye' view)

앞에는 강 (FLASH) (C·U)

왼편에도 처남 (FLASH) (C·U)

오른편에도 임순 (FLASH) (C·U)

처남, 임순, 강 (FLASH) (C·U)

신랑, 독안에 갇힌 쥐가 되어 나갈 구멍을 찾느라고 쩔쩔맨다.
(F·S)

강, 하늘을 우러러 (B·S)

T 하하하하….

신랑, 실크햇을 내던지고 뒷문을 박차고 나간다. (F·S)

강, 신부를 들쳐 안고 밖으로 나가려 한다. (F·S)

벌벌 떨며 앞을 막아서는 이의 아버지. 격투라도 할 듯이 달려드는
김

강, 한 손으로 아버지를 떠다밀며 김을 차 내던지고 뛰어나간다.
(F·S)

S.#123 예배당 문전

임, 벽을 짚고 섰다가 넥타이를 고쳐 매고 돌아다보고 웃으며 내려간
다.

T 흥, 세상에 계집이 너 하나뿐이었느냐?

간다. (F·S)

이를 안고 나와서 뒤를 힐끗 돌아다보고 달려가는 강 (F·S)

S.#124 노동자 숙박소 헛간 강의 침대

(F·I) 꺼져가는 촛불 (F·O) (O·L)

침대에 누운 이, 그 곁에 강,

흔들리는 촛불 (F·S)

가슴을 쥐어뜯으며 괴로워하는 이 (B·S)

강, 냉수를 떠 넣어준다. (M·S)

이, 숨을 가쁘게 쉰다.

강, 이의 맥을 짚어본다. (B·S)

이, 홀로 누워 군소리하듯 (F·S)

T 아버지, 아버지.

문이 가만히 열린다.

들어서는 아버지 (M·S)

아버지, 딸의 손을 붙잡고 말없이 흐느낀다. (M·S)

아버지, 머리를 파묻고 흐느낀다. (B·S)

강, 벽에 돌아서 기대어 오열(嗚咽)하다 나간다.

S.#125 어느 병원 문 앞

잠깐 문을 흔들며 두드리는 강 (L·S)

(F·O)

S.#126 헛간

이, 베개를 잡아당기며 (M·S)

T 일영 씨! 일영 씨!

아버지 (M·S)

T 누구를 찾니? 누구를 찾어.

S.#127 노동자 숙박소 근처

(F·I) 기타를 두드리며 오는 오 (L·S)

숙박소 근처에 와 멈춘다. (F·S)

창자가 끊어지는 듯 (M·S)

영탄의 곡조를 아뢴다. (B·S)

S.#128 헛간

귀를 기울이며 몸을 일으키려 한다. 아버지 붙들어 뉜다. (M·S)

강, 들어와 곁에 앉으며 이를 붙들어 준다. (F·S)

(F·I) 문에서 나타나 찬찬히 걸어 들어오는 오

두 팔을 벌리고 맞이하려는 이 (F·S)

강, 사라지고 그 자리에 오, 앉는다. (M·S)

오, 이의 머리를 어루만지며 (B·S)

T 혜경 씨 당신은 가시렵니까?

이, 오의 손등을 어루만지며 (B·S)

T 용서해주세요!

오, 눈물을 머금고 가벼이 끄떡이다가 아련히 사라지고,

그 자리에는 강 (M·S)

이, 강의 손을 잡아당기며 (천정을 바라다보고) (M·S)

T 일영 씨 일영 씨!

강, 어찌할 줄 모르고 생각하다가 이의 손을 마주 잡아당기며, 어깨
를 흔들며 (M·S)

T 혜경 씨 말씀하십시오, 내가 일영입니다. 내가 일영이에요

오의 얼굴과 강의 얼굴 (D·E) (C·U)

T 안녕히 계세요. (小子)

촛불이 저절로 꺼진다. (C·U)

이윽고 머리를 떨어뜨린다. (B·S)

강, 그 곁에 머리를 파묻는다. (M·S)

아버지, 긴 한숨과 함께 팔로 창을 밀친다. (M·S)

아침 햇발이 창으로 흘러 들어온다.

창밖은 무심한 도회(都會) (L·S)

아버지, 턱을 걸치고 있다.

날리는 흰 수염

(F·I) 부회지(部會地)와 요리점 가면무도회 (D·E)

징, 꽹과리, 수고, 장고

탈을 쓰고 날뛰는 무리와 계집들 (F·S)

그 중에서 앞으로 나와 탈바가지를 벗고 껄껄껄껄 웃는 임준상
(C·U)

침실 다리에 매어 달리어 머리를 쥐어뜯으며 저주(詛呪)하듯 새벽하
늘을 쳐다보는 강흥렬 (F·S)

준상의 웃음과 함께 (F·O)

🙂 이 작품은 『심훈문학전집 (3)』(탐구당, 1966) pp.513~554을 저본으로 보완하여 재수록함.

시나리오

먼동이 틀 때

S. (1) 감옥 문전

1 담 위에 간수 (影) (F·I·L)

2 옥문. 나오는 진(鎭) (F·S)

3 진, 무영접인(無迎接人) (F·S)

4 진, 걸어간다. [등 뒤로] (절름절름) (F·S)

S. (2) 길거리(독립문)

5 진, 전신주에 기대어서 (M·S·O·L)

S. (外) 인왕산

6 전신주.

7 진, 한숨 (R·S·O·L)

8 진, 걸어간다. [移動] (M·S)

　개시(開市)— 태마(駄馬)—

9 골목. 물장수 나온다. (L·F)

10 진, 더듬더듬 이 집 저 집 (F)

11 골목 더듬대는 진과 물장수, 스쳐가다. (F)

12 진, 쳐다봄 [배후(背後)]

13 문패. 인가(人家) (M·S·O·V)

14 진, 배후로 들여다 봄 (BOL)

15 문. 아니다. (BOV)

16 진, 배후로 들여다 봄 (CO·V)

17 문패. 아니다. (CO·V)

18 진, 실망 걸어간다. (M·S)

19 배추장사 사내와 진.

　　바구니 지고 나온다. 진을 지나쳐

20 어떤 마누라와 진.

　　어느 문간에서 나온다. 진, 그리로 간다. (F·S)

21 2인. 마누라에게 진 (T) (B)

T (1) 김광진(金光鎭)이란 사람의 집이 어디로 떠나갔을까요?

22 마누라 냉정하게

T (2) 넓은 장안에 어디로 갔는지 누가 안단 말이요.

　23 2인. 마누라, T를 쌀쌀하게 (B)

　24 2인. 마누라, 가버리고,

　　진, 한숨으로 돌아서

S. (3) 폐허

　25 뼈만 세운 일본집 [全] (F·I)

26 진, 주춧돌에 걸터앉아 [배경 고재목(古材木)] (F)

27 진, (얼굴이 보일 듯 말 듯) (M·S) 고재목을 어루만짐

28 진과 토방(土方). (F)

　　진의 배월(背越)로 토방 나온다. 진, 말한다.

　　토방 멈칫, 진을 본다.

29 진과 토방. 토방의 어깨너머로 진, 말한다.

Ⓣ (3) 이 집터에 살고 있던 사람 어데로 갔을까요?

30 전경(前景)의 2인. 진의 배후로서 『모르겠소』 손짓 가버려 (F)

31 진, 배후로부터 머리를 들려고 한다. (BO·V)

32 진, 비통의 얼굴 (B·F·O)

Ⓣ (4) 철창 속에서…

　　　봄 여름 가을 겨울

　　　봄 여름 가을 겨울

　　　10년이 넘는 긴 세월을 보낸 김광진…강홍식(姜弘植)

33 진, 몽환 [손 주의] (B·F·O)

Ⓣ (5) (F·I) 하염없는 생각은 옛날의 보금자리를 더듬어

34 진, 몽환 [손 주의] (B·F·I)

S. (4) 추억―부부 가정 · 마루 (O·V)

35 진, 손에 실패를 감고 실 끝을 따라 위를 쳐다보며 단락하게 창가(唱歌)

36 아내(淑), 창가

37 풍금 앞에 소녀 둘 (M·S, F·O) [急]

38 보표 〈홈 스위트 홈〉 [重]

39 진과 숙. [배경 금붕어] (B)

가까이 앉아 창가를 맞춰 부르는 얼굴 (F·O)

T (6) 하루아침에 폭풍이 이르렀을 때

40 마룻바닥 (나막신 하나) (M·S)

구두발굽 저벅저벅

41 벽. (F) 많은 그림자 지나간다.

42 마룻바닥. (M·S) 금붕어 항아리 낙파(落破)

43 금붕어. 세 마리 포득포득 (C)

44 진과 포박(捕縛).

폭풍 이는 가슴은 뛰어라 (O·V)

S. (3) 폐허

45 진, (B) 쭝그리고 앉아 허무(虛無)다.

46 진, 일어선다. (F·S)

S. (2) 길거리

47 선술집 앞. [移動] (F)

진, 걸어 나온다.

48 [番外] 너비아니 지글지글 (C) 먹음직하게

49 진의 코, 씨물씨물

50 설렁탕집 앞 [移動] (F)

서려 나오는 김. 진, 멈칫 지나간다. (F·O)

S. (9) 식당 앞

51 진, 서슴서슴 들어감 (F)

S. (6) 식당 안 (아침) 전경

52 식당 안. 배달부 고학생 노동자

53 진, 한 모퉁이 차지. [배경 나르는 밥상] (F)

54 진열장 옆 (M·S) 왜떡을 훔쳐 먹는 수(洙)

55 여급(徐), (F) 쫓아내려고 든다. 슬슬 피하는 수

56 진, 급식, 덮밥 두 그릇 (B)

57 수, 진 편을 기웃거린다.

58 한 모퉁이— 박철(朴哲)— 이를 쑤시며 어물어물 起

59 철, 꽁무니 슬슬.

60 진, 빈 그릇 두 개, 이마에 구슬땀 (M·S)

61 진, 포켓에서 수건을 꺼낼 때 (B)

62 진, [中身] 수건에 물리어 떨어지는 지갑 (C)

63 지갑과 손. (떨며) (C—B)

　　지갑을 덮치는 손(Pan)으로 해서 수의 얼굴

T (7) 술의 힘을 빌어도 못 잊을 고민

　　모르핀 중독까지 된 안병수(安秉洙)…이진원(李晋遠)

64 진, 수, 여급. (F)

　　진, 차 마시고 있다. 수, 꽁무니 뺀다. 여급, 수와 지나쳐 진에게
로—

65 진과 여급. (M·S)

밥상을 거두면서 손 내밀며 『돈 내시오』

66 ―

67 진, 포켓에 손을 넣고 찾는다. (B)

『어디 갔어』

『이것 봐라』

『앗 없어졌구나』

S. (2) 지나정(支那町)

68 수, 슬쩍 어느 골목으로 (F)

S. (5) 식당 안

69 식당 인(人).

T (8) 아 뭐야. 돈 없이 먹은 놈이 있어?

70 진, 주인, 여급 (F)

여급, 『이 이가 돈 없이 먹고 빼자는가 봐요』

주인, 『진에게 왜 돈 없이 밥 먹었어』

아래 위를 훑어봐

진, 어이없어…

71 진과 주인, 여급, 기타

하나, 둘, 객들이 모아선다.

72 주인과 백. (B)

좌우를 둘러보면서

『아 이 멀쩡한 놈 봐요, 돈 없이…』

73 Camera Pan하여 객들 얼굴 (B)

세 얼굴쯤

『멀쩡한 놈이군』

『창피야라』

74 진 괴로운 눈초리 한 귀퉁이를 주목 (B)

75 전경 (F) 전체도 한 귀퉁이를 주목

76 주렴(珠簾) 조그맣게 열리며 이(伊)의 얼굴 (M·S)

다람쥐 한 마리 톡 튀어나왔다.(일하다가)

77 이 (B)

『왜들 그래』

『왜 떠들어』

T (9) 일금 200원에 팔려온 안병수의 누이동생. 순이(順伊)…신일선(申
一仙)

78 객들 중의 어떤 놈들 (M·S)

1, 찡긋 2, 찡긋 3, 야— 나왔구나. (M·S)

79 이 똑바로 보면서 가엾이 생각하다가 능청맞게 웃고는 눈으로 밀
면서 『뭣들 봐요?』

80 이 [背全景] (F)

이, 그 편으로 가면서 [移動] 민다. 밀린다.

81 한 놈(S·C·K), 넘어진다.

82 이, 주인의 배를 들이민다. 주인 밀린다. (F)

83 이와 진, 주인의 흉내를 내듯 진의 아래 위를 훑어보면서 어른다.

84 진, 어처구니없어 한다. 조금 뒷걸음 (B)

85 이, 옆을 살피면서 돈을 꺼낸다. (B)

86 진 · 이, 돈을 쥐어 주는 손과 손 (C)

87 이와 진. 진 어쩔 줄 몰라, 이, 말한다. (B)

T (10) 이 돈으로 치러주세요 네?

88 진과 이. 이, 돌아선다. 코스 탈선

89 이, 안으로 쑥 들어갔다. (F)

90 진, 멀거니 바라본다. 도회의 잡음. (B·F·O)

S. (7) 파고다 공원

91 육각 뒷 모퉁이. (F·I·F)

　A [全景]

　B 기신없이 걸어와 앉는 진

　　따라오는 아(兒) 엿장수

　C 진과 엿장수

　　『사십쇼』

　　『안 산다 안 산다』

92 2인. 엿장수 간다. (F)

93 [番外] 수목 높은 꼭대기 바람에 우르르 [近]

94 진의 머리 위 낙엽 (M·S)

　　두상에 한 잎새, 또 한 잎새. 뚝, 바삭

95 비각(碑閣) 모퉁이 숙

　　잡지 책 펴들고 온다. (F) [重]

96 숙

T (11) 짝 잃은 갈매기 거친 세파에 먹이를 얻고자 헤매어 다니는 광진
의 아내 윤은숙(尹恩淑)…김정숙(金靜淑)

97 늙은이와 숙. [移動] (F)

늙은이 앞에 와서

『한 책 팔아줍쇼』

『안 사오 안 사오』

98 불량소년과 숙. [移動]

불량소년

『안 사 안 사』 (F)

99 철과 숙. (슬픈 그늘) (F)

『한 권 팔아줍쇼』

철, 수그렸던 머리를 들며

100 숙, 『한 권 삽쇼』 하면서 이윽히 내려다보다가 『으악』 (B)

101 철, 이윽히 쳐다보다가 깜짝 놀란다. (B)

T (12) 은숙에게 외쪽사랑을 바쳐오던 사나이, 남편 잃은 젊은 여성은
그의 두려운 유혹을 못 이겨—[重 Vision] 단발까지 하였건만 사랑
이 원수로 변하여 인간 수(獸)로 자처하게 된 박철…정학종(鄭學鐘)

102 숙, 홱 돌아선다. (B)

103 철, 음험하게 파먹을 듯이 노려봄 (B)

104 진, (六角亭) 펴보는 것 (F)

105 진과 꾸러미, 학생복, 모자 등 (B)

106 숙·진. 진의 등 뒤로 걸어오는 숙 (F)

107 철, 담배를 홱 내던지고 일어선다. (F)

108 진과 숙.

　　『책 한 권 팔아주십쇼』

　　진, 무대답 (O·V)

109 진과 숙. 숙 옆으로 돌아오는 고무신 신은 발. 진의 어깨너머로
　　Pan하여 (C)

110 진과 숙 (M·S)

　　진, 딴 곳을 보면서『안 산다 안 산다』

　　숙,『그래도 한 권만 삽쇼그려』─ 갑자기 옆을 본다 놀란다. ─
　　증오

111 철, 동단(胴旦)터 아래 인자(人字)로 놓인 양지(兩肢) (M·S)

112 3인. 진은 무심코 여전히 앉아 있어. 그 앞으로 급급히 지나쳐
　　가버리는 숙. 멀거니 바라보는 철. (F)

113 진과 숙. 진, 멀거니 숙, 쓸쓸한 가로수 사이로 사라져. (B·L)

Ⓣ (13) 어느 날 저녁… (F·O)

S. (6) 식당 안 (밥)

114 식당 안. 한 테이블에 불량자 떠들고 마시고 (F)

115 서화정(徐花艇) 술심부름 대장 가운데 (F) 박철, 부장(副將),
　　삼장(三將), 조규상(趙奎相), 김상진(金尙鎭), 이명법(李明法)

116 진, Pan 한 모퉁이에 앉아 있어 (F)

117 부장, 여급(徐)을 붙잡고 옆구리를 찌르면서 눈을 찡긋─영(影)
　　으로 대장, 막 먹는다─부장, 말한다.

Ⓣ (14) 순이 한 번 보게 해주구려

118 부장과 여급, T를 하고 쳐다보(B)는 체『요 꼴에』하는 듯이 내려다보(B)다가 (T)

T (15) 망아지 새끼가 아닌 담에야 어떻게 끌어내 오란 말요

119 대장과 부장 (B)

　　『불러내 오래』대장 부장에게

120 일동.『불러내라』(F)

121 진, 귀찮아한다. (B)

122 문, 들어오는 희(熙) (F)

123 일동. 훤화를 멈춘다. 한 모퉁이를 봄 (B)

124 희. 한 모퉁이에 앉는 희 (M·S·B) (얼굴을 가려)

125 여급과 대장과 부장. (B) 희 쪽을 가리키면서 대장에게『저 사내하고 우리 머리태하구, 그리구 그랬다나』

　　남 2인, 수군댄다.

126 희, 곁눈으로 주방을 살핀다.

T (16) 젊은 시인 그리고 순이의… 조영희(趙永熙)…한병룡(韓炳龍)

127 이 여급 (F)

　　밥상을 들고 나오는 순이

　　여급, 지나치면서『애 그이가 왔어』

128 이 · 희. 반기는 희 (C)

129 진,『나 왔어』(C)

130 대장, 취해 흘겨본다. (C)

131 희, 몰래 반긴다. (B)

132 이, 돌아나온다.

133 이, 식탁 위에 밥상을 놓는다.

134 이와 희, 타오르는 두 눈. (C)

   소곤거린다. 얼른— (C)

135 이와 부장, 돌아간다. 잡아당기는 부장. (F)

136 불량자들 희롱, 꼬랑이를 당기는 놈, 뺨을 만지는 놈, 옆구리를 찌르는 놈. (F)

137 이, 철 기타. 철, 일어나 무식하게 이를 덥석 하고 키스를 하려고. (F)

138 이, 비명 (C)

139 희, 젓가락 던지고 분연히 기립 (M·S)

140 철, 이, 희. 이를 빼앗으려고 철에게 달려드는 희 (F)

141 철, 이, 희. 일타에 쓰러지는 희. 철, 이에게 키스. (F)

142 철, 이. 키스 당하련다. (B)

143 진, 무겁게 일어선다.

144 일동, 진을 주목.

145 철, 진을 보고 키스를 끊고 멈칫 (M·S·B)

146 [全景] 진. 철의 좌석에 앉으면서 철을 노리는 진

147 희, 이, 희에게로 (F)

148 진과 철 기타. 진과 철, 노려본다. (F)

   [背景] (희와 이, 일동 슬금슬금 뒤로)

149 철, 달려들려고

150 주인, 여급 쫓아나온다. 긴장 (F)

151 진과 식탁. 그릇들… 와르르륵 (M·S)

152 일동. 우쩍 뒤로 밀리는 일동

153 철, 움칫움칫 뒤로 물러서는 철 (F)

154 상진, 쥐구멍을 찾아라 (F)

155 이와 진. 진에 달려와서 『고맙습니다』 (O·V)

156 시계. 8시 50분. (C)

157 시계. 9시 10분. (C)

158 여급 배경에— 진과 이 (F)

　　진과 이의 뒤로 정리하다 [徐] (F)

159 진과 이, 돈을 준다. (B)

160 돈 가진 이의 손. 돈 뵈지 말고 (C)

161 이, 진. 사양하는 이, 받아두라고 하며 나가려는 진. (B)

S. (9) 식당 문전

162 진, 이. 진에게 이 『안녕히 갑시요』 (F·O)

163 이와 손. 돈을 펴 본다. 덥석 하는 검은 손 (B)

164 이와 수. 『좀 쓰자꾸나』 희, 놀래던 얼굴 풀리면서 똑똑히 『오빠!』

165 이와 수. 정신없이 돌아서 간다.

166 이, 두 손을 내려뜨린 채 가엾이 바라봄. (F·O)

Ⓣ (17) 밤은 깊어서….

S. (10) 식당 뒷골목

167 들창에 노크. (iris in) 희의 손. 똑똑

168 희. 몸을 숨기고 두드리는 희 (B)

169 창 안에 이. 쉿쉿

170 2인. 물러서는 희, 나오는 이. 뒤를 흘금흘금. (F)

171 2인. 서로 떨어져 걷는 희와 이 (O·V)

S. (11) 다리 위

172 이와 희, 사이는 좀 더 가까워 (O·V)

S. (宅壇 밑)

173 2인. 달밤 길은 훤히 넓고 사이는 딱 붙어. (O·V)

174 2인. [移動] 앞으로 2인 (M·S)

S. (성문 밑)

175 2인. 와 앉는다.

S. (6) 식당 안

176 안, 흩어진 그릇 소제. 진 1인 (L)

177 진, 담배 털고 담고 연기 (M·S) 엉성한 머리카락

S. (9) 식당 문전

178 딱따기 (클로즈 Pan) 딱따기 고학생 딱따기 (M)

S. (空)

179 구름, 달, 구름에 가리는 달

S. (11) 성문 밑

180 이, 희. 이, 운다. 희, 눈물 씻어준다. (B)

181 2인. 씻어주는 희, 무슨 소리를 듣는다.

S. (한강) 철교, 월야(月夜)

182 토(土) 제단 터 철교에 들어서는 열차 (O·V)

183 차륜(車輪), 구른다 웅대하게 [重] (C)

S. (11) 성문

184 2인. 희와 이의 거두(擧頭), 귀 옆으로 차륜 구른다. (C)

185 2인. 희에게 애원하듯 (B)

T (18) 멀리 멀리 가고 싶어요. 자유로운 나라로….

186 2인. 희, 머리를 든 채 탄식하듯 (B)

T (19) 어디를 간들 어디를 간들!

S. (6)

187 골통대와 진. (M·S) 떨어진 골통대에서 연기충천

　　진, 탁(卓)에 머리를 묻고 잠.

188 서(徐)와 진. 담뱃대로 진을 찌른다. 놀라 깨는 진, 사방을 돌아
　봄

189 진. 쓸쓸하게 쫓겨 가는 진 (F)

190 주인. 문을 잠근다. (B)

S. (11)

191 희와 이. 작별하는 희와 이 (M)

192 이와 진. 이와 엇갈리는 진 (인사) (F)

193 진, 돌아다본다.

194 진, [이의 배경] 이를 따라간다. (F)

S. (9)

195 강아지 문을 긁는다. (M·S)

196 이, 문을 두드려

197 [番사] 주인, 배때기 들먹들먹 (C)

S. (9) 부르며 울려는 얼굴

198 진, 이를 본다. (M)

199 희, (S) (2) 걸어오다가

200 희, 귀를 기울여 (B)

S. (9) 이와 손.

201 문을 두드리는 이의 어깨에 커다란 손. (B) 이, 놀란다.

202 진과 이. 이, 찬찬히 반긴다. 인사 (B) 하고 『문이 안 열려져요』
진도 해본다.

S. (2)

203 희. 급히 걸어오는 희, 다리에서 (F)

S. (9)

204 진, 이

T (20) 내게로 가 자지. 아무 염려 말고

205 2인. 이, 주저주저 (B)

206 2인. 진, 이를 몰고 가듯 간다. (F)

S. (2) 삼각로

207 진, 이. 뒷모양, 좌편 길로 (L)

S. (12) 방 (F·O)

208 진, 이. 램프를 격하여 마주 (F·S, F·I) 앉은 이와 진.

209 2인. 진이 말 (B)

T (21) 아버지는 무얼 하시나?

210 이, 말 (Pan B)

T (22) 돌아가셨어요.

211 진, 말 (Pan B)

T (23) 어머니는….

212 이, 고개를 흔들다가 팍 숙이며 (Pan B)

S. (2) 삼각로

213 희, 오른쪽 길로 (L)

S. (12)

214 진, 말 (Pan B)

T (24) 그럼 나를 아저씨라고 불러다오.

215 이, 반가이 『네!』

　　좀 있다가 말 (Pan B)

T (25) 그런데 아저씨는요?

216 진, 말 (O·V, B)

T (26) 하늘과 땅 사이에 그림자 하나뿐이다. (F·O)

217 램프. 멍―히 (F·I)

218―A 불과 타는 기름 (F·O)

218―B 진, 성적 흥분, 멀거니 본다.

219 이, 수태(睡態) (B)

220 진, 전진 흥분 여전.

T (27) 억지로 말라붙은 청춘의 가슴, 아직도 정열의 불길은 꺼지지 않
　　았던가.

221 진과 램프. 보다가 참지 못하여 손으로 얼굴을 가리고 램프를
　　끈다.

222 월광. 이와 월광, 이의 보드러운 숨결과 월광 (C)

223 창. 어른거리는 희의 그림자

224 이와 진. 껴안으려는 진 (B)

225 이와 진. 진의 등 뒤로 이, 깜짝 놀라 앉아. 진, 뒤를 문칮 보다
가 안심. 그리고 말.

T (28) 아저씨 그저 안 주무셔요?

226 진, 더듬더듬 말 (M·S)

T (29) 아니다 성냥을 찾느라고…

227 창가의 진과 이. 진과 이의 껴안은 듯한 포즈. (F)

228 문, 창 둘로 깨어지며 희, 들어와

229 진, 이, 놀라 주춤. (F)

230 희, 섬섬히 들어와, 질투, 흥분 (B)

231 진, 침통한 웃음.

232 3인. 달려드는 희를 막으며 『아니에요 아니에요』
희, 그것을 뿌리친다. 이, 애원하듯 말한다.

T (30) 아니에요 이 어른은 우리 아저씨예요.

233 희, 이. 희, 『듣기 싫다』 (B)

234 희, 진. 진을 함부로 두들기는 희, (F) 기둥 같이 서서 맞는 진,
슬쩍 밀어 던진다. 넘어진다. 침대 옆.

235 희. 넘어지는 희. 베개 밑에 칼 (B)

236 베개와 손, 칼 (C)

237 보고 놀라는 진 (B)

238 희, 칼 빼들고 말한다. (B)

T (31) 도적놈! 전과자!

239 희, 칼 던져 (B)

240 진, 비킨다. 이, 깜짝 놀란다. (M·S)

241 벽. 벽에 칼 꽂힌다. (C)

242 진, 쓰라린 웃음 (B)

243 이, 희. 이, 희에게 매어 달린다. 희, 뿌리치고 나간다. 진에게로
(F)

244 이, 진. 진 앞에 이 엎드러지며 애원 (B)

T (32) 아저씨, 저희를 도와주세요, 멀리 멀리로 가게 해 주세요.

245 진, 이. 침통히 결심 (M·S)

T (33) 오냐 내 몸을 또 한 번 희생하는 한이 있더라도

246 2인. 이, 『정말예요 정말예요』 (M·S)

247 2인. 이의 머리를 어루만지는 진의 손 (F·O)

S. (13) 2층 세집 (F·I)

248 정문. 대가(貸家).

T (34) 대지는 넓어도 몸 담을 곳 없는 무리들

249 [밖] 뒷 문단(門壇) 넘어 들어오는 김, 이, 최 등

250 [밖] 내정(內庭) 옹기중기 인물 뒤에 자취도구 (F)

251 [밖] 뒷 문단(門壇)—수, 올라가다가 떨어지는 수 (F)

252 혼자, 하늘을 손가락질하면서
『떴다』 (B)

S. (14) 쇄대(灑臺)

253 숙. 빨래하는 숙

S. (13)

254 철과 부장. 부, 철을 끌고 나온다. 낮잠 자던 태(態), 철과 부장 바라본다. (쇄대) (F)

255 진, 휘파람 (B)

S. (14)

256 숙, 돌아다보다가 피해 돌아간다. (F)

S. (13)

257 철, 유심히 쳐다보다가 결심한다. (B)

258 일동. 공론 [全]

S. (15) 숙의 방

259 숙, [배경 취사도구] 창 앞에 턱을 고이고 앉았다.

S. (13) 뒷문 밖

260 철이 수를 매수 (F)

S. (16) 선술집 안

261 희, 들여다본다. (F·O, F·I)

262 진, 여러 사람들 틈에 (F)

263 취객, 이 구석 저 구석 (F)

264—A 희, 술 내라고 (B)

264―B 희, 진 기타. 진과 희의 등으로 돈 내고 나가는 사람 앞으로 주모 (M·S)

265 손과 잔. 두 잔 곱빼기. 동시에 (C) 집는 손과 손

266 진과 희, 등을 쳤다가 마주선다. (M·S)

267 진과 희, 맞닿아 올라가는 손과 잔. 이윽고 서로 마주보는 진의 손이 희의 잔을 밀치면서 말 (M·S)

T (35) 술을 마시지 말아주시오.

268 군중과 진. 진을 주목하는 눈초리들 (C) 플래시로[同付]

269 진, 돌아서면서 한 김에 한 잔 (B)

270 두 놈. 진을 주목하는 한 놈 (M·S)

271 진과 두 놈. 두 놈을 보는 진, 고개 숙여

272 진, 고개 숙인 채 급히 나간다. 따(F)라 나가는 두 놈

S. (17) 문전

273 나오는 진, 마주 들어가는 철, 수 (F)

S. (9)

274 희. 비틀거리고 들어가는 희 (F)

S. (6)

275 희, 의자를 걷어차며 주방으로 향하여

T (36) 비틀비틀 순이, 순이.

276 주인

『순이 없다』 (M·S)

277 2인. 덮어놓고 들어가려는 희, 그것을 막는 주인, 밀치고 떼밀고. (F)

278 주인, 말한다. (B)

Ⓣ (37) 가 이놈아, 순이는 네가 버려놓았지.

279 희, 주인. 주인의 턱을 받치면서 희, 말 (M·S)

Ⓣ (38) 어어 어린 계집애의 등골을 뽑아먹는 이 진드기 같은 놈아.

280 희, 주인. 주먹으로 주인의 턱을 갈긴다. 주인, 비틀비틀 (M·S)

281 여급과 희. 달려드는 여급을 술병으로 대강이를 때리려고 한다. (F)

282 희, 이. 뛰어나와 희의 팔목을 잡는 이, 여급은 달아나고 희는 이를 안는 듯 점점 수그러지는 고개

283 주인, 흙을 털면서 말 (F·S)

Ⓣ (39) 너희들이 배때기가 고파도…

284 이, [독백] (M·S)

Ⓣ (40) 먹을 게 없으니 어쩌란 말예요.

285 이, 희. 희가 끌고 나가려고 한다. (M·S)

286 희, 이, 주인.

『못 간다 못 간다』

『너희 맘대루?』 (F)

287 2인. 이, 주인의 배때기를 두드리면서, (M·S)

Ⓣ (41) 왜 못 가요, 내 다리로 못 가요?

288 2인. 주인이 이의 손목을 잡고 끈다. 이, 손을 물어뜯다가 달려
　가 (M·S)

289 희, 이. 희에게로 달려가 손을 벌리며 이,

T (42) 200원. 단돈 200원에 팔려 온 몸이에요.

290 희, 이. 희의 가슴에 파묻는 이의 머리 (B)

291 희, 이. 절규 (B)

T (43) 돈!

292 2인. 더 크게 절규. (B)

T (44) 돈!

293 2인. 입

T (45) 돈!

294 주인. 배때기 내놓고 두리번 (M·S)

295 2인. 이를 끌어안은 채 희, 수그러진다. (B)

S. (18) 담

296 진, 뛴다. (L)

297 진, 뛰어내려서 좌우를 주의, 허리춤을 건사

298 진, 불안해하다가 태연히 간다. (F)

S. (6)

299 희, 이. 등을 지고 절망의 포즈

300 진. 나타나는 진

S. (6)

301 진. 들어서는 진, 전경을 살펴 (F)

302 희, 이. 반색하는 희

303 희, 이, 진. 진에 찬찬히 달려가는 이. (F)

304 이, 진. 이, 애원하듯 (B)

T (46) 아저씨 나를 도와주신다고 하셨지요 네? 아저씨!

305 2인. 진, 돈을 꺼내 이에게 쥐어 주며 (B)

T (47) 자유로운 곳으로 가거라. 내게는 소용없는 돈이다.

S. (9) 두 놈

S. (6)

306 홱 갈려 좌우로 퍼진다. (F)

307 희, 이 돈 받으며 멀거니 얼빠진 듯. (F)

308 진, 뒤를 살피다가 별안간 가로 서며

『저것 봐』

309 희, 이. 돌아다보는 두 사람.

310 벽 [2인의 배후로] (PAN)

좌우로 아무 것도 없어

311 희, 이. 어이없는 얼굴을 돌려 (PAN)

312 (PAN) 진, 사라져 버리다.

313 한 놈. 형(刑), 『어쨌니?』

주인 손 비비며 나오면서 『뭡죠?』

314 커튼. 흔들흔들

315 형(刑), 주인 『어쨌어?』

　알밉게 주인, 『모릅지요』 (M·S)

316 형(刑). 쫑그리고 서서 낭패의 눈초리 (B)

T (48) 끊임없는 설움과 함께 세월은 흘러서….

S. (15) 숙의 방 (C)

317 떨어지는 일력(日曆), 한 장 두 장 떼는 손 (F·I)

318 숙. 시름없이 창에 기대서는 숙. (M·S)

319 동무. 저 쪽 편물(編物)하고 있는 동무. (F)

　동무, 찬찬히 고개를 들고서

320 동무, 자랑하듯

T (49) 참 그 양반과 비슷한 이를 어제 이맘때요. 앞길에서 보았어요.

321 동무와 숙. 여전히 편물 (M·S)

　숙, 달려들어 동무의 소매를 잡으면서

　『뭐요? 정말?』

　『응 정말』 (F·O)

S. (2)

322 진과 동무. (F·L)

　피하듯 걸어간다. (F·I)

　동무, 수건 들고, 지나쳐 놓고 뒤를 유심히. 숙, 멀리로

S. (15) (F·O)

323 숙과 동무. (淑忠) 머리를 돌리며 (M·S)

T (50) 그만 둬요, 내게 참말이 어디 있단 말이요

S. (2)

324 진, 길모퉁이 분장하는 면경의 얼굴. (M·S)

S. (15)

325 숙과 동무. 옷매무새를 고치면서 문을 연다. 말. (F·S)

T (51) 만나기만 하면 끌고라도 올 걸요, 사람 안 믿는 것도 병이야

326 숙과 동무. 동무, 말하고 나가버려 숙은 힘없이 수그러진다.
(F)

S. (13)

327 철, 가두어 놓은 맹수와도 같이 왔다 갔다 하면서. (F)

S. (담)

328 담 위. 넘어오는 손, 머리털. 끌어들이는 철 넘어와. (M·S)

329 철, 수. 조급히 묻는 철. 수, 숙이 방을 가리키면서
『혼자 누워 있어요』(M·S)

330 철, 결심 (B)

S. (2)

331 진, 걸어온다. (분장한 채) (F)

S. (13)

332 철. 넘어 들어가는 철 (F)

333 사진(寫眞), 숙. 사진 앞에 쓰러지는 숙 (M·S)

S. (14)

334 철. 넘어 들어가는 철. (F)

T (52) 이리의 어금니를 벗어난 어린 양

S. (19)

335 마루. 짐을 싸고 있는 희와 이. (F)

336 이와 희. 소곤소곤 희망 그 자체 (B)

S. (20)

337 수, 허겁지겁 걸어간다. (사람에 몰려) (F)

338 수, 어느 집 중문간에 가서 쓰러진다. (F)

339 수. 문에 부딪치는 수의 머리와 그 소리 (B)

340 S. (19)

341 희, 이 놀라 돌아다보는 두 사람. (M·S)

342 S. (20)

343 수. 눈을 뒤솟군 수 (C)

344 S. (19)

345 이, 희. 쫓아 나오는 이, 희 뒤로 따라와.

S. (20)

346 이, 수, 이, 수에게로. 이윽히 보고 깜짝 놀라 『오빠』 쓰러짐.

T (53) 기나긴 밤 누이를 찾아서 헤매어 다니는 끝에

347 희, 이, 수, 세 사람. 수를 붙잡은 이 (F)

　곁에 서 있는 희

S. (15) 실내, 창 (M·S)

348 문이 열리자 숙의 동무 실내 둘러보다가 깜짝 놀란다.

349 철과 숙. 살풍경, 몰리는 숙, (조급히) 쫓는 철 (F)

350 창에 동무, 황급히 문을 닫고 밖으로 (M·S)

S. (2)

351 진, 걸어온다.

352 숙의 동무 길 옆에서 발을 구르며 부르짖다가 한편으로 달아나. (F)

353 진과 동무. 진, 걸어 나오다가 멈칫 본다. 달려와서 『사람 살려요』 하고 끌고 가는 동무. (M·S)

354 진과 동무. 함부로 끌고 끌리고 (O·V)

S. (15)

355 철, 흥분해서 말한다.

T (54) 오늘 밤에는 끝장을 내고야 말테다.

356 침대 위. 쓰러진 숙의 곁에 사진과 화병의 파편. (C)

357 철, 숙에게로 긴장해 간다. (F)

358 숙, 『에익, 거머리 같은 자식』 하고 파편을 들고 철을 노린다.

359 파편과 숙의 손. 부르부르 떨리며 던지려고. (C)

360 철, 씽긋 웃었다가 시선의 초점을 딴 데로 하더니 갑자기 주의.
　　(B)

361 숙, 힘껏 던진다. (M·S)

362 철, 날아오는 파편을 덥석 받더니 입에 넣고 엿을 끊듯이 뚝하
　　고, 나머지 파편을 홱 아래로 던진다.
　　다가서 『이년 말 좀 들으려무나』

363 숙, 함부로 발악. 고함 절규(힘껏) (B)

S. (총계)

364 진과 뒤에 동무. 『죽여 버릴 테다』 달려오다가 문득 엿들어. 다
　　시 올라와.

S. (15)

365 철, 숙. 모퉁이에 꼭 박힌 숙. 덤비는 철.

『죽여 버려』

『죽일 테다』

366 창. 왈칵 들어서는 진, 여자 동무. (M·S)

367 철, 숙. 멈칫 하는 철. (B)

368 진, 동무. 형세를 살피는 진과 여자 동무. (B)

369 숙, 철. 배후에 철, 숙,『파출소 파출소』말끝을 맺지 못하고 쓰
러져

370 동무, 홱 나간다. (B)

371 진과 철. 다가서는 2인 (F)

372 진, 쥐어지는 주먹 [移動]

373 호각, 호각 부는 수염 (C)

374 철과 진. 함께 주춤 (M·S)

375 진, 철. 진, 철을 몰고 간다. (F)

376 창틀. 팔을 헛잡고 거꾸로 (M·S)

377 형(刑).—영(影) 에워싸는 형, 순사 (L)

S. (15)

378 진. 숙의 앞에 앉으려는 진

379 진. 화(靴)와 사진 (C)

380 진. 숙 사진 보는 진.

381 진. 사진 유심히 보는 진 (B)

382 진과 숙. 진, 여자를 흔든다. 고개를 드는 숙. (B)

383 2인. 서로 보는 진과 숙 [길게]

T (55) 십년 만에 얼굴을 대하는 남편과 아내

374 진. 얼굴 (C)

375 숙. 멀건 얼굴 (C)

S. (13)

386 형(刑). 정문을 두들기다가 뒤로 (F)

387 진, 숙. 진, 무겁게 숙에게 물어봄 (B)

T (56) 나를 못 알아보겠소? (O·V)

388 숙, 가만히 머리만 흔들어 (C)

389 진, 숙. 더 가까이 가서 숙에 진, 말. (B)

T (57) 정말 나를 모르겠소? (O·V)

390 숙, 멀거니 한 눈을 보다가 갑자기 부르짖기를 (C)

T (58) 아! 그 목소리!

391 진. 울어라 가슴이 메어져라 (O·V)

392 진, 느끼며 울며 변장을 뜯어…(B)

393 진과 숙. 아직 여전히 가슴은 메어지고

394 숙, 진 물끄러미 보고 있다가 진의 무릎에 푹 엎드려서…엘레지. (M·S)

395 숙, 진 힘껏 끌어안아 (O·V)

396 형. [배경 여러 놈] 창이 슬쩍 열리자 들어선다. (M·S)

397 진, 숙 끌어안은 채 한참 (B, O·V)

398 진과 형의 손. 진의 어깨에 손, 덥석 포승. (C)

399 진, 홱 돌아보고… 절망, 돌린 머리 푹… (B)

400 손, 어깨(형, 진) 움켜쥐고 끌어 (C)

401 진, 숙 손. 무겁게 비밀히 끌려 일어선다. 시선은 숙이 있는 편
으로.

402 진, 형. 팔은 뒤로 뒷걸음치는 진

403 숙과 외투자락. 숙의 손이 움켜잡은 옷자락. (C)

404 숙. 멀거니 얼굴을 드는 숙 (F)

Ⓣ (59) 또 어디로 가시려나요?

405 진, 문턱에 섰다 뒷짐 잡힌 채 (F)

Ⓣ (60) 우리들이 사는 집으로 가오.

406 숙, 실신

407 숙, 혼도

S. (2)

408 길. [後]

형과 진 포박 당하고 [하반만]

S. (13)

409 창과 숙. 창을 지키는 숙, 발광하듯 (L, O·V)

410 층계 숙. [移動]

층계. 다리를 구르는 숙.

S. (2)

411 길. 진과 형사, 터벅터벅 [하반신] (M)

412 진, 형, 숙. 진의 다리에 휘감긴 채 끌리는 숙, 벗어진 고무신.

413 진, ─ 끌려가는 [移動] (B)

414 숙, 매달린 채 호소하는 얼굴 (F)

415 숙과 진. 진의 어깨를 [移動] (B·F)

　너무 멀리 떨어지는 숙 (F·O)

416 기적(汽笛).

T (61) 어둠에 싸였던 이 땅에도 먼동이 터 올 때 (O·V)

S. (21)

417 언덕. 희, 이. 두 사람 (C)

418 욱(旭). 언덕 위로 올라오는 아침 해

419 희와 이. 언덕 위로 올라가는 두 사람과 들려진 트렁크. (O·V)

420 희, 이. 전면 이, 말한다. (B)

T (62) 영희 씨 벌써 다리가 아파요

421 희, 이. 한 손으로 이를 끌어안는 희, 또 한 손에는 트렁크를 옮겨 잡으며, [移動] (M·S)

T (63) 참고 걸어갑시다. 앞날은 다 우리의 차지가 아니요? (L)

422 희, 이. 언덕 위 고개 마루턱에로 올라가는 두 청춘. (F·O)

1927년 9월 9일 계림(鷄林)영화사

『심훈문학전집 (3)』(탐구당, 1966), pp.557~576을 수정보완하여 재수록함. 《사상계》 (1965.10)에 '심훈 30주기 추모(미발표)유고 특집'에 <콘티─먼동이 틀 때(100장)>'로 소개된 바 있음.

〈먼동이 틀 때〉의 스틸, 신일선(申一仙)과 한병룡(韓炳龍)
(≪조선일보≫, 1927.09.03.)

시나리오

상록수

밀알 하나가 땅에 떨어져 죽으면 많은 열매를 맺느니라
—성서

나오는 사람들

박동혁(朴東赫) ····························· 강홍식(姜弘植)

동화(東和) ································· 심영(沈影)

그의 아버지 ······························· 안태승(安泰承)

그의 어머니 ······························· 조소사(趙召史)

한영택(韓永澤) ··························· 김일해(金一海)

김건배(金建培) ··························· 윤봉춘(尹逢春)

그의 아내 ································· 홍점례(洪点禮)

석돌(石乭)

정득(貞得)

갑산(甲山)

칠용(七龍) 등 농우회원(農友會員) 20인

채영신(蔡永信) ··························· 전옥(全玉)

백은희(白銀姬) ··························· 안정옥(安貞玉)

주인집 마누라 ···························· 이윤숙(李允淑)

장로

학원청년 1, 2, 3인

강기천(姜基千) ··························· 이금용(李錦龍)

면장 ···································· 안병상(安秉常)

편집국장, 군, 면직원, 순사, 형사, 의사, 의생, 간호원 등

전문, 중학생, 남녀 수백 명

한곡리(漢谷里), 청석동(靑石洞) 주민(住民) 수백 명

양편 아동 남녀 200명

기타

PART I 쌍두취(雙頭鷲) 행진곡

S.#1 계몽운동대원 간친회장(懇親會場)

(F·I) 입간판 (C·U)

> 제3회 하기 학생 계몽운동대원 간친회
> 주최 대중일보사

(PAN→)

입구로 들어가는 학생들의 다리 (O·L 이동)

계단을 올라가는 학생군(學生群)

회장으로 들어오는 학생군

지휘봉을 드는 손 [移動]

악대(樂隊) 전경(全景) (긴장) (F·S)

지휘봉을 내리는 손 [移動]

잠시 주악(奏樂) [移動]

장내 전경(全景) (F·S)

악사들은 신이 나서 취주(吹奏) (C·U)

학생들 발장단 요두(搖頭) (C·U)

여학생들과 사원들 다과 분배 (이동하면서 F·S)

뚱뚱보 「애개 요걸루」 등 유머 각종 (PART)

주악(奏樂) 종료. 악대 착석 (F·S)

프로그램지(紙) (C·U)

2, 개회사
본사 편집국장

편집국장 일어난다. (PAN)

단상에 올라 인사한다.

다과 하던 학생군 정숙 (CUT)

편집국장 (BUST)

다과를 드는 학생들

기타 독주 [C·U→移動]

S군의 익살 홍소 과자를 뿜는다.

돌아보고 욕하는 학생

웃어대는 여학생군 (CUT)

미소하는 편집국장 (CUT)

S군 착석

학생들 박수 [화면에 W해서]

T 재청이요! 재청이요!

마루청을 구르는 다리들

사회자 일어서며 손을 든다.

T 여러분 조용합시다.

사회에게 서류를 받아드는 사회자

(서류를 받아본 후 머리를 들어)

T ××고등농림(農林)의 박동혁(朴東赫) 군!

동혁을 찾는 학생들

국장, 사방을 둘러보며,

T 박동혁 군 왔소?

동혁을 찾는 여자들

여자들,

T 아 저기 있다.

일어서 걸어 나오는 동혁 (CUT)

전체의 시선 단상까지 [동혁을 따라 移動]

인사하는 동혁 (M·S)

전 군중 박수 (F·S)

단상에 오른 동혁 (BUST)

T 여러분!

긴장한 얼굴들 (PART)

동혁, (B·U) 장내를 둘러보며

동혁, (B·U)

S.#2 한곡리(漢谷里) 전경

항아리 만드는 공장으로부터 (O·L)

[점집 토기 제조 광경]

한곡리 도면에 W해서 한곡리

말하는 동혁

S.#3 한곡리

은행나무 밑에서 글 가르치는 정경 (O·L)

1년	위치변	매방아간 주인에게 축출 그때부터 건배(建培) 얼굴
2년	(位置變)	은행나무 밑
3년		동상(同上) 배수(倍數)

아동 수 점점 늘어간다.

동혁, 화두를 바꾸어,

T 그러나 여러분!

긴장한 학생들 (F·S)

국장 눈을 찡긴다. (탈선이로구나 하는 표정)

동혁, 더욱 흥분해서,

T 여러분은 우리를 못살게 구는 적이 어디 있는 줄 압니까?

동혁, 주먹을 치며 고조

전체 박수 [이중, 삼중]

어느 학생

「옳소!」 등 [화면에 W해서]

T 그렇소!

어느 학생 기립,

T 그건 탈선이요.

동혁, 노하여 분연히

T 어째서 탈선이란 말요?

　국장, 동혁에게 귓속 한다.

　어느 불평 학생,

T 중지시킬 권리가 없소!

　또 다른 불평 학생,

T 말해라 말해.

　마루청을 구르는 학생들

　버티고 선 동혁, (M·S) 동혁, 착석 (F·S)

　(학생들 박수)

　국장, 엄숙히 등장

T 박 군의 의견은 매우 좋으나 계몽운동은 끝까지 계몽운동에만 그칠
　것을 단단히 주의해야 합니다.

　어느 학생 어깨를 떤다.

T 어이 추워

　국장, 조금 찡그렸다가 서류를 보고,

T 끝으로 여자계몽대원 중에 가장 좋은 성적을 보여준 채영신(蔡永信)
　양을 소개하겠습니다 .

　남자 측의 주목

　여자석에서도 서로 찾는다.

　영신, 억지로 일어선다. (M·S)

　동혁을 중심으로 남자 측의 박수

　동혁, 사과를 쪼개다가 박수

　영신, 국장을 쏘아보며,

T 저는 아무 말도 하기 싫습니다.

어리둥절 하는 국장

남학생들 서로 얼굴을 돌아다본다.

모 학생,

T 이유를 말합시다.

모 학생,

T 그 대신 독창이라두 시키세.

국장, 가까이 가서 달래듯이,

T 간단하게나마 말씀해주시지요.

동무들, 영신을 일으켜 세운다.

군중 반(半)전체 이동 (F·S)

영신, 마지못해서 일어나 여무지게,

T 첫째 이런 자리에까지 남녀를 구별해서 맨꼬랑지로 말을 하라는 것
이 불쾌합니다.

영신의 얼굴에서 (PAN)

동혁의 주목

영신, 말을 이어 동혁의 편을 주목하며,

T 둘째는 속에 있는 말을 하면 사회자가 또 제재를 할 테니까 그렇게
구차스레 말할 필요가 없습니다.

영신, 다시 앉아버린다. (여자석 박수)

국장, 무안한 표정으로 걸어오며,

T 아까 박동혁 군이 말할 때는 시간이 없다고 주의한 겝니다.

동혁, 돌연 기립, 나치스식 거수

T 사회!

국장, 동혁을 주시,

T 무슨 말이요.

동혁, 영신의 편을 둘러보고,

T 우리는 밤을 새우는 한이 있더라도

국장, 시계를 보고 사교적 웃음을 띠며,

T 그럼 내년에는 맨 먼저 언권(言權)을 드릴 테니.

영신, 마지못해 일어나,

T 저는 금년….

남자석의 동혁을 찾는다.

주목하는 동혁

영신, 동혁을 주목하며,

T 박…동혁 씨의 의견에 전연 동감입니다.

영신, 흥분해서 앉는다.

남자학생 감격

그 중 뚱뚱보 엉거주춤하고 일어나 박수, 사방은 긴장, 쑥스러워 앉
　아버린다. (F·O)

S.#4 가도(街道), 정류장 야(夜)

달려오는 전차 (F·I)

정거하는 전차

내리는 다리들, 그 중 여자의 다리, 동혁은 차 전구(前口)로 비강(飛
　降), 영신은 후구(後口)로 내리다 마주친다.

동혁과 영신과 인사한다. (B·U)

영신, 말한다.

T 아 같은 전차를 타셨군요.

　동혁 (M·S)

T 어디로 가십니까?

　두 사람 걸으면서

T 기숙사로 갈 텐데 문이 닫혔기가 쉬워요.

　동혁, 걱정하는 영신을 보고,

T 그럼 바래다 드릴까요!

　영신,

T 아니요, 괜찮아요. 동혁 씨는 어디로 가십니까?

　동혁,

T 나두 기숙사생활을 합니다. 막차로라도 내려가야겠는데….

　영신,

T 네 그렇습니까? 또 뵙겠습니다.

　동혁, 인사하며,

T 오늘 저녁엔 충분히 의견을 교환치 못해서 유감입니다.

　영신, 돌아가다가 다시 돌아다보며,

T 앞으로 다른 기회에 좋은 말씀을 들려주십시오.

　동혁,

T 네.

크게 고개를 끄덕인다.

두 사람, 헤어져서 걷는다.

길거리에서 홱 돌아보는 동혁

골목에서 전신주에 기대어 동혁을 바라다보는 영신 (B·U) (F·O)

S.#5 학교 기숙사 동혁의 방, 조조(早朝)

목각종 7시 반(F·I)

자고 있는 동혁
빗질하는 친구 ⎤ (F·S)

목각종 (C·U) 더 크게

동혁, 깨어 더듬어서 시계의 종을 멈춘다.

팔베개하고 천정을 보는 동혁

친구, 책보를 싸며 동혁에게,

T 이 사람 그만 일어나게.

동혁, 천정을 바라본 채,

T 가만있어 귀찮으이.

친구, 동혁을 주시하며,

T 자네 엊저녁 그 여자 생각하구 있나?

동혁, 생각한다.

벽에 나타나는 영신의 얼굴

『안녕히 가세요!』

친구, 다가앉으며

T 참 정말이지 그 채 무엇인가 하는 여자 여간내기가 아니데.

영신의 환영을 쫓는 동혁의 눈

친구, 동혁의 어깨를 탁 치며,

T 한 번 듣구 자네 이름까지 기억할 때는 자네의 첫 인상이 여간 깊지
않은 모양인데.

여전히 한숨 쉰다. (묵상) (PAN)

친구,

T 그렇지? 이 사람.

동혁의 머리를 꺼두른다.

동혁, 귀찮은 듯이 뿌리치고 일어나며,

T 여자를 생각할 경황이 없네. 자… 이걸 좀 보게.

동혁, 서랍에서 편지를 꺼내준다.

편지를 읽는 친구

「편지」(C·U) 부친의 친필

친구, 놀라며,

T 자네두 큰일 났네그려. 내 좀 어떻게 해볼 테니 너무 마음 썩이지 말게.

동혁, 늘 미안하다는 듯이,

T 자네 신세두 너무 져서 인젠 염치가 없네.

동혁, 다시 편지를 읽어보다가 구겨서 방바닥에 내던지고 수건을 들고 나간다.

기숙사 낭하(廊下)

급히 등교하는 학생들 (F·S) (F·O)

S.#6 교실

칠판, 선생 쓰기를 계속

[강의하는 선생을 배경으로 移動]―(F·S)

노트를 베끼는 어느 학생

기입하는 노트 (C·U) (PAN)

259

동혁의 노트 (空)

동혁, 머리를 드는 동시에 칠판

동혁, 2·3행 쓰고는 낙서

절망의 면영(面影)

낙서 「파멸」 (大字)

펜을 꽂는다.

놀라는 선생과 학생들

고민하는 동혁 머리를 든다.

칠판에 나타나는 영신의 환영

T 무엇보다도 먼저 우리 민중에게

　희망의 정신을 넣어 주자는 박…

　동혁 씨의 의견에 전연 동감입니다.

[1행 1행씩 화면에 노출]

동혁, 묵상, 재차 낙서

蔡永信, 채영신 (C·Y·S) 각종, 동지—「농촌운동」 등등,

동혁, 턱을 고이고 있는데 종이 운다. (F·O)

S.#7 학교 운동장

(F·I) 축구연습을 하는 학생들 (F·S)

슈팅을 하는 선수들

동혁, 물끄러미 보고 앉았다. (다른 생각에 정신을 빼앗기고)

동무가 와서 어깨를 치며,

T 자네 왜 요새 며칠 얼빠진 사람 같은가. 아주 그 여자한테….

동혁, 귀찮다는 듯이 일어난다.

친구, 알았다는 듯이,

T 그렇지? 별안간 앙가슴 한복판에 화살이 콱 들어와 박힌 것 같지?

동혁, 쓸쓸한 표정을 지으며 더벅더벅 걸어 사라진다. (F·O)

S.#8 학교 근처의 뒤뜰

나무 그늘을 동혁 홀로 거닐며 고민한다. (다른 학생들 배경에서 실습한다.)

뛰어오는 친구. 동혁을 붙들고,

T 너무 그렇게 고민하지 말게.

동혁, 탄식한다.

T 학창생활도 이번 시합이 끝나는 날이 마지막일세.

모자를 손에 구겨 쥐었다. (모자에서) (PAN)

동혁, 서운히 교사를 둘러본다.

친구, 명랑히,

T 아무튼 자네 한턱내게.

조금 놀라 바라보는 동혁

친구, 편지를 꺼내 보이며 놀린다.

동혁, 쫓아가서 편지를 뺏는다.

편지를 뜯어보는 동혁 (O·L)

편지 내용

| 토요일~~~~~~~~ |
| 월   일   채영신 |

엽서(O·L)

글월 반겼습니다.

오는 토요일은 오후 2시부터 경성운동장에서 시합이 있어서 갈 수 없으
나 경기가 끝난 뒤에 만날 수 없을지요.

최후의 시합이니 구경 와 주십시오.

S.#9 여학교 기숙사

편지에서 (이동)

편지 보는 영신[예수의 그림 배경] (PAN)

동무 (응석하듯),

T 언니… 이따가 나하고 같이 가요. 네? 그 남자가 어떻게 생겼나 나
두 보고 싶은데….

영신, 동무를 꾸짖듯이,

T 온 계집애두 나하고 뜻이 맞는 동지라니까 자꾸만 그러는구나.

발길로 자막을 걷어찬다. (W·P) [T. 急上] (W·I)

뛰어오르는 공

S.#10 경기 중의 선수들 (F·S)

대관중 [移動]

경기 중의 선수들

동혁의 활동 (골키퍼)

관중 틈에 있는 영신과 그의 동무 박수

열광적으로 응원하는 학생들 (일부)

시계를 보는 심판 달리며 [移動] 호각을 분다.

와르르 일어나는 관중

S.#11 운동장의 문전

정문으로 밀려나오는 관중

섞여서 동혁, 영신, 그들의 동무 4인 걸어 나온다.

S.#12 다방 내부

돌아가는 레코드 (C·U)

장단 맞추는 다리

카운터 위에 올려놓은 커피, 보이가 가져가는 손,

소다수를 마시는 객 [카메라 移動하면서]

한가히 소파에 기대 졸고 있는 객

그의 손에 든 담배 뜨거워 휙 던진다.

막 마시려고 하는 객의 찻잔으로 담배 빠진다.

깜짝 놀란 객 돌아본다.

웃는 객

S.#13 다방 문전

동혁, 영신 4인이 걸어온다.

동무에게 이끌리어 동혁, 영신(그의 동무) 다방으로 들어간다.

T 차 마시는 것쯤이야 어떤가요. 이런데 구경두 한 번 하셔야죠.

다방 안으로 들어오는 4인, 여자들 반대하면서… 부득이 추종 친구, 자리로 안내한다.

돌아가는 선풍기

영신, 가만히 앉았다가,

T 어쩌면 그렇게도 잘 막아내세요?

동혁, 겸사(謙辭)하며,

T 뭘요. 힘껏 싸웠어두 두 골이나 진 걸요.

보이에게 명령하는 김일해(金一海)

보이, 소다수를 날러온다.

친구, 영신에게,

T 드시지요.

동혁, 무슨 생각에 잠겨 있다.

친구,

T 여보게 들게.

일동 마신다. (그 중 영신의 동무, 타인이 마시는 양을 한참 바라보
다 마시는 체만 하고 놓는다)

친구,

T 어때? 자네 같은 시골뜨기가 차 맛을 알겠나?

동혁, 묵상 후 (W·I) (M·S)해서 농촌 원두막에서 수박을 깨뜨려 먹
는 광경, 원두막 속에 모인 4인 [대수(大樹)와 해(海) 배경]

T 흥, 이런 맛을 자네 따위가 알겠나?

영신, 담배 연기를 쫓으며,

T 그만 나가시죠.

일동 우르르 일어난다.

S.#14 다방 문전

객들이 들어가며 스쳐 4인 나온다. 그 중의 모던보이에게 끌려 친구
　　다시 들어가며 동혁에게,

T 난 좀 더 놀다가겠네!

동혁과 영신, 인사한다.

영신의 동무,

T 언니! 나두 먼저 갈 테요

영신, 동무에게 무어라고 귓속 해 보낸다. 놀리듯 눈을 찡긋하며 동
　　무 돌아선다.

영신의 동무, 동혁에게 인사하고 사라진다.

동혁과 영신, 돌아서서 걸어온다.

S.#15 천변, 황혼

두 사람 어느덧 고요한 길을 걸어온다.

T 영신의 사정

T 천애의 고아, 서양인의 도움.

풀밭에 앉은 동혁 (O·L) (뒤에서 영신은 꽃을 딴다)

동혁은 팔베개를 하고 누어 허공을 바라보고 있다.

야초(野草)를 따며 홀로 거니는 영신

돌아와 보니 동혁이 간 곳이 없다.

찾아다니는 영신 (초조히)

바위 뒤에 숨어 앉은 동혁의 그림자를 (물 위에 비친) 발견하고 달
　　려가는 영신

묵상하는 동혁

배후에 접근하는 영신,

T 왜 이런 데 와서 계세요?

수면에 떠도는 고민하는 동혁의 면모 (A·B)

영신, 의아해서 걱정 비슷이,

T 무슨 큰 걱정이 계세요?

흐르는 물결

그래도 명상하는 동혁

돌을 수면에 던진다.

흩어지는 물결

벌떡 일어나는 동혁

영신, 동혁을 근심스러운 낯으로 쳐다본다.

동혁, 영신에게 대들며,

T 영신 씨 나는 시골로 가겠습니다.

영신의 근심스러운 얼굴

T 아— 왜요

동혁, 팔짱을 끼고 탄식한다.

머리를 숙이고 생각하는 영신

동혁, 천천히 걷는다.(O·L)

두 사람 서서히 걸어간다. [다른 배경]

영신, 의심스럽게

T 일년만 더 다니시면 졸업을 하실텐데 왜 학교를 그만두세요?

동혁, 하늘을 우러러 본다.

[구름에 W해서]

T 갈 수밖엔 없어요. 나 하나를 공부시키느라고 땅마지기나마 있는 것
  은 모조리 팔아서…

[화면 엉성한 나뭇가지 까치집 있는] (O·L)

T 하루바삐 집으로 돌아가서 넘어진 기둥을 버티고 다시 일으킬 도리
  를 차려야겠어요.

[화면 (어머니가 바구니를 들고 다 쓰러져가는 울타리에 기대 서 있
  는 광경)]

땀 흘리며 밭을 파는 부(父) (O·L)

동혁, 영신 걸어온다.

동혁, 영신의 손을 덥석 잡으며,

T 우리 시골로 내려갑시다. 한 가정보다도 쓰러져 가는 우리의 농촌을
  붙들기 위한 운동을 일으킵시다. 그들을 위해서 죽는 날까지 일을
  합시다.

영신, 감격,

T 나도 가겠어요. 당신 같으신 동지를 얻어서 더욱 용기가 납니다.

양인(兩人)의 결심에 빛나는 눈 [카메라 2인 중간을 移動하면서]

짙어지는 황혼을 보인다. (F·O)

S.#16 정차장(停車場)

F·I 정차장 시계 (PAN)

두 여자의 어깨를 통하여 차창에서 내다보는 동혁 (B·U)

T 자 그럼 난 먼저 떠납니다.

영신과 동무

T 힘껏 일을 해주십시오. 저두 이 달 안으로 청석(靑石)골로 떠나겠습니
 다.

동무(김일해)의 쓸쓸한 얼굴, 동혁의 어깨를 탁 치며,

T 이 어깨로 우리의 농촌을 떠받들어주게.

묵묵히 끄떡인다.

손을 드는 차장(車掌)

기적(汽笛)

두 사람, 악수

피스톤과 차창 움직인다.

차내로부터 차체와 같이 헤어지는 영신 (O·L)

S.#17 궤도

S.#18 차창에 기대인 동혁

S.#19 한강철교

S.#20 광막한 평야 (O·L)

S.#21 해변 (O·L)

S.#22 촌의 전경 (F·O)

PART Ⅱ 일적천금(一滴千金)

(W·P)

S.#23 동혁의 집

F·I 동혁의 집을 배경으로 앞밭에서 동혁의 부(父) 보리밭에 북을
　주다가 하늘을 우러러 탄식,

Ｔ 허 이 날 사람을 잡으려구 왜 이렇게 가무는 게여—

　동혁의 부, 마누라를 내려다본다. (PAN)

　동혁의 모, 나물을 캐다가 영감과 나무를 쳐다보며,

Ｔ 참 정말 큰 일 났구료. 인젠 못자리할 때도 지났는데, 봄내 비 한 방
　울두 구경을 못하니….

　동혁의 부, 보리밭의 닭을 쫓으며,

Ｔ 보리밭이 연골에 말라비틀어지니 올 여름엔 냉수 먹구 산담.

　동혁의 부, 담배를 태워 물며 원망스럽게 주위를 둘러본다.

　물 마른 소천(小川), 수차(水車)

　균열(龜裂)된 논

　동화(東和), 주막에서 비틀거리며 나온다.

밭두렁을 휘청거리며 걸어오는 동화

동혁의 집 앞에 혀를 빼물고 헐떡이는 개

동혁의 부, 땀을 씻고 담배를 털며 마누라와 앉아서 (F·S)

T 동혁이 온 지가 일 년이 돼두 동리 일만 한답시구 제 집 일은 모르는
  체하니 인젠 자식두 소용이 없구.

  마누라 위로하듯,

T 그래두 동혁이가 어떻게든지 우리 양주 배야 곯게 하겠우?

  동혁의 부,

T 우린 굶는 한이 있더라도 졸업이나 시켰더면 월급 푼이나 타먹을
  걸….

  동화, 비틀거리고 들어와 나무더미에다 살포를 꽂는다.

  돌아다보는 부모

  부, 일어나며,

T 이 자식 또 대낮버텀 술 처먹었구나. 그런데 네 형은 어디 갔니?

S.#24 논

논에서 땀을 흘리며 두레로 물을 푸는 동혁 (회원 칠팔 명과 함께)

두레서부터 동혁의 (C·U)

T 공동답(共同畓)에 물을 푸나 봅니다.

  모, 다가오며,

T 동화야 인젠 너두 정신 좀 차려라. 아무튼 네 형은 잠시도 놀질 않는
  데….

  동화, 성을 내며,

T 난 술이나 먹구 지낼 테유. 나 하나만 공부를 못하게 말끔 팔아 없애

구설랑 무슨 큰 소리들유.

모, 할 말이 없는 듯이 혀를 차고 안으로 들어간다.

동화, 앙가슴을 치며 독백,

T 젠-장 두 번 못 올 청춘을 이 시골구석에서 썩혀야 옳단 말이냐.

머리로 벽을 들이받는다.

S.#25 논두렁 (황혼)

농구(農具)를 메고 돌아오는 회원들

돌아오는 동혁과 회원 (F·S) (뒷모양)

S.#26 동혁의 집 툇마루

발을 털며 집으로 들어가는 동혁

몹시 피곤해서 걸터앉았다가 발을 씻는데 [背後에서]

어머니, 나오며,

T 얘 고만 들어와 밥 먹어라.

T 네

하고 안으로 들어가려할 때 체전부(遞傳夫)가 온다.

편지를 받아보는 동혁

편지 내용

		꼭 친히 뵙고서 의론할 일도 있고요

동혁, 편지를 보고,

T 허 이번에 정말 오는군.

하고 생각하다가 방으로 들어간다.

방으로 들어와 앉아 다시 한 번 보고는 조그만 가방에 넣는다.

서랍 속에 편지 사오십 매 전부 영신의 이름이다. (C·U) (F·O)

(F·I) 저녁 후 (동혁의 집 툇마루)

아버지, 소를 몰고 와서 매어 놓는다.

1인 2인 모여드는 회원, 부에게 인사한다.

건배, 들어와 부에게 인사한다.

부, 힐끗 보곤,

T 밤낮 역적모의 하듯 쑥덕공론들만 하면 되는 줄 아나?

혀를 끌끌 차면서 부 안으로 들어가 버린다.

건배, 다른 회원들과 인사하는데 동혁이 부른다.

동혁, 건배를 데리고 한 귀퉁이로 간다.

동혁, 은근히,

T 여보게 건배 우리가 노 말하여 오던 채영신 씨가 내일 온다는 편지
  가 왔네.

건배, 껑충 뛰어오르며 놀란다.

T 정말인가! 우선 한턱내게 이 사람.

동혁, 하늘을 쳐다보며,

T 사람보다 비가 먼저 와야겠는데 참말 큰일 났네.

동혁, 회원들을 모아 앉히며,

(벌써 조는 회원들도 있다)

T 오늘 일요회는 너무들 곤하니 고만 두고 일찍 쉬도록 하세.

회원들, 찬성하고 일어나 인사들 하고 헤어진다.

건배, 동혁을 유심히 보더니,

Ⓣ 아무튼 오늘 저녁 꿈이나 잘 꾸게.

하고 한 눈을 찌긋해 보이며 나간다.

좀 미소하는 동혁, 방으로 들어간다.

S.#27 방 안

동혁의 부, 동화, 자고 있다. (F·S)

동혁의 아우, 취해서 자는 얼굴을 딱하고 가엾이 들여다보다가 베개
를 베어주고 이불을 걸쳐주고 나서 팔베개를 하고 누워 등잔불을
보며 명상한다.

(영신의 환영)

명멸하는 등잔불 (한동안) (PAN)

잠이 든 동혁

S.#28 방 밖

몽롱해지는 구름

바람에 불리는 산울타리

마당을 휩쓰는 바람

등잔불 꺼진다.

더 짙어진 구름

동혁의 집 근처의 산우욕래(山雨欲來)의 정경

쩔쩔매는 염생이

도야지 우리에 풀 모으는 도야지

마른 땅에 뚝뚝 떨어지는 빗방울

방 안에서 귓결에 우성(雨聲)을 듣고 의아해하는 동혁

우두둑 나리는 창외(窓外)의 비

방문을 밀치고 내다보는 동혁,

T 아! 비다!

동혁, 동화의 어깨를 흔든다.

T 동화야 비가 온다!

놀라 눈을 비비고 일어나는 동화

아버지마저 일어났다.

동혁, 맨발로 마당으로 내려간다. 손으로 비를 받아보다가 만족해하
  는 표정

비바람에 흔들리는 초목

추녀에서 떨어지는 비를 손바닥에 받아본다. 얼굴에 튀는 빗방울
(C·U)

환희에 넘치는 동혁의 얼굴 (F·O)

S.#29 그 이튿날 해변, 소항(小港)

비에 젖은 해안 일대 (PAN) [俯]

들어오는 똑딱선, 우산 쓰고 부두에 마중 나온 동혁, 건배, 갑산(甲
  山), 석돌(石乭) (F·S)

선두에 선 영신, 손을 흔든다.

가까이 다가오는 부두, 손을 드는 동혁

  [선상에서 촬영]

뱃줄 말목에 걸린다.

배에서 내려오는 영신의 발

동혁 등, (PAN) 접근한다.

악수하는 2인

영신, 기쁜 듯이,

T 이번 비 참 잘 왔지요.

동혁, 만족한 얼굴

T 잘 오구 말구요.

T 그래 얼마나 고생을 하셨어요?

2인, 앞을 서서 오다가

바스켓을 가지고,

T 들어다 드리지요

T 괜찮아요.

T 이리 내세요.

T 내가 들구 갈 테야요.

건배, 곁눈질해보며,

T 그 여자 고집이 어지간하군.

동혁, 주막 앞에서 인사를 시킨다.

T 이 친구는 김건배 군인데 나버덤 먼저 야학을 개설하구, 많이 활동하
는 우리 동리의 공로자예요.

건배, 수줍은 듯이 인사

동혁, 다른 사람들을 가리키며,

T 다 우리 회원들이예요.

일제히 인사

영신, 감사히,

T 이렇게 비 오는데 나와 주셔서….

　2인, 앞장서서 걷는다.

　영신,

T 댁이 여기서두 멀어요?

　동혁,

T 바닷가에 조용한 방을 치워놓았는데 거기서 묵으시게 되겠어요.

　건배, 우산대로 동혁을 찌른다.

　돌아다보는 동혁,

T 왜 그러나.

　건배, 여자에게 눈짓을 하고,

T 아무것도 아닐세.

S.#30 신작로

일행의 행렬

점토와 발 등(等)

걸어오는 두 사람 우산. [상합산(相合傘)에 W해서 시조(時調) 1]

흙을 비비는 영신의 발

[우산에 시조 2]

일행의 원사(遠寫)(F·O)

　※ 일, 어젯밤 비만 해도 보리에는 무던하다

　　　그만 갤 것이지 어이 이리 굳이 오노

　　　봄비는 찰지다는데 질어 어이 왔는가

이, 비 맞은 나뭇가지 해움이 뽀족뽀족

　　잔디 속잎이 파릇파릇 윤이 난다

　　자네도 그 비를 맞아서 정이 치[寸]나 자랐네

S.#31 언덕 위의 운동장, 조기(早期)

번쩍이는 나팔 [移動]

나팔을 부는 동혁 (C·U)

동혁의 배후에는 올라오는 아침 해 (PAN)

집집에서 뛰어오르는 회원들 (O·L)

언덕에 가득히 모여 선 회원들

동혁,

T 기착(氣着)!

회원들 체조를 시작한다.

1, 2, 3, (CUT)

반대방향으로 수족을 뻗는 노회원

송림 그늘에서 그 광경을 보고 웃는 영신

심호흡 (태양을 삼킬 듯이)

영신도 따라서 호흡한다.

동혁, 여러 회원에게,

T 자! 아침 뒤에 우리 공동답 못자리를 만드세, 한 사람도 빠지면 안
　되네.

해산해서 내려오는 회원

영신과 인사하는 회원들

건배, 영신에게,

T 아침은 우리 집에서 잡수십시다.

영신, 사양하며 동혁의 눈치를 본다.

동혁,

T 우리 어머니가 꼭 같이 오라구 하셨는데….

건배,

T 아무렴. 그럴 테지.

S.#32 건배의 집 앞

건배,

T 우리 집은 최경례를 하구 들어가야 합니다.

미리 머리를 숙이고 들어간다.

동혁, 영신에게,

T 회원 중에도 저 친구의 생활이 더 말씀이 아니에요. 단체 일에는 발
을 벗구 나서지만.

영신,

T 아 그래요.

별안간 작대기를 들고 닭을 잡으러 뛰어나오는 건배

놀라서 피하는 영신

건배, 닭의 모가지를 들고 덜렁덜렁 양인의 뒤를 따른다. (F·O)

S.#33 공동답

(F·I) 소로 논을 써리는 동혁 (F·S) [移動]

논두렁에서 따라오는 영신

써레로 썰어지는 논바닥 (C·U)

논바닥을 무찌르고 나가는 보습, [急] (PAN)

못자리를 고르는 회원들,

텀벙거리고 다니는 건배(껑충하게 걷어붙이고)

[건배의 소도구] 몸에 어울리지 않는

[實景 4, 5 CUT]

   1, 못자리의 판을 고른다.

   2, 줄을 띄운다.

   3, 가래실

   4, 두레질로 물 퍼낸다

두엄을 져다가 펴는 회원들

동화의 다리에 거머리, 흘러내리는 피 (C·U)

눈을 찡그리는 영신

잡아떼서 메다붙인다.

손을 멈추고 주먹으로 땀을 씻는 동혁, 『후—』하고 숨을 내 뿜는다.

영신, 가까이 가며,

T 점심때가 됐는데 이제 고만 쉬시죠.

동혁, 땀을 씻으며 돌아다본다.

[수양버들 우물가 배경] 점심 이고 나오는 여인네들

[1, 2 CUT]

뻔쩍이는 오지병

영신, 달려들어 밥 함지를 내려 준다. (F·S)

옹기종기 모여드는 회원들

일동, 점심들을 먹는다.

(유쾌히 담화하면서)

영신, 밥숟가락을 들면서,

T 아무 일 안한 사람두 점심 차례가 오나요.

동혁, 고소(苦笑)

T 편하게 놀구 먹으려는 것이 현대인의 철학인 것을 여태 모르세요.

밥과 반찬 (C·U)

건배, 동혁과 영신 앞으로 다가온다.

건배, 젓가락으로 반찬을 헤치며 영신을 보고,

T 우리들은 비타민 A니 B니 하는 걸 모르구두 곧 잘들 살거든요.

영신, 맛있게 먹다가,

T 참 그래요. 칡뿌리를 캐거나 나무껍질을 벗겨 먹구도 사는 수가 용치
요.

건배, 무릎을 탁 치며 코웃음, 앙염(仰厭),

T 흥. 그게 다른 게 아니라 기적이거든요.

건배가 이야기하는 새 동화 슬금슬금 뒤로 가서 건배의 밥을 자기
사발에다 덜어 담는다.

T 건배, 주먹을 들고 이 밥도둑놈.

동화, 슬슬 피하면서,

T 세상에 먹는 죄는 없다우.

일동의 명랑한 웃음

영신, 숭늉을 마시다가 고개를 돌이키며 (논바닥을 보면서),

Ⓣ 저렇게 놓구 이젠 어떻게 하나요?

　건배, 옳다구나 하는 듯이 다가앉으며,

Ⓣ 인제 어떡허는구 하니….

　건배, 드는 팔에서 (W·I)

　(공동답)

　　1, 씨 뿌리는 것(O·L)

　　2, 김매는 것 (O·L)

　　3, 비료 주는 것 (O·L)

　　4, 모내는 것 (O·L)

　　5, 피사리하는 것 (O·L) (이상 전원출동)

　　6, 성숙한 벼이삭

　　7, 낫으로 베어 후려쳐 묶어세우는 것 (O·L)

　타작하는 정경 (O·L)

　개상에 볏단을 둘러메치는 건배 (O·L)

　고무래를 들고 흉내 내는 건배

　슬금슬금 피해가는 영신

　웃음이 만면한 일동

　(건배의 동작에 따라 한다)

　[건배의 背後부터]

Ⓣ 또 그러구설렁

　돌아가는 기계방아

　쏟아지는 백미 (C·U)

백미를 받아보는 손

사발에 밥 담는 것

통김치 써는 것 (O·L)

사발에 밥

건배, 떠먹는 시늉을 한다.

동화, 마른 침을 삼키면서 물끄러미 본다.

영신, 웃으면서 팔을 들어 막으며,

T 고만요 고만….

동혁, 일어나며,

T 이제 고만들 일어나세.

하며 논으로 들어간다.

자전거를 타고 와 내리는 기천(基千) (F·S)

(뒤에서 하인 하나 따랐다)

회원들 태반이나 쫓아가 허리를 굽히며 인사한다.

인사를 받는 기천의 거만한 태도

T 저 여학생이 누구야.

회원들 돌아다본다.

영신이 동화더러,

T 저 사람이 뭘 하는 사람이에요.

동화, 입을 삐쭉거리고 입으로 가리키며,

T 저 건너 사는…

기와집

T 삼대 째 고리대금업을 해먹는 강기천인데 요새 면 협의원 운동을 다

니는 화상이지요.

영신, 고개를 끄떡인다.

거만스럽게 영신 편을 흘겨보는 기천 (CUT)

자전거를 탄다.

다시 허리를 굽혀 인사하는 회원들

영신, 의아해서,

T 그런 자한테 회원들이 먼저 저렇게 굽신거리나요.

동화, 흙덩어리를 집어던지며,

T 저자한테 거의 다―빚을 지구 땅을 얻어 부치니 상전이거든요.

동화, 침을 튀튀 뱉으며 기천의 등 뒤에 고개를 돌리며 노려보는데

　　[人物移動] (F·O)

PART Ⅲ 해당화 필 때

S.#34 해변, 월야(月夜)

고요한 어촌

늙은 어부의 처, 그물을 뜬다. 존다. (O·L)

해변에 물이 찰싹찰싹 와 부딪친다. 고요히 (PAN)

영신이 턱을 고이고 앉아 있다. [不動]

(손풍금)

영신의 배후에게

고요한 해안풍경 [移動 좌→우까지 다시 반복]

영신, 긴 한숨과 함께 한 팔을 모래밭에 떨어뜨린다.

물은 영신의 발끝까지 들어왔단 나가곤 한다. 물 들어왔던 자리를 방
　게가 기어간다.

영신, 그 자리에서 「결혼」이라고 쓰니 다시 물이 들어와 지워진다.

영신, 지워진 자리를 한동안 보자 다시 「사업」이라고 쓴다.

물결이 다시 들어와 지워버린다.

다시 「동지」라고 쓴다.

다시 지워진다.

한동안 물끄러미 보다가 힘 있는 글씨로 「박동혁」이라고 쓴다.

물결이 다시 들어온다. 그러나 이번은 지워지지 않는다.

영신, 가만히 내려다보고 있다가 돌맹이를 물에 던지는 순간 벌떡 일
　　어나 거닐기 시작한다.

다시 문득 하늘을 우러러 독백

T 하나님 사랑과 사업 두 가지 중에 어느 것을 택하오리까?

하늘을 우러러보는 영신

다시 먼저 그 자리로 와서 주저앉으며

힘 있게 손풍금을 뜯으며 하늘을 쳐다보며,

T 제가 그이를 사랑해도 좋습니까?

한동안 하늘을 우러러 보다가 푹 쓰러지며 다시 손풍금을 뜯는다.

손풍금을 뜯는 손 (C·U)

손풍금을 뜯는 영신 A, B 포즈

「박동혁」이라고 쓴 글씨 (C·U)

그것을 보고 있는 영신

「박동혁」이라고 쓴 글씨를 검은 그림자가 살며시 덮는다.

홱 돌아다보는 영신, 깜짝 놀라는 영신(반기는 듯 놀라는 듯)

빙긋이 웃으면서 가까이 오는 동혁,

T 입장권 없이두 독주회에 들어올 수가 있나요.

일어나는 영신,

T 난 누구시라구 깜짝 놀랐어요.

서로 반기는 두 사람 (B·S)

두 사람 접근하다 걷기 시작한다.

모래밭에 두 사람의 발자국 [移動하면서 두 사람의 다리] (C·U)

걸어오는 2인의 상체 (BUST)

T 그래 정말 내일 떠나실 작정이세요?

영신, 고개를 숙였다 들며 [환상]

나무와 [구름에 W] 청석골 아이들 영신 앞으로 달려드는 정경

T 벌써 일주일이나 됐는데요. 청석골 아이들이 여간 기다리지 않겠어요.

동혁, 발을 멈춘다. 영신도 멈춘다.

동혁, 백사(白沙) 위에 놓인 목선(木船)에 기대며,

T 참 오실 때 편지에 꼭 의론할 말씀이 있다구 그러셨지요?

영신, 대답 못하고 고개를 폭 숙인다.

동혁, 대답을 재촉한다. [카메라 동혁의 背後 B·S]

영신, 고개를 들어 동혁을 보다가 다시 수그린다.

T 왜 말씀을 못하세요?

영신, 고개를 돌린다. 동혁 다시 접근하면서,

T 왜 시원하게 말씀을 못하세요? 나도 하고 싶은 말이 있는데….

돌렸던 영신, 다시 동혁을 보며

T 그럼 동혁 씨 먼저 말씀해주세요.

동혁, 머리를 흔든다.

T 내가 물었으니까 영신 씨가 먼저 대답할 의무가 있지 않아요?

영신, 애교 있게 조르듯,

T 그래두… 먼저 해주세요.

동혁, 머리를 더 크게 흔들며,

T 안되지요. 언권(言權)을 먼점 드리지 않으면 분개하시는 성미를 알구
  있으니까요.

영신, 머리를 숙였다가 다시 동혁을 쳐다본다.

다과회에서 연설하는 동혁

동혁, 영신을 본다. (O·L)

다과회에서 영신,

T 난 말하기 싫습니다.

하고 앉은 데서 (O·L)

영신, 사장(沙場)에 앉는다.

동혁, 따라 앉는다.

2인, 달을 물끄러미 쳐다본다. [카메라 해중(海中)에서] (L·S)

정경 일,

바위 틈 보금자리에 머리를 마주 모으고 자는 두 마리의 새

가만히 앉아 있는 2인

동혁, 눈을 감은 채,

T 영신 씨!

영신, 꿈을 꾸던 것처럼 얼굴을 든다.

동혁, 여전히 눈을 감은 채,

T 멀구두 가까운 게 뭘까요?

영신, 동혁을 바라보며,

T 글쎄요….

영신, 수수께끼를 풀 듯 눈을 깜박깜박하고 생각해 본 뒤에,

T 사람과 사람 새일까요?

　동혁, 눈을 뜨고 영신을 보며,

T 알 듯하구두 모르는 건요?

　영신, 외면하면서,

T 아… 남자의 마음일 걸요.

　동혁, 영신의 가슴을 뚫고 들여다보는 듯,

T 아 —니 난 여자의 마음인 줄 아는데요.

　동혁, 팔짱을 끼고 물을 밟으며 거닌다.

　영신, 따라 일어서 동혁에게 접근

T 무슨 고민을 또 그렇게 하세요?

　동혁, 다시 묵상

　한참 만에 멈추며 손가락 셋을 펴들고,

T 길게 말할 것 없이 우리가 앞으로 3년만 더 노력하면 사업에 기초가
　잡히겠는데….

　영신,

T 난 그 동안에 학원 집을 큼직하게 짓겠어요.

　동혁, 영신의 손을 덥석 잡아당기며,

T 좋은 상대자가 있으면 그 때까지 기다려주겠지요.

　영신도 다가서서 결연히 [카메라 동혁의 背後에서]

T 3년 아니라 30년이라도….

　[카메라 영신의 背後에서] 동혁, 만족과 흥분

　영신을 끌어안는다.

　들리는 영신의 다리와 사장

　떨어지는 손풍금

영신, 물러서며 애연히 해변을 돌아다보며,

T 왜 이 바닷가엔 해당화가 없을까요?

영신의 벌렁거리는 젖가슴

동혁, 젖가슴을 노려본다.

영신, 손으로 가린다.

동혁, 손가락을 가리키며,

T 해당화는 지금 이 가슴 속에 새빨갛게 피지 않았어요?

다시 포옹하는 두 사람

밀려들어오는 대파(大波) 소파(小波) 2인을 지워버린다.

(전 화면에 O·L)

PART Ⅳ 불개미와 같이

S.#35 예배당 아이들의 낙서와 그림

흑판 농촌 독본(讀本)과 [W]

잠자는 자 잠을 깨고 [旣書]

눈먼 자 눈을 떠라

부지런히 일을 하여

살 길을 닦아보세

글씨를 쓰는 영신,

T 애들 읽어라.

　따라 읽는 아이들 (F·S) 남녀

　곁에서 다른 반을 가르치는 원재 청년 (2반으로 분(分))

　포개어 앉고 창에까지 기어오른 아이들 (PAN)

　[실황 4, 5 CUT] 일제히 크게 입 벌리는 아이들 소아(小兒)

　장난하는 아이들

꾸짖는 선생

영신, 흑판의 글씨를 지우며,

T 자— 누구나 나와 써봐라.

나도 나도 손들고 달려드는 아이들

정리하는 원재와 기타(其他)

돌연히 마루청이 빠진다.

원재와 함께 빠지는 아이들

　1, 아이들 「선생님」 「선생님」

　　하나 창에서 뛰어내린다.

　2, [카메라 아이들 없는 창 한동안]

　3, 놀라는 영신

　4, 머리 마루청에 포개 쓰러진 아이들

달려드는 영신과 학부형 장로

울며불며 떠드는 아이들, 소란한 장내

약을 들고 달려오는 아이들

부상한 아이들을 데리고 나가서 간호를 가하는 영신과 원재와 청년,
　학부형

장로의 불평,

T 어쩌자구 이 좁은 예배당 속에다 백여 명씩이나 몰아넣기가 잘못이
　지.

어느 학부형,

T 집이 무너지지 않은 게 다행입니다.

영신, 약을 발라주다가 흥분,

T 장로님 그럼 글자 하나라도 더 배우려구 한사코 모여드는 애들을 어
    떻게 내쫓아요?
  장로, 탄식한다.
T 우리 예배당 집은 저것들 때문에, 고만 저것들 때문에 결딴이다.
  영신, 톡 쏘듯이,
T 고만 두세요! 무슨 짓을 해서든지 올 가을에는 학원을 짓구 나갈 테
    야요.
  영신, 자모(慈母)와 같이 부상한 아이들을 가료(加療)해 준다.
  다리 다친 아이를 일으켜 세우며,
T 일어서! 장사지!
  부상아, 일어선다.
T 하나 둘 셋.
  아이, 일어나서 절름거리며 달음질한다.
  그래도 부상당한 아이들, 선생을 따라 다시 학원으로 뛰어들어
  가엾이 바라보며 그 중 조그만 계집애를 안고 들어가는 영신(F·O)

S.#36 (CUT) 순사 (B·S)

T …그러니까 80명 이상은 수용해서는 안 돼!
  영신, 초조히,
T 차마 내 손으론 그 가엾은 아이들을 차마 내 손으론 내쫓지 못하겠
    어요!
  노기 있게 순사,
T 명령에 복종치 않으면 학원을 폐쇄시킬 테야!
  영신, 입술을 깨물고 한동안 생각하다 일어서 나온다. (O·L)

길거리를 기운 없이 걸어오는 영신

언덕을 넘어가는 영신 [카메라 背後]

(영신의 그림자 길게 길을 덮는다)

예배당이 보이는 언덕에 펄썩 주저앉는다.

아이들, 영신에게 선생님 선생님하고 달려간다.

주렁주렁 매달리는 어린이들

어린이들 껴안는 영신의 눈에는 눈물이 어리었다.

어린이들, 영신을 물끄러미 쳐다본다.

머리를 쓰다듬어주는 영신

집으로 가라고 하며 영신 일어선다.

예배당 앞으로 기신없이 걸어오는 영신 [移動]

예배당 층계에 쓰러지듯 엎드리는 영신 (기도한다)

십자가를 쳐다본다. [카메라 추종]

T 주여 당신의 뜻대로 이곳에 모여든 눈이 먼 어린양들이 내일부터는
  그 반수(半數)나 목자를 잃게 되었습니다. 다시 어둠 속에서 헤매게
  되었습니다.

댓돌에 이마를 비비는 영신,

T 주여! 그 가엾은 어린 것들에 새로운 광명을 받을 기회를 하루바삐
  내려주옵소서

십자가를 쳐다보는 영신 (C·U) [카메라 위에서]

자막과 십자가 [W해서]

T 오오 주여! 저의 가슴은 미어질 듯합니다.

(F·O)

293

S.#37 예배당 마당(早朝)

(F·I) 마당 가득히 모여들어 뛰노는 남녀 아이들

교실 들창에서 내어다보는 영신

무엇을 한참 생각하다가 원재들 청년을 불러 귓속을 한 후 걸상을

   10여 개나 내놓고 백묵을 집어 교실 내에 일자(一字)를 긋는다.

반쪽만 연 문으로 아이들 꾸역꾸역 들어온다.

영신, 차례차례 금 안으로 앉힌다, 헤어본다.

80명이 찼다.

영신, 아이들을 밀어내며,

Ⓣ 나중 온 아이들은 이 금 밖으로 나가 앉아요.

'오늘은 왜 이러나?' 하고 눈치를 보는 아이들

원재와 청년들, 침통한 표정으로 장내 정돈

영신, 천천히 등단

한참 망설이고 내려다만 본다.

선고를 기다리는 아이들의 얼굴들 (F·S)

영신, 억지로 용기를 내어,

Ⓣ 오늘은 선생님이 차마 하기 어려운….

주저하는 영신

Ⓣ 섭섭한 말을 할 텐데….

눈을 깜박깜박하고 선생님을 주목하는 아이들 (女)

영신, 눈을 내려감았다가,

Ⓣ 저… 금 밖에 앉은 아이들은 오늘버텀 공부를… 시킬 수가 없게 됐
   어요!

어리둥절해서 서로 돌아다보는 아이들의 눈과 눈들(Montage)

머리 굵은 아이, 기립

T 왜요? 선생님, 왜 글을 안 가르쳐 주신대유?

영신, 풀이 죽어(무엇에 찔린 듯)

T 집이 좁아서 위험하니까 팔십 명밖에는….

다른 아이, 항의

T 그럼 입때꺼정은 이 좁은 데서 어떻게 가르쳤어유?

영신, 머리를 짚고 침묵

금 밖의 아이들 하나 둘 기어서 걸어서 금 안으로 밀려들어 온다.

T 선생님! 선생님!

교단으로 와르르 달려들어 영신을 포위

남녀 아이들 한 명씩 (C·U) (FLASH) 자막과 함께

T 선생님.

[『선생님』 (P×P) 특수]

T 전 벌써 왔에요.(W)

T 내일은 선생님버덤두 먼저 오께요.

T 아침두 안 먹구 오께요.

울며불며 영신을 포위하고 부르짖는 아이들. 저고리 끈, 치마폭 뜯어
진다.

영신, 현기(眩氣)가 나서 엎드려버린다.

원재와 청년들, 함루(含淚)하며 아이들을 끌어내린다.

홀짝홀짝 울며 문밖으로 나오는 아이들

그것을 바라보는 영신, 낙루(落淚)

원망스럽게 돌아보는 아이들

영신, 간신히 진정하고 돌아서 흑판 앞으로 가서 농민독본 (C·U)을
  떨리는 손으로 쓴다.

> 누구든지 학교로 오너라
>   배우고야 무슨 일이든지 한다

영신, 읽어준다.

나머지 아이들 풀이 죽어 받아 읽는다.

놀라서 창밖을 내다보는 영신

S.#38 창 밖

담을 넘겨다보고 나뭇가지에 기어올라 들여다보는 아이들, 사람의
  열매

어린애들 마당에 주저앉아 글씨를 쓰며 운다.

생각하다가 창문을 열어젖힌다. 청년들과 흑판을 떼어다 창 밖에서
  도 보이게 걸어놓는다.

영신, 눈물을 머금고 교편으로 글자를 가르치며 외친다.

> 누구든지 학교로 오너라

담 밖에 아이들 소리를 질러 받아 읽는다.

> 배우고야 무슨 일이든지 한다.

더 크게 받아 읽는 아이들 발악하듯이

영신의 눈에 솟는 눈물, 홱 고개를 돌리며 흐느낀다. (F·O)

S.#39 예배당 앞마당

가득히 모인 학부형들

전열(前列)에 여인 5, 60명

단상의 영신   한 모퉁이에 아동 다수
                              저두(低頭) 그저 붕대한 아이

영신 (B·S) [배경]

┌─────────────────────────────────┐
│   청석학원 신축기성회 회장(會場)   │
└─────────────────────────────────┘

연설하는 영신

T 여러분 이 아이들이 도대체 누구의 자녀입니까?

긴장하여 듣고 있는 청중 (PAN)

머리를 숙이고 있는 아이들

영신, 연설 계속,

T 배우는 데까지 굶주리는 이 어린이들은 비바람을 가릴 집 한 간이
  없이 길바닥으로 쫓겨났습니다.

감격하는 부인네들

수군거리는 부형

영신, 목구멍에 피를 끓이는 듯한 어조 (B·S)

T 여러분의 눈에 눈물이 있고 가죽 속에 붉은 피가 돌거든 우리 학원
  을 짓는 데 정성을 표해주십시오.

동요되는 전체 서로 의논한다.

서로 머리를 맞모으고 논의하는 부인네들

먹 글씨로 쓰는 종이

<table>
<tr><td>일금, 270원
부인 친목계원 일동</td></tr>
</table>
(C·U)에서 이동해서

벽에다 붙인다.

손뼉을 치는 사람들

어느 부인, 일어선다. 남자들을 향해서,

T 우리 회원들은 3년 동안이나 누에를 치고 길쌈을 해서 푼푼이 모은 돈을 송두리째 내놓았습니다.

남자편들 주머니를 뒤진다.

가지고 오는 노인들

모이는 돈 (C·U)

벽에

<table>
<tr><td>일금 15전야(一金拾五錢也)</td></tr>
</table>

<table>
<tr><td>일금 50전야(一金五拾錢也)</td></tr>
</table>
가 붙는다

<table>
<tr><td>일금 30전야(一金三拾錢也)</td></tr>
</table>

감격한 영신

T 내일부텀이라도 이 채영신의 뼈가 으스러지는 한이 있더라도 우리 학원을 짓기 시작하겠습니다.

이야기 끝나는 영신의 감격한 안면 (W·P) (F·O)

S.#40 한곡리 농우회 정초장(定礎場), 저녁 때

(W·P) 영신의 얼굴에서 긴장한 동혁의 얼굴로 (수건으로 머리를 매고 노동복을 입었다) [카메라 上向]

T 자! 시작이 반이다!

동혁, 주먹을 쥐며 다시 격려

T 우리의 땀과 피로 우리 회관을 짓자!

동혁의 배후에서 건배를 중심으로 대답하는 회원들 [카메라 下向]

줄들을 잡았다. 수건으로 머리를 매고 노동복을 입었다.

T 오냐 우리의 힘껏…

건배, 동혁 앞으로 뛰어오르며 팔을 흔든다.

T 한곡리 농우회 만세!

회원들,

T 만세!

건배,

T 만세!

동혁이 달려들며,

T 만세!

나뭇가지에서 놀다 날아가는 새떼

거미새끼와 같이 흩어지며 줄을 별러 잡는 회원들 (F·S)

주민들 달려들어 잡는다. (CUT)

동혁, 줄을 잡아당기며,

T 에—헤라 지경요!

전체, 그 말을 잡아,

T 에—헤라 지경요!

쿵 떨어지는 지경돌 (C·U)

울리는 징 (C·U)

꽹과리 [後退] 이동하면서 모여오는 풍물재비들

달려드는 풍물재비들 [前進移動]

풍물재비 (F·S)

펄펄 날리는 농기(農旗)

무등 2등 3등 (PAN 상향)

[實景 5, 6 CUT]

지경돌을 다지는 사람 서너 패는 늘었다.

두드리는 풍물

내려지는 지경돌

신이 난 회원들

두레 노는 장면 (FLASH)

악기 연주 각종

돌리는 상무

뛰노는 다리

[카메라 下向] 회원들 뛰어들어 악기를 빼앗는다.

동혁, 징

동화, 꽹과리

건배, 장구

신나게 치는 건배의 장구

어머니한테 업혀 춤추는 어린애

무등 춤 [카메라 上向]

춤추는 주민 전경(全景) [카메라 下向] (B·S)

줄다리는 사람

좁혀들었다 물러섰다 하는 전체 [카메라 下向]

어린애의 춤 (B·S)

취하여 뛰어드는 동혁의 부

광란하는 악기

어린애와 춤추는 동혁 부를 중심으로 산집하는 군중

　[카메라 下向]

아버지를 보며 어깨 춤추는 동혁, 동화

아버지 언덕으로 뛰어오른다.

손을 드는 아버지 (B·S)

정숙해진 전체 (F·S)

Ⓣ 자! 줄을 잡아라!

흩어져 줄을 잡는 전체

아버지 담뱃대를 빼들며,

Ⓣ 천지조종(天之祖宗)은 백두산이요.

동혁 동화를 중심으로 그 말을 받아,

Ⓣ 에―헤라 지경요!

떨어지는 지경돌

동혁의 부,

Ⓣ 수지조종(水之祖宗)은 한강수라!

일동,

Ⓣ 에―헤라 지경요!

떨어지는 지경돌 [大]

S.#41 건축 작업 실황

동혁, 도끼로 큰 나무를 찍는 것으로부터

톱질, 자귀질

운반, 기타 [건축과정 O·L]

건축 상황 각종 (회원들의 각종)

상량(上樑)하는 날

달아 올리는 대들보

동화, 올라간다.

형, 아우의 어깨를 짚으며,

T 애! 떨어질라 주의해라.

동화, 형을 보고,

T 염려 마우.

처다보는 회원의 눈

아슬아슬하게 올라가는 동화 (B·A)

대들보를 걸려고 한다.

자전거로 달려오는 기천, 면장, 면서기 등

동화, 돌아다보며 한눈을 판다. 다리를 헛딛는다.

관중―[急] (PAN) [조금 흐리게]

놀라는 동혁

찰나에 떨어진다. (B·S)

놀라는 회원 전체

떨어진 동화에게로 몰려가는 군중

다리를 주무르는 동혁과 고통스러워하는 동화

자전거에서 내리는 3인 중 기천,

T 아 이 웬 일인가.

　동혁, 힐끗 돌아다보고

　말없이 동화를 업고 내려간다.

　건배, 기천을 보고,

T 달포 동안이나 너무 과로한 탓이지요.

　기천, 면장 등 바라다보다가 집 짓는 것을 순시(巡視)한 뒤에 뭐라고

　　얘기하곤 한 귀퉁이에서 건배를 손짓해 부른다.

T 면장께서 나오셨는데….

　건배, 허리를 굽혀 인사를 한다.

T 네! 그러십니까.

　기천, 면장을 보고,

T 이 사람은 김건배라구 이 동리의 선각자입니다.

　군중 중의 한 사람 입을 삐쭉거린다.

T 그러구 저 사람들은 착실한 우리 동지들입니다.

　기천,

T 의론할 일이 있으니 저녁에 내게로 좀 건너오게.

　건배, 굽실거린다.

　자전거를 타고 내려가는 3인 (F·O)

S.#42 강기천의 집, 황혼

(F·I) 강기천 문표(門標)에서 (O·L) 문전

머슴에게 내쫓긴 걸인군(乞人群)

T 그저 살려주시는 셈치구 한 달만 더 참아줍쇼.

　손을 비비고 비는 빈민(처자를 데리고 소아 둘) [W]

　기천, 툇마루를 거닐다가 돌아다보며,

T 안 돼.

　처, 어린 것을 안고 애원

T 나으리. 요 어린것들하구 굶어죽겠습니다.

　기천, 찡그리고 흘겨보며 걷는다.

　사나이, 매달리듯이 애걸한다.

T 그럼 빚은 갚을게 농사처나 좀 처분해 줍쇼.

　기천, 발을 구르며,

T 안 돼! 이놈, 왼손씨아에 불알을 넣고 배겨두 내 돈을 먹구는 못 배
　길라, 선심 쓰느라구 빚을 놓는 줄 아느냐.

　내외, 울며 애원한다.

　기천, 머슴을 부른다.

　머슴 둘, 달려든다.

　기천,

T 내쫓아!

　머슴, 끌고 나가는데 동혁, 건배 들어선다.

　(이때 쌀섬을 들고 나가는 머슴)

　기천, 급변하는 표정,

T 아! 자네들 왔나?

　앉기를 권하는 기천

　2인, 앉는다.

기천,

T 그래 자네 아우는 어떤가?

　동혁,

T 다리뼈가 부러진 것 같은데 병원이나 있어야지요, 그런데 왜 부르셨
　　나요?

　기천,

T 다른 게 아니라 우리 동리도 진흥회가 생겨서 회관이 시급히 소용이
　　되는데….

　건배,

T 아 그러세요!

　이때 술상이 나온다.

　기천, 술을 권한다.

　동혁, 술잔을 엎는다.

　기천, 혼자 술을 마시고나서,

T 저…. 자네네 회관 짓는 걸 실비만 따져서 내게 넘길 수 없겠나?

　동혁과 건배, 어이가 없어서 바라보다가

　건배, 뻔히 쳐다보며,

T 왜 돈 만원이나 내 놓으시렵니까?

　동혁, 껄껄 웃는다.

　기천,

T 아…. 그 집을 이문을 붙여 팔라는데 웃을 게 뭐 있나?

　동혁,

T 우리는 고리대금업자가 아니니까요. 그 집은 금덩이를 가지구두 사
　　거나 팔지를 못합니다.

기천, 독작(獨酌)하고 생각해 본 뒤에 담배를 피워 물고,

T 그럼 나 같은 사람은 농우회의 회원 될 자격이 없나?

　　건배, 손가락을 꼽으며,

T 자격야 너무 훌륭하지요. 면 협의원이시구 금융조합 감사시구 또 보통학교 후원회장이신대요. 우리 회의 회장까지 겸쳐 해 보시지요.

　　손가락을 셋째 꼽는다.

　　동혁, 건배 발등을 밟으며 눈짓한다.

　　기천, 동혁을 보고,

T 그래 자네 생각은 어떤가, 나도 동리 일이 하구 싶어 그러는 걸세.

　　동혁, 생각하다가,

T 단체 일이니까 나 혼자만 대답할 수 없소이다.

　　결연히 일어선다.

　　기천, 붙잡는다.

　　동혁, 뿌리치며,

T 동화 좀 가봐줘야겠어요.

　　건배, 따라 나가려한다.

　　기천, 손목을 잡아당긴다.

　　건배, 마지못해 끌려 들어간다.

　　건배,

T 여태 점심을 못 먹어서….

　　기천, 의미 깊게 술잔을 권한다.

　　건배, 술잔을 들어 마신다. (F·O) (I·R) (OUT)

S.#43 청석동, 조조(早朝)

(F·I) 아침 해 떠오르는ㅡ.

계곡, 흐르는 시냇물 (PAN)

자갈을 줍는 아이들

들것에 모래를 싣는 영신

행주치마에 돌멩이를 주워 넣는 여인들

들것을 메고 땀을 흘리고 오는 영신

(운반 정경 A·B·C) [移動]

목도 메다가 쓰러지는 영신, 재목 운반

오다가 기진하여 무릎을 꿇는다.

여회원 붙들어 일으키며,

T 아이구 이러단 큰 병 나시겠수! 벌써 한 달째나 이렇게 죽을 애를 쓰
시니.

영신, 간신히 일어나 땀을 씻으며,

T 죽으면 대수유. 언제든지 내 뼈는 청석골에 묻힐걸!

다시 운반한다. (O·L)

S.#44 청석학원 건축장 전경

건축 실황 수종(數種)

영신, 발 벗고 들어서서 흙을 이긴다.

구경꾼들 멀거니 서서본다.

영신,

T 무슨 구경났소? 다ㅡ벗구들 들어서요. 조 애들이 일하는 걸 좀 보구

료!

아이들 일하는 광경

어른들 몇 사람은 들어서고 몇 사람은 비실비실 피해간다.

들어선 어느 학부형

T 채 선생님은 고만 좀 쉬시죠. 이러다 큰 병환 나시겠습니다.

몹시 피로한 영신

여전히 흙을 밟으며,

T 내가 나서서 하지 않으면 누가 일들을 해야죠.

달려 일하는 정경 수 종 (O·L)

거의 다 일어선 학원 집

피로하나 쳐다보고 만족해하는 영신

아이들의 땀을 씻겨주며

만족히 집을 쳐다보는 영신

[카메라 영신의 배경에서 전진 移動하면서 청석학원 가까이 가며 O·
    L해서 한곡리 건축장]

S.#45 한곡리, 황혼

한곡리 건축장에서 (PAN)

동혁, 대패질

동화, 끌구멍 파다가 회관을 바라보며,

T 형님 인제 우리 회관두 다 돼가는구려.

문패를 다는 동혁, 바라다보고 감격하는 회원들

동혁도 바라보며 만족한 얼굴

T 뭐구 뭐구 네 다리가 나아야 하지 않니?

　동화, 자기 발을 들여다보고 한숨 쉬다가 절름거리고 일어서서 문짝
　　을 들구 가 만져본다.

　동혁, 가엾이 바라다본다.

　황혼 정경 [逆光] (지게, 소 등)

　동혁도 피곤해 일어서며,

T 자! 고만 손들 떼세!

　일을 멈추는 회원

　몹시 피곤해서 언덕을 내려오는 회원들

　서로 어깨를 짚는다.

　샘가에서 세수하고 발 씻는 회원들

　건배,

T 이젠 아주 뼈끝까지 쑤시네.

　세수하는 동혁, 손으로 코를 대다가 코피가 묻는다.

　물에 잠그는 손 [카메라 背後에서]

　떨어져 번지는 피

　이마에 수건을 얹고 드러누워 허공을 바라보는 동혁

　공중에 나는 새 떼들 물끄러미 쳐다본다. (O·L)

　학원 대문이 열리며 꽉 들어선 학부형과 아이들

　동혁, 주먹을 쥐며 힘 있게,

T 여러분! 이 집이 터지도록 우리의 장래의 일꾼들을 보내 주십시오.
　이 집이 꽉 차면 이 집버덤 더 큰 집 또 그보담도 굉장히 큰 집을 짓
　겠습니다!

동혁, 눈을 감고 누워 주먹을 공중에 내휘두른다. 풀언덕에 다시 쓰러진다.(F·O)

PART Ⅴ 새로운 출발

〈새로운 출발〉에서 W·P

(F·I) 편지를 보는 동혁

Ⓣ 채영신 씨가 청석학원 낙성식에 꼭 와달라고 그랬는데… 뒷일을 자
   네한테 맡기네.

동혁과 건배

(회관을 배후로 일들 하는 회원)

건배, 기신없이,

Ⓣ 일이구 뭐구 나는 아무 경황이 없네.

동혁, 건배 어깨를 짚으며,

Ⓣ 자네 생활은 잘 알지만 다녀와서 어떻게든 할 테니 한 사흘 동안만
   기다려주게.

건배, 무슨 말을 할듯할듯 하다가 한숨을 내쉬며,

Ⓣ 아무튼 다녀오게.

동혁의 걸어가는 다리

지나가는 구름 A, B, C

나무와 하늘

뚜벅뚜벅 걷는 다리

S.#46 청석학원

학원 외부

(내부) 만국기, 장식하는 영신

청년, 땀을 흘리고 들어오며,

Ⓣ 정류장을 두 번이나 나갔는데 그래두 안 오셔요.

영신, 짜증을 내며,

Ⓣ 저녁차엔 꼭 오실 테니 나가 봐….

청년, 뒤통수를 긁으며 다시 나간다.

S.#47 도로

동혁의 걸어오는 다리

(종을 싸 들었다)

고개를 넘어오는 동혁 (L·S)

걸어오는 동혁 (PAN)

도표 앞에서 올지 갈지 하는 동혁

동혁, 지나가버린 뒤

도표 (I·R) (OUT)

S.#48 청석학원

영신, 학원에서 내려온다.

중도에서 청년과 또 만난다.

청년, 뭐라구 그런다.

영신, 짜증을 내며,

T 사람을 잘못 본 게지 남은 이틀째나 눈이 까맣게 기다리는데….

영신, 집으로 들어가 툇마루에 구두를 벗어 던진다.

잠시 기신없이 앉았다가 방문을 활짝 연다.

서서 각반을 풀려다가 돌아다보는 동혁

깜짝 놀라는 영신, [正面] (한동안 섰다가)

T 아— 어디루 어떻게 오셨어요.

동혁, 각반을 풀다 빙긋이 웃고 다리를 치며,

T 이 두 바퀴 자동차를 타구 왔지요.

영신,

T 아! 그 먼 델….

끌어안는 두 사람

눈과 눈

눈물을 깨무는 영신, 눈물 흘러내린다.

동혁, 영신의 어깨와 팔을 주물러보며,

T 몸이 퍽 약해지셨군요.

영신, 눈물을 씻으며,

T 일을 하다가 두 번이나 졸도를 했어요.

가엾이 여기고 입술을 지그시 깨무는 동혁,

T 일도 일이지만 내 몸도 좀 생각을 하셔야지요…. 참 학원을 위해 기
념품을 하나 사왔지요!

동혁, 가지고 온 종을 내민다.

영신, 피곤하나 기쁜 얼굴로 종을 푼다.

종을 풀어 껴안고 감격스럽게,

T 저도 하나 사려고 했는데….

영신, 종을 두드려본다.

동혁, 만족스러운 얼굴, 영신의 좋아하는 얼굴을 물끄러미 보다가,

T 매우 피곤하신 모양 같은데 고만 일찍 주무시지요.

영신, 괴로우나 억지로 참으며,

T 나보다도 동혁 씨가 더 피곤하시겠어요…. 하지만 오늘밤만은 이렇
게 재미있게 보내고 싶어요!

동혁, 머리를 흔들며,

T 이야기할 거야 나도 많지만 몸에 무리를 해서는 안 됩니다!

영신, 종을 껴안고 억지로 일어나,

T 자—그럼 안녕히 주무세요. 먼저 눕겠어요.

영신, 문을 닫으려다 다시 한 번 동혁을 보고 나간다.

S.#49 다른 방

방문을 닫고 들어오는 영신, 매우 괴로운 듯

그대로 들어와 쓰러진다.

고개를 다시 들어 만족한 빛으로 종을 어루만진다. (F·I)

(F·I) 시계 7시 (PAN)

영신 아직 누워 있다.

(머리맡에 종이 없다)

동혁, 학원에 갔다 돌아온다.

영신, 머리맡에 있는 종을 찾아 더듬는다.

방문을 열고 들어서는 동혁

수건으로 이마의 땀을 씻는다.

영신, 괴로우나 반기는 듯,

T 어딜 갔다 오셨어요?

동혁, 영신 곁에 앉으며,

T 종을 달고 오는 길입니다.

영신,

T 난 그런 걸 여태 잤지요. 벌써 아이들이 모였을걸요?

아이들, 학부형, 학원 앞에 모인다.

동혁, 영신을 물끄러미 들여다보고 앉았다가,

T 학원집이 너무 훌륭하더군요. 그런데 좀 어떠세요?

영신,

T 어째 어제버덤 더해가는 것 같애요…. 하지만 나가봐야지요. 그 종을
  내가 내 손으로 먼저 쳐볼 테야요!

영신, 괴로운 몸을 일으킨다.

동혁, 몸을 부축해주면서,

T 너무나 무리를 하시면….

동혁, 영신을 부축해 앉힌다.

머리를 매만지고 옷을 갈아입는다. [의상 주의]

영신, 몹시 괴로워 보이나 오늘이 있음을 만족하는 표정 (F·O)

315

S.#50 학원

동리 청년과 동혁에게 몸을 의지하며 걸어오는 영신, 학원 앞에 모여

　선 아이들,

T 선생님! 선생님!

하고 달려간다.

영신에게 매달리는 아이들

영신, 우뚝 서서 멀리 있는 학원을 바라본다.

수건으로 이마의 진땀을 씻는다.

T 동혁 씨 이따가 내빈 총대로 한 마디 해주세요, 기부금 적은 사람들

　이 척척 내놓을게요

동혁

[카메라 배후에서] 걸어가는 영신, 동혁과 기외(其外) 인(人) (F·S)

울리는 종 (C·U)에서 서서히 (PAN)해서 종을 치는 영신

주위에 부축한 사람들

청석골 산천 (PAN)

실내로 모여드는 아이들과 학부형

자리에 앉은 관중 (F·S)

실내 벽에 붙인 「슬로건」

　1, 갱생의 광명은 농촌으로부터

　2, 아는 것이 힘, 배워야 산다

　3, 일하기 싫은 사람은 먹지 말라

　4, 우리의 가장 큰 적은 무지다

　5, 우리를 살릴 사람은 결국 우리뿐이다

[화면 가득히 이 「슬로건」에서 카메라 후퇴 이동]

단에는 아직 아무도 없고 그 앞으로 모여 있는 군중 (F·S)

장내를 정돈시키는 동혁

영신, 몸을 억지로 끌고 단상으로 올라선다.

주목하는 관중 (F·S)

동혁, 장내를 정돈하다 박수

일동 따라 박수

단상에 오른 영신,

T 여러분이 이 새 집이 꽉 차도록 많이 와주셔서 여간 기쁘고 고맙지
  않습니다.

꽉 들어앉은 관중

영신, 손으로 집을 가리키며,

T 이 집을 짓느라고 우리가 품삯 한 푼을 덜 들이려고 갖은 고생을 다
  했습니다. 이 치마를 두른 여자들이 죽지 못해 살아가는 처지에서
  3, 4년을 두고 푼푼이 모은 돈을 아낌없이 내놓은 겝니다.

감격해 바라보는 관중과 동혁

영신, 열을 내어 손을 들며,

T 여러분! 그 나머지 큰 빚은 조 어린애들이 졌습니다.

영신을 쳐다보는 어린이들

영신, 주먹을 들어,

T 물론 그 빚은 이 채영신이가 책임을 집니다마는….

영신, 주먹을 내리며 발을 구른다. 현기가 난 듯 그래도 쓰러진다.

깜짝 놀라 일어나는 관중

깜짝 놀라서 동혁, 일어선다.

관중을 헤치고 달려드는 동혁

영신을 껴안은 동혁

T 선생님! 선생님.

하고 매달리는 아이들.

동혁, 청년에게,

T 의사를 불러봐야 할 텐데….

청년,

T 이 동리에는 없구 공의(公醫)라군 한 오십 리 밖에나 가야 있는데.

근심하는 동혁

영신을 안고 나온다.

아이들 달려 나온다.

동혁의 뒤를 따르는 사람들

물끄러미 동혁의 뒤를 보고 있는 사람들

영신을 안고 신작로로 가는 동혁 (아이들과 학부형도 끼어 있다)

멀리서 오는 자동차 (L·S)

동혁, 손을 들어 자동차를 세운다.

동혁, 영신을 안고 타자 자동차는 떠난다. (관중 물끄러미 바라보고
있다) (L·S)

S.#51 병원

주사기 등 간호원의 손, 증열하는 기(器), 불이 확확 오른다. (O·L)

수술실 문 앞을 초조히 왔다 갔다 하는 동혁

동혁, 쫓아가 물어보려 할 때

의사와 간호원이 나온다.

다른 환자실에서 나오는 간호원들

동혁, 의사한테로 달려와 초조히,

T 어떻게 됐습니까?

의사, 땀을 씻으며,

T 환자가 원체 폐도 약한데나 영양부족이어서.

동혁, 따라가며 [移動]

T 그러나 생명에는 관계가 없을까요?

의사,

T 대장하구 소장하구 마구 꼬여서 간신히 제 위치로 풀어놓긴 했지
만… 아니 무슨 일을 했길래 그렇게까지 몸이 허약하단 말요?

동혁, 근심이 가득한 빛으로 묵묵히 따른다.

의사,

T 만일 퇴원한 뒤에 또 그런 힘 드는 일을 하면 생명이 위험하겠소이
다.

동혁, 인사하며

의사와 간호원 층계로 내려간다.

동혁, 물끄러미 의사를 전송하고 돌아서 힘없이 걸어온다.

(L·S) (F·O)

S.#52 기천네 집 (밤)

(F·I) 기천의 방

기천과 건배 서로 껄껄대며 술을 마신다.

나뭇가지가 방을 약간 덮었다.

[카메라 뜰에서] 2인 영상만 보인다.

기천, 술 한 잔을 쭉 키고 나서,

T 여보게 사세(事勢)가 이러하니 자네 하나만 내편으로 가담해주면 다른 회원들은 문제가 없네.

기천, 잔을 내밀어,

T 그까진 회원이야 해서 뭘 하겠나만 내 체면상 안할 수가 없네그려.

건배, 술을 받아 마시고 나서 몽롱하게 생각한다.

벽에 나타나는 동혁의 무서운 얼굴

건배, 고개를 돌리며 눈을 감고,

T 하지만 동혁이와의 신의관계도 있어서…요.

기천, 너털웃음을 웃으며 건배의 어깨를 치며

T 아따 이 사람. 「민(民)은 이식(以食)으로 위천(爲天)」이라네. 지금처럼 뻔히 굶으며 어떻게 살겠나! 물론 내 빚은 갚을 생각 말고 또 달리 생각하는 것두 있으니….

건배, 눈을 감고 멍하니 무엇을 생각하고 있다.

기천, 술을 강요한다.

건배, 몇 번 사양하다 몹시 괴로운 듯이 사발 뚜껑을 들어 혼자 따라 쭉 마신다.

기천, 눈웃음을 치며 바라본다.

건배, 술 주전자를 놓으며,

T 난 모르겠습니다.

방 밖으로부터 영상만

기천, 술 주전자를 들어 따른다. (F·O)

S.#53 병원 (밤)

긴 낭하(廊下)로 걸어가서 다른 방으로 들어가는 간호원

(L·S) (O·L)

환자실 내부

앓는 아이 옆에서 간호하는 늙은 어머니가 꼬박꼬박 졸고 있다. (서
　서히 PAN)

침대에 누워 성서를 보고 있는 영신

성서를 놓으며 벽에 걸린 캘린더를 손으로 짚어보고 침대 아래를 향
　해서

Ⓣ 벌써 3주일이나 됐는데 이젠 퍽 갑갑하시겠어요?

[카메라 살며시 침대 아래로]

동혁, 잡지를 본다. 〈농민문제 특집호〉 얼굴을 들며,

Ⓣ 한곡리 일이 궁금해 큰일 났는데, 이렇게 보이지 않는 쇠사슬로 꼭
　얽어놓고 꼼짝이나 하게 하셔야죠.

영신, 천정을 쳐다보며,

Ⓣ 쇠사슬? 사랑의 쇠사슬?

(화면 INSERT)

영신, 창턱에 놓인 꽃을 유심히 보다(赤(黑)과 白)가 동혁에게 향해
　서,

Ⓣ 참 인젠 우리 둘의 장래에 대한 이야기를 좀 하지요.

동혁, 묵묵히 쳐다보다가 손가락 셋을 보인다.

영신, 자기 손을 셋을 세면서 천정을 물끄러미 본다.

천정에 해서

≪한곡리, 해변에서 달밤에 그들이 이야기하던 장면≫

화면에 INSERT해서

『3년 아니라 30년이라도…』

동혁, 벌떡 일어나며,

Ⓣ 건강 제일! 당분간 그런 공상은 집어칩시다.

동혁, 바이블을 약(藥)장 위에 놓고 이불을 다시 잘 덮어준 후에 스위치를 눌러 불을 좀 흐리게 한 후 다시 침대 밑으로 들어가 돌아눕는다. (F·O)

S.#54 병원 (아침)

(F·I) 아침볕을 받아 흔들리는 병원 정원의 버드나무, 긴 낭하(廊下)로 걸어오는 의사와 간호원 2인

(간호원은 한 손에 병자 노트를 들었다)(L·S)

우유를 가지고 들어오는 간호원

우유를 받아 컵에 따라주려는 동혁

문을 열며 의사와 간호원이 들어온다.

벌떡 일어나 인사하는 동혁

일어나려는 영신을 간호원이 누우라고 한다.

맥 보는 의사를 중심으로 내려다보는 사람들 (B·S)

동혁, 돌아서서 창 옆으로 가서 내다본다.

병원 정원

의사, 다 보고 나가려 한다.

동혁, 앞으로 가서 물어본다.

의사,

T …앞으로 한 일주일만 더 치료를 받으면….

하고 의사 나간다.

동혁, 인사한다.

층층대로 절뚝거리고 올라오는 동화

낭하로 오는 동화와 의사 스쳐감

[카메라 急 PAN] 병원 내 문패 「채영신」

동화, 두서너 번 두리번거리다 들어간다.

들어오는 동화

침대 앞에 앉아 이야기하다 돌아다보는 동혁

반가운 듯 일어나려는 영신

영신에게 인사하면서 찰나에

동혁에게 달려가서

동혁, 놀라운 얼굴로,

T 웬일이냐?

분노에 타는 동화의 얼굴

T 형님 큰일 났습니다. 얼른 내려가세요.

어쩐 영문을 몰라 궁금히 여기는 동혁과 영신

동혁,

T 어째 올라왔니

하면서 창 옆으로 데리고 간다.

T 기천이란 놈이 형님 안 계신 동안에 저의 작인인 회원들을 농락해가

　지고….

동화, 말이 막히도록 격분됐다.

동혁, 입술을 깨물며,

T 아니 기천이가 어쨌단 말이냐?

의아해서 바라보는 영신

동화,

T 그 놈이 건배 씨를 군청 고원을 시켜주고 그 대신 우리 회 회장이 됐

　다우….

형용해가며 떠드는 동화

동혁, 의외란 듯이 한참 동안 생각해 보다 테이블을 탁 치며,

T 그랬을 리가 있나?

T 건배가 그랬을 리가 있나?

T 그래 그 후는 어찌 됐니?

동화, 열쇠를 손으로 흉내 내며 (O·L)

S.#55 한곡리 회관에 열쇠 채는 동화

동화, 여러 사람 앞에서 부르짖는다.

T 우리는 형님 하나면 고만이지 회장이 일 없다. 목이 베져두 이 문은

　안 열 테다.

군중 (B·S) 『그렇다. 이 문은 못 연다』 화면에 [W] (O·L)

병원, 이야기하는 동화의 얼굴

묵묵히 바라보는 동혁

벽에 걸린 모자 (PAN)

명하니 있는 영신

가까이 가는 동혁,

T 영신 씨 사세가 이렇게 급하니 가 보아야겠는데….

동혁을 보는 영신의 얼굴 (한동안 보다가)

T 가셔야지요?

동혁은 그대로 보고 있다.

영신을 한 동안 내려다보고

윗저고리를 입고 모자를 뗀다.

모자를 만지는 손 (C·U)

[카메라 동혁의 背後에서] 영신, 눈물을 참고,

T 인제 가시면 언제나 또 만날까요?

[카메라 영신의 背後에서] 동혁, 한참 보다가 영신의 손을 덥석 잡는
   다.

뒤에 섰던 동화,

T 형님 얼른 나오슈.

하고 나간다.

T 자! 그러면 퇴원하신 뒤에 한곡리서 만납시다.

홱 뿌리치고 나간다.

[카메라 背後에서 영신의 잡혔던 손, 콱 닫히는 문]

억지로 일어나려는 영신 (쫓아 나올 듯)

일어나려다 그대로 쓰러져 운다. (F·O)

S.#56 한곡리 회관

채워놓은 자물쇠(C·U)에서 후퇴 이동하면서

바라다보는 동혁

동혁, 홱 돌아선다.

걸어가는 동혁 (O·L)

S.#57 건배의 집, 이삿짐

이삿짐을 차리다가 인사하는 그의 처,

T 아이구 오셨어요?

목례만 하고 그 광경을 바라다보는 동혁

주루루 떨어지는 낙수 아래 놓은 솥

술이 취해서 흙 밭을 걸어오는 건배의 다리

디뚝거리고 걸어오는 건배

문 옆에 서 있는 동혁을 툭 치며 들어가다가 돌아보는 건배

바라다보는 동혁의 얼굴 [흐릿하게→똑똑히]

건배,

T 동혁이.

바라다보는 동혁

건배,

T 이틀째나 죽기 작정하고 술을 들이켰네, 참 정말 죽겠어 죽겠어, 팔
아먹은 양심이 아파서….

건배, 주먹으로 자기 가슴을 친다.

동혁, 입술만 지그시 깨물고

건배, 동혁에게로 달려들며 제 얼굴을 가리키며,

T 이 낯짝에 침을 뱉아주게. 난 동지를 배반한 놈일세. 이 목구멍 때문에….

건배, 목구멍을 가리킨다.

T 이 원수의 목구멍 때문에.

건배, 진흙바닥에 주저앉아 흐느껴 운다.

동혁, 잡아 일으키려 한다.

건배, 뿌리치며 앉아 뭉갠다.

건배, 문지방에다 머리를 비비며

눈물 콧물을 씻고 얼굴을 들며,

T 동혁이 자네 인생 최대의 비극이 뭔 줄 아나?

동혁, 묵묵히 이삿짐 늘어놓은 걸 본다. (PAN)

손가락을 문 어린애

지쳐 넘어진 어린애

건배, 어린 아이들을 가리키며,

T 밥을 굶고 늘어진 어린 새끼들의 얼굴을 들여다보는 걸세. 그것들을 죽여버리지두 못하구….

건배, 엉엉 울면서 손가락을 깨문다.

동혁, 바라다보는 눈 (눈물이 어린다)

동혁, 돌아서서 팔을 얼굴에 대고 느껴 운다.

건배, 앉아 우는 것을 그의 처, 일으키려 하나 건배 뿌리친다.

동혁이 건배를 일으킨다.

T 가을이 돼두 벼 한 섬 못 들여놓고 지낸 자네의 사정을 어째 내가 모

르겠나? 자네를 힘껏 붙들지 못하는 것이 무한히 슬플 뿐일세.

동혁, 건배를 덥석 잡고 한동안 생각하다가,

T 건배 정신 차려 듣게, 입때까지 우리는 표면적인 문화적인 사업에만 열중한 것이 잘못이었네.

건배, 여전히 울면서 쳐다본다.

동혁, 주먹을 쥐며,

T 생활!

동혁, 주먹을 더 크게 두르며,

T 우리들의 생활!

고개를 끄떡이는 건배

동혁,

T 앞으로는 우리가 다 같이 나갈 경제운동을 일으킬 텔세.

건배, 동혁의 손을 잡으며

다시 눈물지며,

T 하지만… 이 손을 어떻게 놓나? 이 한곡리를 차마 어떻게 떠난단 말 인가.

건배, 기둥을 얼싸안으면서 흑흑 느낀다.

동혁, 물끄러미 섰다. (두 사람 비를 맞고 섰다.) (F·O)

PART Ⅵ 반역의 불길

S.#58 기천의 집

(F·I) 세어보는 지폐 (C·U) (O·L)

기천, 지폐를 세 번이나 세어본다. 세어보다 장부를 뒤적이며,

T 그래도 석 달 치 이자가 남았네.

농부, 고개를 숙이며,

T 그저 살려주시는 셈 치시구 좀 더 참아주십쇼.

기천, 다시 한 번 세어보고

문갑을 연다. 그 속에 있는 금고를 꺼내어 돈을 집어넣고는 장부에
기록하고 열쇠를 챈다. (O·L)

S.#59 동혁의 집

문서 상(箱) 열쇠를 여는 손 [카메라 後退] (각종 장부)

동혁, 문서를 꺼내들고 한참 동안 주판을 놓아보다가 마루로 나온다.

툇마루에 걸터앉아 있는 회원들, 그 중에 동화 시원치 않다는 듯이,

T 그까진 문서는 꺼내 뭘 하우.

동혁,

T 아무튼 넌 그 열쇠를 고만 내놔라.

　　동화,

T 안 되우! 내 손으로 회관에다 불을 지를지언정 난 못 내놓겠소.

　　다른 회원,

T 옳다.

T 우리가 피땀을 흘려 지은 집을 우리의 고혈을 빨아 먹는 대금업자한
　　테 뺏긴단 말씀이요.

　　다른 회원도 찬동한다.

　　동혁, 진압하며,

T 가만히들 있게. 가만히들 있어. 덮어놓고 대항만 한다는 건 모기를
　　보구 환도를 뽑는 셈일세.

　　분히 여기는 회원들

　　동혁,

T 그런 자한테 논밭을 하지 않고 살아갈 도리를 차리는 게 상책이지.

　　회원들,

T 아! 어떻게요!

　　동혁, 다시 장부를 보고,

T 맨 먼저 이 소리치고 늘어나가는 빚버텀 갚아야 하겠네.

　　회원,

T 아— 어떻게요!

　　하며 다가앉는다.

　　회원 중 일인,

T 아 어떻게 갚아요. 갚을 도리가 있나요? 그저 텃도지도 못 물고 있

는데요.

동혁, 장부를 들쳐보며 주산을 놔본다. (장부 일일이 다 들쳐본다.
　　계, 이용조합 등)

T 자—우리가 그동안 모은 돈을 합하면 본전은 되네!

동화 또 반대한다.

T 아니 그 구리귀신이 아 본전만 받을 줄 아우. 변리가 갑절두 넘는데.

동혁, 생각해 본 뒤에 자신 있게,

T 글쎄 그건 내게다 맡겨.

벌떡 일어나며 손을 내밀며 동화더러,

T 이리 내!

동화, 잘 안 듣는다.

동혁, 동화의 찬 열쇠를 잡아당겨 끊는다.

S.#60 강기천의 집

(F·I) 양복장이들 굽실거리며 인사를 한다.

T 교오상 잘 먹고 갑니다.

굽실거리는 양복장이

기천, 만족한 낯으로,

T 아! 잘들 가우!

문전에서 양복장이들 서로 인사하고 헤지자 동혁 들어간다.(그 뒤
　　회원들 따라 들어간다)

머슴들 먹고 간 술상을 나른다.

동혁, 기침한다.

기천, 방으로 들어가려다 돌아보며 반가이 맞는다.

(기천 술이 약간 취했다. 이를 쑤시다 뱉으며)

T 동혁인가, 이리 올라오게.

　동혁, 가까이 간다.

　기천, 툇마루에 앉으며

　동혁도 앉는다.

T 난 그 동안 벼락감투를 썼네그려.

　동혁, 조금 웃으며,

T 그렇게 유력하신 분이 우리 회 일을 봐 주셔야죠.

　기천, 기세에 올라,

T 그렇지 않아도 자넬 좀 만나고 싶었네.

　그리고는 하인 불러 술을 명한다.

　동혁, 손을 들며,

T 아! 술 안 먹어요!

　기천, 일어나며,

T 아 방으로 좀 들어가세.

　2인, 방으로 들어간다.

　회원들 문간과 마당에 서 있다.(A·B)

　동혁,

T 참 오늘 저녁에 특청(特請)할 게 하나 있어 왔는데요!

　기천,

T 아 무슨 특청?

　하고 동혁을 간교히 본 뒤에 가만히 손가락으로 동그라미를 만들어

보이며,

T 아 돈이 소용이 되나?

　　동혁, 머리를 흔들고,

T 회원들의 빚을 갚으러 왔어요.

　　기천, 깜짝 놀라며,

T 아 빚을 갚다니.

　　동혁,

T 새로 회장이 되신 우리 농우회 회원들이 진 빚인데요!

　　기천,

T 아 그래서.

　　문밖에서 귀를 기울이는 회원들

　　기천,

T 더러들 썼네만 몇 푼 된다구…. 오래 돼서 나도 잊어버렸구!

　　동혁, 좀 바싹 앉으며,

T 적어두신 게 있을 테니 좀 보여주시지요.

　　기천, 문갑 편으로 시선을 주며 손을 내저으며,

T 볼 것 없네 볼 것 없어!

　　동혁, 다시 손으로 문갑을 가리키며,

T 좀 보여주십시요!

　　기천, 이상한 듯이,

T 아 대체 돈들이 어서 나서 그러나!

　　하며 문갑으로 가서 문서를 꺼낸다.

　　한동안 자기가 보고 동혁을 준다.

　　동혁, 자기가 적어 가지고 온 것과 자세히 대조해 본다.

동혁, 지폐를 꺼내어 내놓으며,

T 자 세보세요!

기천, 눈이 번쩍해졌다. 본능적으로 돈을 집어 세어본다.

의심스러워 다시 한 번 세어본 후 장부를 보더니 조금 놀라며,

T 아! 이거루야 빠듯이 본전밖에 안 되네 그려.

돈을 도루 내준다.

동혁, 더 다가앉아 목침으로 방바닥을 치며,

T 아—니 회장 체면에 죽지 못해 사는 회원들이 진 빚을 이자두 탕감
   할 수 없단 말씀요?

기천, 조금 물러앉으며,

T 내가 자선사업으루 돈을 놓은 줄 아나?

동혁, 강경히,

T 그럼 정 할 수 없을까요?

기천, 벌떡 일어나며,

T 할 수 없네. 당치두 않은 말 하지 말게.

하며 문을 열고 침을 뱉으려다 바깥에 있는 회원들을 보고 문을 가
   만히 닫는다. (꿍무니도 문칫문칫)

동혁, 지전뭉치를 도로 집어 허리춤에 차며,

T 이 돈은 졸연히 받지 못하실 껄요.

하고 일어서서,

T 앞으로 무슨 일이 생기든지 나는 책임을 질 수도 없구요!

하고 나가려 한다.

기천, 손톱여물을 썬다.

장지문을 탁 닫고 나가는 동혁

벌떡 일어나는 기천

쫓아나가 동혁을 붙들어 들인다.

동혁, 뿌리친다.

기천, 그제야 애원하듯,

T 그거나 이리 내게, 오입해버린 셈만 치지.

동혁, 고소하며 돈뭉치를 꺼내려다 문서갑을 가리키며 다시 손을 내

　밀어,

T 차용증서를 다 이리 내시오.

기천, 문서를 꺼내와 주고받는다.

동혁, 다시 본 뒤에 불을 확 켜댄다.

타오르는 종이 [W] 회원들의 만족한 얼굴들 (F·O)

S.#61 기천 가(家)

기천 모 회갑일 (오후 황혼이 올 때)

부채질 하는 것

돈육 써는 것

떡시루

도마에 창칼질

정경 A·B·C

돈육을 써는 데서 (O·L)

기천, 돈육 먹는다. [카메라 後退 PAN]

기천, 머슴을 불러,

T 얘! 그 회원들도 좀 청해라 오늘이 노마님 생신이라구.

　꾸벅하고 나간다. 기천 다시 일어서 나오며,

T 아이 예 그 동화란 놈은 부르지 마라. 마구 뚫은 창구멍이 돼서….

　상을 받고 있는 빈객

　상을 가지고 들락날락하는 머슴과 여인

　장구 치는 사나이

　소리하는 여자

　춤추는 기생

　술통에서 따르는 술

　주고받고 권하는 술잔

　곤죽이 된 사나이

　계집애 뺨을 어루만진다.

　난잡히 계집하고 춤추는 양복장이

　중문간 거지의 장타령

　중문에서 나오는 상

　마당에서 먹고 싸가지고 가는 인군(人群)

　술이 취한 사나이의 수염을 꼬아주는 여인

　만족한 듯한 사나이

　술이 대취해서 졸고 있는 사나이 (뚱뚱이)

　계집 경단을 들고 겨자를 찍어다가 먹인다.

　그 사나이 크게 재채기한다.

　깔깔대는 여인들

　대문을 들어서는 회원들

맨 뒤에 동혁

내려다보는 기천과 객들

인사하는 회원들

기천, 마루 끝으로 나와서,

T 차려놓을 건 없지만 마음 놓구 잘들 먹게.

기천, 하인에게 지시한다.

주루루 펴는 자리 멍석

자리에들 앉는다.

상이 나온다.

절름거리고 들어오는 동화

사랑을 쳐다보며,

T 청하지 않는 사람이 왔소이다.

눈살 찌푸리는 기천

옆에 뚱뚱보더러,

T 저자는 반상두 모르는 부학무지(不學無知)한 자야.

여러 회원, 국수를 먹는데

동혁은 젓가락만 세우고 있다.

동화, 오는 길에 사랑으로 들고 올라가는 술상에서

주전자를 뺏어 들이킨다.

손등에다 입을 쭉 씻으며 회원들 앞으로 달려와 상좌에 음식과 회원

　들의 음식을 대조해본다.

동화, 실쭉해지며,

T 아! 여보 우리들이 비렁뱅인 줄 아쇼.

형세를 관망하는 동혁

동화, 상 위의 음식을 집어 먹는다.

찡그리는 기천 [짧은 CUT]

형세를 보는 동혁

동화, 회원들에게,

T 이 쓸개 빠진 친구들아 이것을 얻어 먹구 앉었어!

국수그릇을 내던진다.

피하는 회원들

기천, 벌떡 일어서 툇마루로 나오면서,

T 어느 놈이 이렇게 떠드느냐.

동화, 기천을 향하여

T 어느 놈이라니? 네 눈깔에는 사람이 뵈지 않느냐?

동혁, 동화를 잡는다.

동화, 뿌리친다.

기천, 발을 구르며 호령한다.

T 저런 버르장이 없는 놈! 저 놈을 당장에 내쫓아라. 너까진 놈은 농우
회에서 제명을 시킬 테다.

머슴들 달려들어 잡는다.

동화, 어처구니없이 쳐다보다가 옆에 있는 막걸리 사발을 들이켜고
껄껄대고 웃고 나서 노려보고,

T 네까진 놈이 나를 내쫓아?

가슴을 풀어 헤치고 덤벼든다.

T 이놈 어디 내쫓아봐라.

달려들어 말리는 회원과 머슴들

격분한 기천

계집들 끌어들인다.

흥분한 동혁

동화, 제 무릎을 치며,

T 회관을 짓다 병신까지 된 내다.

기천, 펄쩍 뛰어 주전자를 동화에게로 찬다.

동화, 뛰어오르며 술 지게 작대기를 들고 주반상을 부신다.

와르르 흩어지는 그릇

놀라 소동하는 객들

막걸리 통에서 쏟아져 나오는 술

동혁, 뛰어올라 아우의 팔목을 잡고 끌어내린다.

동화, 형에도 반항

동혁, 아우의 옆구리를 쥐어박고 끌고 나온다.

T 이게 무슨 짓이냐. 참어라 참어?

기천, 다시 내려다보며, 호령 손짓을 하며,

T 내쫓아라! 저놈을.

머슴들, 달려들어 동화를 끌어낸다.

동화, 끌려나오면서,

T 너 이놈 누가 못 견디나 두고 보자!

머슴들 끌어낸다.

바라다보고 한숨을 쉬는 동혁 (F·O)

—좀 어둑어둑할 때—

객들이 다 가고 어지러 놓은 마루 (PAN)

사랑에 모여 앉은 유지들(뚱뚱보 양복장이)

문이 열리며 상이 나온다.

상을 받아 놓고 기천 주전자를 들며,

T 자! 세잔갱작(洗盞更酌)하세.

술을 따르는 계집

안주를 집어 먹이는 계집

장구 치는 계집

소리하는 계집

흥에 겨운 기천

곤죽이 된 객들

아양을 떠는 계집

기천의 잔에 술을 따른다.

기천, 미소를 띠며 술을 들이키려 할 때

[화면에 W해서] 『불이야!』

놀래는 기천과 객

또다시 『불이야!』 『불이야!』 부르는 사나이의 입 (C·U)

기천, 놀래 멍하니 섰는데

『불이야! 불이야!』

기천, 뛰어나온다.

불이야 부르는 사나이의 입

회관에 타오르는 불길

냉소하는 동화

타오르는 불길 [W해서]

징을 치며 뛰는 사람

집에서 뛰어나오는 동혁

이 집 저 집에서 물통을 들고 나오는 사람들

몹시 흔들리는 나무

타오르는 회관

『불이야!』 부르는 사나이의 입

물통을 들고 달려드는 사람들

곡괭이를 들고 달려오는 동혁과 사람들

물통을 들고 엎으러지는 사람들

논두렁으로 횃불을 들고 오는 사람 일렬

삥 둘러붙은 회관 [화광충천(火光衝天)]

징치는 사람

달려들어 곡괭이로 벽을 찍어내는 동혁과 회원들

지붕으로 올라가서 곡괭이로 잡아당기는 사람들

몰려오는 다리

물 마른 우물

논둑 물

동혁, 불을 끄다 말고 여기저기 둘러본다.

깜짝 놀라며 안을 보니

취해서 벽에 기대 쓰러진 동화

동혁, 쩔쩔매다 결심, 머리를 동이고 물통을 빼앗아 자기 머리에다
　붓고 나서 좀 물러섰다 회관 문을 박차고 들어간다.

놀라는 회원의 얼굴

디룩디룩 뛰어오는 기천

형, 동화를 흔들며,

T 동화야 동화야!

동화, 정신 차려 형을 보고 울면서,

T 형님 난 여기서 타 죽을 테요

[연(煙), 화(火) W]

잡아당기는 형, 뿌리치는 동화

형, 동화를 후려 때리고 나서 안고 나오다가는 주춤하고 (2, 3회)

그러다 불길을 헤치고 뛰어나오자 집채 털썩 무너진다.

놀라 달아나는 주민

언덕에서 굴러 떨어지는 사람들

뛰어오르는 기천, 동혁에게,

T 어느 놈이 우리 회관에 불을 났느냐.

얼굴 그슬린 동혁 아우를 업은 채,

T 이 박동혁이가 났소!

순사 2인 자전거를 타고 와서 허둥지둥 내린다.

동혁, 순사를 보고 다른 회원에게 아우를 업혀 보낸다.

순사, 앞으로 온다.

기천, 화면에서 사라진다.

뭉게뭉게 아직 타는 회관 (한동안)

기천, 동혁에게로 고개를 돌리며 잡혀가는 광경을 보는 듯이 냉소

(F·O)

PART Ⅶ 최후의 1인

S.#62 신작로

기다리고 서 있는 아이들과 부인들

멀리서 오는 자동차

달려가는 아이들

자동차 서며 영신 내린다. (단장에 의지했다)

달려가는 부인들

자동차 사라지고 영신 내리며 아이의 뺨을 댄다.

영신의 눈에는 눈물이 어린다.

영신을 중심으로 걸어오는 사람들

학원을 보고 반기는 영신의 얼굴

학원에 들어와 사방을 순시하는 영신

퇴폐한 학원 내 정경 A, B, C,

영신, 사방을 둘러본다.

Ⓣ 다른 선생들은 다 어딜 갔길래 집 꼴이 이 모양이 됐소!

학생 부인(婦人),

Ⓣ 병원에 가계신 동안 선생은 가고 지금은 아이들도 반이나 줄었어요.

영신, 쓸쓸히 한숨짓는다.

다시 한 번 둘러보고는 문을 닫고 집으로 온다. 어린 아이들 따라간
  다.

집에 들어와 편지 보는 피봉(皮封)에 [W해서]

철창에 서 있는 동혁

영신, 편지를 뜯어본다.

〈편지〉

　일전 병원으로 부친 엽서를 보시고 놀라셨을 듯합니다. 그 동안
퇴원하셨을 듯하며 나는 이곳에 와서도 여전히 건강하며 불원간
무사히 석방될 듯합니다.

　다만 걱정되는 것은 영신 씨가 또 무리하게 일을 하실 것만이
염려외다. 아무쪼록 잘 조섭하시고 다시 만날 땐 부디 혈색 좋은
얼굴을 보여주십시오.

당신의 동혁

편지를 보고 약간 한숨지으며,

Ⓣ 그 속에서 그 지독한 고심을 달게 받는 이두 있는데….

결연히 일어나는 영신 [W]

종을 치는 영신

(수가 퍽 적다) 교실로 몰려 들어가는 아이들

(학부형들)

영신, 단 위에 올라서서,

Ⓣ 내가 앞으로 다시 쓰러져 죽는 한이 있더라두 나 혼자 주야 학(學)을

겸쳐 가르칠 테니 전처럼 이 집이 꽉 차게 여러분의 자녀를 내일부터 보내주십시오.

감격하여 돌아가는 학부형과 아이들

영신, 철판에 쓴 아이들의 글씨를 한동안 보다 지운다.

> 우리 선생님
> 언제 오시나
> 하루 이틀 그림 등(等)

구석구석을 청소한다.

학원 개선하는 정경 A, B, C,

　　　　벽 바르고

　　　　주저앉고

　　　　다시 일어서고(W)

(밤) 어린아이들하고 교수하는 정경

(땀을 흘리며) 영신, 복식(複式)으로 이 반 저 반으로 다니며 애들한테 들볶이는 영신

이 반으로 와서 가르칠 때 저 반 애들 『선생님 선생님』 하고 부른다. (부인반에서도 끌어간다.) 다시 영신 그 반으로 억지로 기운을 차려 간다. 시계를 보니 10시 반, 벽을 짚고 억지로 가서 단 위로 올라서다 기신없이 쓰러진다. (아이들 흐릿하게) (F·O)

S.#63 영신의 집

풍로에 올려놓은 약탕관 (O·L)

방 벽에 걸린 영신의 사진 서서히 (PAN)

(손풍금 벽에 걸려 있다)

드러누워 있는 영신, 맥 짚인 손 [카메라 後退]

(그 옆에 한의(漢醫) 외 3, 4인)

한의, 입맛을 다시며 머리를 흔든다.(F·O)

(F·I) 목각종

고민하는 영신 (PAN)

공의(公醫) 청진기를 집어넣으며

주사기를 꺼내며,

T 주사나 한 대 놔드리지요.

주사를 놓는 의사 [카메라 의사 背後]

찡그리는 영신의 얼굴

주사 놓는 의사의 얼굴

들여다보는 사람 얼굴을 찡그린다.

주사 뒤 다 놓고 가방을 집어 들고 나간다.

할멈 따라 나오며 묻는다.

T 어떻습니까. 대단헙죠?

알코올 솜으로 손을 닦으며,

T 섭섭한 말씀이지만… 인제 약을 쓸 수도 없습니다.

그 여자 울며,

T 그럼 어떡헙니까! 선생님 어떻게든지 살려주고 가십쇼.

의사, 구두를 신고 나간다.

할멈 다시 방으로 들어간다.

가만히 눈을 뜨는 영신, 우는 사람을 돌아다보며,

Ⓣ 의사가 뭐래요?

　주인마누라, 말대답을 못한다.

　다른 여자,

Ⓣ 차차 나시겠대요.

　한숨 깊이 쉬는 영신, 고개를 돌린다.

　다시 입을 열어,

Ⓣ 전보는 쳤나요.

　주인,

Ⓣ 벌써 두 번이나 쳤는데요.

　영신, 천정만 바라보고 있다.

　아이들 4, 5인 들어온다.

　영신, 고개를 돌려보면서,

Ⓣ 너희들은 나가거라, 어서 가서 복습이라도 해라.

　아이들 나가지 않는다.

　영신, 어린애 하나를 손잡으며,

Ⓣ 너희들을 두고 내가 청석골을 어떻게 버린단 말이냐.

　돌아앉으며 우는 아이들

　영신, 어루만지며 한 손으론 눈물을 씻으며,

Ⓣ 울지들 마라. 선생님이 너희들을 버리고 갈 줄 아니? 이 눈이 감길
　줄 아니….

　부인들, 아이들 내보낸다.

　영신, 한동안 아이들 나가는 걸 보다가

　주인을 보고,

Ⓣ 저 혹시 내가 죽거든 우리 학원이 보이는 데다 묻어주어요.

주인, 그 소리를 듣고 참다못해 치맛자락으로 얼굴을 가리며 느껴 운
다. (F·O)

(F·I) 껌뻑거리는 램프 불

혼수상태에 있는 영신, 편지를 가슴에 품고 있다.

창 밖 마당을 휩쓰는 낙엽

영신, 놀라 눈을 뜬다.

Ⓣ 문을 열어요, 동혁 씨 왔나봐!

주인마누라, 가만히 고개를 흔든다.

영신, 편지를 뒤집어 보며 재쳐 본다. [W]

(병원에서 동혁, 자 그럼 한곡리서 다시 만납시다, 하고 가던 그 광
경)

영신, 팔을 떨어뜨리며,

Ⓣ 아이 그저 안 오네.

문을 여는 정옥

돌아다보는 부인들

놀래 쳐다보는 영신

들어서는 정옥, 달려가 두 손을 잡으며 보다가,

Ⓣ 언니가 이게 웬 일이요.

서로 붙잡고 운다.

정옥의 얼굴 눈물이 어렸다.

Ⓣ 언니 너무 언짢어 하질 마우…. 진작 전보나 쳐주지….

영신, 눈물을 거두며,

T 그래 결혼생활이 재미가 좋아?

　　정옥, 영신의 머리를 가꾸어주며,

T 네!

　　영신, 편지를 가슴 위에 얹으며,

T 참 저…. 동혁 씨가 오거든 한곡리하구 청석골하구 합병도 못 해 보
　　구 나 먼저 간다구 그래주어.

　　정옥,

T 네! 염려 마세요.

　　영신, 편지를 다시 본 뒤에

T 우리의 깨끗한 사랑은 영원히 변하지 않을 테니까 나는 행복하다구
　　…

　　영신, 고민한다.

　　정옥, 구완해주며,

T 염려 마우 내가 다 전해 드릴께!

　　영신, 가만히 있다. 벽에 걸린 손풍금을 보며 [카메라 PAN 손풍금]

T 나 찬미(讚美)나 하나 불러주어!

　　정옥, 일어나 풍금을 떼어가지고 와 앉는다.

　　움직이는 풍금 (C·U)

　　노래하는 정옥 [화면에 W]

　　　날빛보다 더 밝은 천당

　　　믿는 것으로 더 멀리 뵈네

　　　있을 곳 예비하신 구주

　　　우리들을 기다리시네

듣는 영신, 눈은 천정 [W]

정옥 점점 눈에 눈물이 고인다. (흘러내리는 눈물)

영신 편지를 바싹 쥔다. (천천히 F·O)

S.#64 감옥 문전

(F·I) 감옥 담 옆을 걸어오는 동혁

(조그마한 보자기를 들었다)

사방을 몇 번 둘러본다. (角口) (눈이 부신 듯이)

기다리고 서 있는 건배 [차입소(差入所) 배경]

멀리 걸어오는 동혁

달려가는 건배

달려드는 건배와 동혁

서로 감격해 쳐다본다.

건배,

T 모든 것이 내 탓일세.

동혁, 머리를 흔든다.

T 아—니.

두 사람 걸어오며

동혁,

T 이렇게 나와 주니 고마우이… 헌데 어떻게 알고 왔나?

건배,

T 어저께 하두 궁금해서 자네 집을 갔었어. 집은 아무 연고 없네만 동
화는 만주로 뛰었다네.

동혁, 묵묵히 걸을 따름

건배, 다시 안 호주머니에서 전보를 꺼내며,

T 헌데 참 영신 씨가 대단히 위독하단 전보가 왔네.

깜짝 놀라는 동혁

전보를 받아본다.

전보 (C·U)

<영신 위급 급래!>

동혁, 멍—하니 바라본다.

동혁, 한 번 다시 전보를 보고 무슨 결심의 낯이 보인다.

(전보 C·U)에 [W]

동혁의 걸어가는 다리 [移動]

      전선

      도로

      나무와 구름 (PAN)

      걸어가는 다리

청석동이란 표가 쓰러져 있다.

그 옆을 지나가는 다리

고개를 넘어오는 동혁

그 집 문을 들어가는 동혁 [後姿]

방문을 열어보고 동혁

텅 빈 방

사방을 돌아다보다 급히 나온다.

학원을 향해오는 동혁 문춤 선다.

[학원 내에서 카메라]

깜짝 놀라 어쩔 줄을 모른다.

그의 눈에는 자기도 모르는 동안 눈물이 고인다.

(천지가 아득해진다) [카메라 W]

학원 문전에 세워놓은 표

『우리의 천사 고 채영신 양 영결식장』

[흐릿하게 ― 정확]

문전으로 맥없이 돌아가는 동혁 [카메라 背後]

다시 한 번 그 표를 보고는 문을 들어선다.

돌아다보는 사람들

묵묵히 모자를 벗고 서는 동혁

교단 위에 화환이 덮인 영구(靈柩) 그 위에 사진 (F·S)

정옥, 달려온다.

2인 발을 멈추고 서로 얼굴만 본다.

동혁의 시선 변하지 않는다.

정옥, 손으로 관을 가리키며,

T 우리 언니 저기 있어요.

동혁 기막히게 고개를 끄떡인다. [카메라 동혁 정면에서 移動]

동혁, 걸어온다.

여자들한테 싸여 눈물을 흘리는 주인마누라 (고개를 돌린다. 동혁
   쪽)

동혁 (C·U)

떨리는 얼굴

관을 보며 느끼기 시작한다.

눈물을 터진다. [관머리 보이도록 카메라 後退하자 관머리를 붙들고 쓰러져 통곡한다]

관머리에 얼굴을 비비며 (C·U)

T 영신 씨! 영신 씨! 내가 왔소. 여기 박동혁이가 왔소.

동혁, 눈물을 깨물며,

T 영신 씨 나는 여전히 꿋꿋하게 살아 있소이다. 내가 죽는 날까지 당신이 못다 하고 간 일을 두 몫을 하리다!

동혁, 고개를 든다. (동혁의 背後에서 영신의 사진) [사진까지 移動]

사진(C·U) [W]

미소하는 영신

[카메라 下向] 반가이 쳐다보는 동혁

사진(영신)

T 동혁 씨 같은 남자도 남에게 눈물을 뵈시나요?

[카메라 下向] 동혁의 얼굴

영신, 결연히,

T 고만 일어나세요! 낙심하지 마세요!

결심하며 일어나는 동혁

[동혁의 背後에서 영신의 사진]

학원 밖에 있는 종 (PAN)

그 아래서 요령 흔드는 사람

일어서 나가는 사람들

동혁, 한참 영신의 관을 보다 돌아서 손을 들며,

T 여러분!

전체 긴장

T 여러분! 이 채영신 양은 연약한 여자의 몸으로 우리 농촌의 계발과 무산아동의 교육을 위해서 너무나 과도히 일을 하다가 둘도 없는 생명까지 바쳤습니다.

감격하는 군중 (머리를 숙인 정옥을 중심으로)

동혁,

T 오늘 이 자리에 모인 여러분을 위해서 완전히 희생하였습니다.

동혁, 관을 에워싸고 흐느껴 우는 아이들을 가리키며,

T 지금 채 선생의 육체는 여러분의 앞을 떠나갑니다. 그러나 이 분이 끼쳐주신 위대한 정신은 저 아이들의 조고만 골수에도 박혔을 줄 압니다.

수건을 얼굴에 대고 우는 정옥으로부터 (PAN) 울고 섰는 전체

동혁, 한 걸음 더 그들 앞으로 다가서며,

T 여러분 조금도 설워하지 마십시요. 이 채 선생은 결단코 죽지 않았습니다. 그가 흘린 피는 벌써 여러분의 혈관 속에 섞였습니다.

주먹으로 제 가슴 한복판을 치며,

T 지금 이 사람의 가슴 속에도 그 뜨거운 피가 끓고 있습니다.

감격한 학부형들 한 곳으로 시선을 모으고 섰다. [W]

요령 흔드는 손 [W]

상여꾼들의 진행하는 다리 (멈췄다 갔다—)

진행하는 다리 화면에서 사라지자 (F·O)

(새벽)

(F·I) [서서히]

묘전(墓前)에 서 있는 동혁 [카메라 동혁 背後에서 청석동 전경]

눈감고 서 있는 동혁

동혁, 담장을 끼고 무덤 앞을 거닌다. [카메라 인물을 따라 PAN]

동혁, 문득 서서 하늘을 우러러 탄식

거니는 동혁의 다리 (O·L)

해변을 거닌다.

포옹하는 두 사람 (O·L)

동혁, 주저앉아 고민한다.

하늘, 황량한 산곡(山谷)의 경치

동혁, 무덤을 베개 삼고 허공을 바라본다.

[기계 上向] 하늘의 구름과 별, 뭉기어드는 흑운

노려보는 동혁

돌연 구름 속으로부터 [화면에 W] 번개같이 내려온다 (天啓와 같이)

T 과거를 돌아다보고 슬퍼하지 마라.

조금 움직이는 동혁

T 오직 현재를 믿고 나아가거라.

몸을 일으키는 동혁

(크게) 동혁의 머리 위로 [W]

T 억세게 사나이답게 미래를 맞으라.

동시에 벌떡 일어나 생각한다. (발굽질하다)

발을 한 번 구르고 걸어 내려오는 동혁 (O·L)

길을 걸어오는 동혁

흩어져 달리는 구름(화면 점점 밝아진다)

떠오르는 해

태양을 가슴에 받으며 넘어오는 동혁

명랑해지는 산천

걸어가는 동혁 [移動]

발을 멈춘다. (언덕 밑)

쳐다보는 동혁 (B·S) [카메라 上向]

고목에 섞인 상록수 아침 햇빛에 빛난다. (PAN)

쳐다보는 동혁

T 오오 상록수!

저어보는 동혁

T 기나긴 겨울 그 눈바람을 맞고도 너희들은 싱싱하구나. 저렇게 시푸
　르구나!

감격한 동혁, 새로이 흥분한다. [카메라 서서히 전진 移動]

바람에 흔들리는 상록수의 윗가지

구름

구름(F·O)

🙂 이 작품은 『심훈문학전집 (3)』(탐구당, 1966)의 pp.445~510 을 재수록한 것임. 원문에는 S
에 번호가 붙어있지 않으나 여기에서는 S.#로 표기하고 번호를 부여하였으며, 기호 등의
통일성을 꾀하였음.

SceNARIO

대경성광상곡(大京城狂想曲)

서론(緖論)

이 극(?)은 시나리오는 발성영화가 더 발달되어서 영사막에서는 무대 배우와 똑같은 극백(劇白)이 들리므로 자막이 소용없고 테크닉 컬러는 천연 그대로의 색채를 나타내며 입체촬영이 되어서 종래와 같이 흑백의 음영만이 평면적으로 움직이지 않을 뿐 아니라 카메라는 자유자재로 이 동을 하여서 물상(物象)을 포착할 수 있는 영화예술의 완성시대가 머지 않은 장래에 반드시 올 것을 상상하고 분방한 공상의 일단(一端)을 시험 삼아 그려본 것이다. 그러므로 이 소곡(小曲)은 일정한 스토리도 클라이 막스도 가지지 않았다.

　　　○

△…자정 밤중이다. 무섭도록 캄캄하다. 스크린도 한 이 분 동안이나 암흑 속에서 떨릴 뿐.

△…짙은 회색으로 찬찬히 밝아지면 수없이 피우다가 반 토막씩 꺼버 린 궐련초 꼭지가 꽂힌 재떨이, 침울한 방 윗목에 내어던져 산산 조각난 술병, 물주전자 등….

△…창밖에는 달도 별도 없는 하늘.

씽 씽 달리는 구름장 문풍지 우는 소리.

△…방 한구석에 흐트러진 신문 잡지, 쓰다가 꾸겨 던진 원고지— 거기에 봉발(蓬髮)을 틀어박고 눈은 다시 뜨지 않을 것처럼 감은 채 움직이지 않는 것은 어떤 젊은 사람의 얼굴이다.

△…무엇에 놀라듯 눈을 번쩍 뜨고 천정을 노린다. 거꾸로 매어달린 눈동자, 정기 없이 구르는 흰자위의 여백

△…텅 빈 천정 속에는 쥐란 놈이 이빨을 박—ㄱ 갈고 까만 고양이는 용마루를 타고 넘는다.

△…젊은 사람은 담배를 피워 물고 깊이 흡연을 했다가 긴 한숨과 함께 길게 내뿜는다.

△…천정으로 뭉게뭉게 서리어올라가는 담배연기가 금세로 군용비행기 꼬랑지에서 뿜어내는 청와사(靑瓦斯)로 변한다. 스크린 전폭(全幅)을 덮는 빽빽한 연기가 흐트러짐에 따라 그 밑으로 진흙 빛의 지구덩이가 핑글핑글 돌고 있다.

△…서반구—대서양—동반구—태평양—아세아 대륙— 여기 와서 지구는 자전을 그친다. 동반구 동북쪽에 매어달린 조그만 반도 커다란 버러지처럼 꿈틀거린다.

△…병든 누에와 같은 이 버러지가 박테리아가 번식하듯이 퍼져서 현미경 속으로 들여다보는 것처럼 수만 수천만 개로 분열하여 오물거린다.

😊 《중외일보》, 1928.10.29.(1회: 미완). [필자명은 '沈熏'. 1928년 10월 30일자에 "사정에 의하여 오늘부터 게재치 못하옵니다."라는 기사를 싣고 있음.]

1

부 록

1901년(1세) 9월 12일(양력 10월 23일) 현 서울 동작구 노량진과 흑석동 부
근(어릴 때 본적지는 경기도 시흥군 신북면 흑석리 176)에서 아버지
심상정(沈相珽)과 어머니 해평 윤씨(海平尹氏)의 3남 1녀 중 막내로
태어났다. 본명은 대섭(大燮)이며, 아명(兒名)은 '삼준', '삼보', 호(號)
는 소년 시절 '금강생', 중국 항주 유학시절의 '백랑(白浪)' 등이 있다.
'훈(熏)'이라는 이름은 1926년 ≪동아일보≫에 영화소설 「탈춤」을 연
재하면서 사용했다(이후 많은 글에서 필자명이 '沈薰'으로 기록된 경
우가 있는데 이는 편집자의 실수로 보인다).

심훈의 본관은 청송(靑松)으로 소현왕후를 배출한 명문가였다. 부
친은 당시 '신북면장'을 지냈으며, 충남 당진에서 추수를 해 올리는 3
백석 지주로서 넉넉한 살림이었다. 어머니 윤씨는 기억력이 탁월했으
며 글재주가 있었고 친척모임에는 그의 시조 읊기가 반드시 들어갔
을 정도였다고 한다. 4남매 가운데 맏형 우섭(友燮)은 ≪매일신보≫
에서 '심천풍(沈天風)'이란 필명으로 기자활동을 했으며 이광수 『무정』
(1917)에서 신우선의 모델로 알려져 있다. 누님 원섭(元燮)은 크리스
천이었다고 하며, 작은 형 설송(雪松) 명섭(明燮)은 기독교 목사로 활
동했으며 심훈의 미완 장편 『불사조』를 완성(『심훈전집 (6): 불사조』
(한성도서주식회사, 1952)한 것으로 알려져 있는데 한국전쟁 중에 납
북되었다.

1915년(15세) 교동보통학교를 거쳐 같은 해에 경성 제일고등보통학교(현 경
기고등학교)에 입학했다. 졸업 후의 지망은 의학교였으며, 당시 급우
(級友)로는 고종사촌인 동요 작가 윤극영, 교육가 조재호, 운동가 박

열과 박헌영 등이 있었다. 보통학교 재학 시 소격동 고모댁에서 기숙했으며, 고보에 입학하면서부터 노량진에서 기차로 통학하고 이듬해부터는 자전거로 통학했다.

1917년(17세) 3월에 왕족인 후작(侯爵) 이해승(李海昇)의 누이이며 2살 연상인 전주 이 씨와 결혼했다. 심훈의 부친과 이해승은 함께 자란 죽마지우라고 한다. 심훈은 나중에 집안 어른들을 설득하여 아내 전주 이 씨를 진명(進明)학교에 진학시키면서 '해영(海英)'이라는 이름을 지어주었다. 학교에서 일본인 수학선생과의 알력으로 시험 때 백지를 제출하여 과목낙제로 유급되었다.

1919년(19세) 경성보통고등학고 4학년 재학 시에 3·1운동에 가담하여 3월 5일에 별궁(현 덕수궁) 앞 해명여관 앞에서 일본 헌병대에 체포되었고 서대문형무소에 투옥되어 11월에 집행유예로 출옥했다. 이 사건으로 학교에서 퇴학을 당했다. 서대문형무소에서 목사, 학생, 천도교 서울 대교구장 장기렴 등 9명과 함께 지냈는데, 이때 장기렴의 옥사를 둘러싼 경험을 반영하여 「찬미가에 싸인 원혼」(≪신청년≫, 1920.08)이라는 소설을 창작했다. 그리고 옥중에서 몰래 「감옥에서 어머님께 올린 글월」의 일부를 써서 어머니에게 보냈다고 한다. 당시 학적부 성적 사항은 수신, 국어(일본어), 조어(조선어), 한문, 창가, 음악, 체조 등이 평균점보다 상위를, 수학·이과(理科) 등에서 평균점보다 하위를 차지하고 있다.

1920년(20세) 흑석동 집과 가회동 장형 우섭의 집에 머물면서 문학수업을 하는 한편, 선배 이희승으로부터 한글 맞춤법에 대해 배웠다. 이 해의 1월부터 4월까지의 일기가 ≪사상계≫(1963.12)에 공개된 바 있으며, 이후 『심훈문학전집(3)』(탐구당, 1966)에 수록되었다. 그해 겨울 일본 유학을 바랐으나 집안의 반대로 중국으로 갔고 거기서 미국이나 프랑스로 연극 공부를 하고자 희망했다.

1921년(21세) 북경에서 상해, 남경 등을 거쳐 항주 지강(之江)대학에 입학하여 수학하였으나 졸업은 하지 못했다. 이 시기 석오(石吾) 이동녕, 성제(省齊) 이시영, 단재(丹齋) 신채호 등과의 교류를 통해 많은 감화를 받았으며, 일파(一派) 엄항섭(嚴恒燮), 추정(秋汀) 염온동(廉溫東), 유우상(劉禹相), 정진국(鄭鎭國) 등의 임시정부의 청년들과 교류하였다. (이 당시의 경험을 소재로 하여 장편『동방의 애인』과『불사조』를 창작함)

1922년(22세) 9월 이적효, 이호, 김홍파, 김두수, 최승일, 김영팔, 송영 등과 함께 '염군사(焰群社)'를 조직하였다.(이듬해에 귀국한 심훈이 염군사의 조직단계에서부터 동참을 한 것인지 귀국 후 가입한 것인지 불분명함)

1923년(23세) 중국에서 귀국. 귀국 후 최승일 등과 '극문회(劇文會)'를 조직하였으며, 조직구성원으로 고한승, 최승일, 김영팔, 안석주, 화가 이승만 등이 있었다.

1924년(24세) 부인 이해영과 이혼했다. 《동아일보》 학예부 기자로 입사하였고 당시 이 신문에 연재되고 있던 번안소설『미인의 한』의 후반부를 이어서 번안한 것으로 알려져 있다. 그리고 윤극영이 운영하는 소녀합창단 '따리아회' 후원회원으로 활동하면서 신문에 합창단을 홍보하는 활동을 하였다. 이 시기 후에 둘째 부인이 되는, 당시 12세의 따리아회원이었던 안정옥(安貞玉)을 만났다.

1925년(25세) 정확한 시기는 확인할 수 없으나 《동아일보》 학예부에서 사회부로 옮긴 심훈은 5월 22일 이른바 '철필구락부 사건'으로 24일 김동환·임원근·유완희·안석주 등과 함께 해임되었다. 그리고 조선프롤레타리아예술동맹(KAPF)에 가담하였다. 그리고 조일제가 번안한『장한몽』을 영화화할 때 이수일 역의 후반부를 대역(代役)했다고 한다.

1926년(26세) 근육염으로 8개월간 대학병원에서 병상생활을 했다. 8월에 문
　　　　단과 극단의 관계자들인 김영팔·이경손·고한승·최승일 등과 함께
　　　　라디오방송에 적합한 각본 연구 활동을 위하여 '라디오드라마 연구
　　　　회'를 조직하여 이듬해까지 활발하게 활동하였다. 11월부터 ≪동아일
　　　　보≫에 필명 '沈熏'으로 영화소설 「탈춤」을 연재하였으며 이듬해 영
　　　　화화를 위해 윤석중이 각색까지 마쳤으나 영화화되지는 못했다.

1927년(27세) 2월 중순 영화공부를 위해 도일(渡日)하여 경도(京都)의 '일활
　　　　(日活)촬영소'에서 무라타(村田實) 감독의 지도를 받으며 같은 회사의
　　　　영화 <춘희>에 엑스트라로 출현했다. 5월 8일에 귀국(≪조선일보≫,
　　　　1927.05.13.기사)하고 7월에 연구와 합평 목적으로 이구영·안종화·
　　　　나운규·최승일·김영팔·김기진·이익상 등과 함께 '영화인회'를
　　　　창립하고 간사를 맡았다. '계림영화협회 제3회 작품'으로 심훈(원작·
　　　　감독)이 7월말부터 10월초까지 촬영한 영화 <먼동이 틀 때>를 10
　　　　월 26일 단성사에서 개봉했다.

1928년(28세) ≪조선일보≫ 기자로 입사하였다. 영화 <먼동이 틀 때>에 대
　　　　한 한설야의 비판에 장문의 「우리 민중은 어떤 영화를 요구하는가」
　　　　로 반론을 펼치는 등 영화예술 논쟁을 벌였다. 11월 찬영회 주최 '영
　　　　화감상강연회'에서 「영화의 사회적 의의」로 강연하기도 했으며 미완
　　　　에 그쳤지만 시나리오 <대경성광상곡>, 소년영화소설 「기남의 모험」
　　　　등을 연재하는 등 영화예술 활동에 적극적이었다. 1926년 12월 24일
　　　　개최된 카프 임시 총회 명부에 심훈의 이름이 보이지 않는 것으로 미
　　　　루어 이 시기 이전에 카프를 탈퇴했거나 거리를 둔 것으로 보인다.

1929년(29세) 이 시기 스무 편 가까운 시를 썼다.

1930년(30세) 10월부터 소설 『동방의 애인』을 ≪조선일보≫에 연재하지만
　　　　불온하다는 이유로 검열에 걸려 2개월 만에 중단되었다. 12월 24일
　　　　안정옥과 재혼하였다.

1931년(31세) ≪조선일보≫를 퇴직하고 경성방송국 조선어 아나운서 모집에
　　　　　1위로 합격 문예담당으로 입국(入局)하였다. 거기서 문예물 낭독 등
　　　　　을 맡아하다가 '황태자 폐하' 등을 발음할 때 아니꼽고 역겨워 우물쭈
　　　　　물 넘기곤 해서 3개월 만에 추방되었다. 8월부터 『불사조』를 ≪조선
　　　　　일보≫에 연재하지만 검열에 걸려 중단되었다.

1932년(32세) 4월에 평동(平洞) 집에서 장남 재건(在健)을 낳았다. 경제생활
　　　　　의 불안정으로 전 해에 낙향한 부모와 장조카인 심재영이 살고 있는
　　　　　충남 당진군 송악면 부곡리로 내려가서 본가의 사랑채에서 1년 반
　　　　　동안 머물렀다. 9월에 『심훈 시가집』을 출판하려 했으나 검열에 걸려
　　　　　무산되었다.

1933년(33세) 5월에 당진 본가에서 『영원의 미소』 탈고하고 7월부터 ≪조선
　　　　　중앙일보≫에 연재했으며, 8월에 여운형이 사장인 ≪조선중앙일보≫
　　　　　학예부장으로 부임했다. 같은 신문사 자매지인 ≪중앙≫(11월) 창간
　　　　　의 편집에 간여했다.

1934년(34세) 1월 ≪조선중앙일보≫ 학예부장을 그만두었으며, 장편 『직녀성』
　　　　　을 ≪조선중앙일보≫에 3월부터 이듬해 2월까지 연재하였다. 그 원
　　　　　고료로 4월초 '필경사(筆耕舍)'라는 집을 직접 설계하여 짓고 본가에
　　　　　서 나갔다. '필경사'에서 차남 재광(在光)을 낳았고, 이 시기 장조카
　　　　　심재영을 중심으로 한 부곡리의 '공동경작회' 회원과 어울려 지냈다.

1935년(35세) 1월에 『영원의 미소』(한성도서주식회사) 단행본을 간행하였으
　　　　　며, ≪동아일보≫ 창간 15주년 특별 공모에 6월에 탈고한 『상록수』
　　　　　를 응모하여 8월에 당선되었다. 이 작품은 ≪동아일보≫에 9월부터
　　　　　이듬해 2월까지 연재되었다. 상금으로 받은 500원 가운데 100원을
　　　　　'상록학원' 설립에 기부하였다.

1936년(36세) 『상록수』를 영화화할 준비를 거의 마쳤으나 일제의 방해로 실
　　　　　현되지 못했다. 4월에 3남 재호(在昊)를 낳았다. 4월부터 펄벅의 『대

지』를 ≪사해공론≫에 번역 연재하기 시작했다. 8월에 베를린 올림픽 마라톤 우승 소식을 듣고 신문 호외 뒷면에 즉흥시 「오오, 조선의 남아여—마라톤에 우승한 손·남 양 군에게」를 썼다. 『상록수』를 출판하는 일로 상경하여 한성도서주식회사 2층에서 기거하다가 장티푸스에 걸려 9월 16일 경성제국대학병원에서 별세했다.

심재호가 작성한 『심훈문학전집(3)』(탐구당, 1966)의 '작가 연보', 이어령의 『한국작가전기연구(上)』(동화출판공사, 1975)의 '심훈' 부분, 신경림의 『심훈의 문학과 생애: 그날이 오면, 그날이 오며는』(지문사, 1982)의 '심훈의 연보' 그리고 『탄생 100주년 문학인 기념문학제 2001』(대산재단/민족문학작가회의)에 문영진이 작성한 '심훈—작가 연보' 등을 참고하여 편자가 수정—보완하였음.

1. 시

『심훈 시가집』(1932) 수록 작품			
제목	발표매체	발표시기	비고(창작일)
밤—서시	—	—	1923.겨울.
봄의 서곡	—	—	1931.02.23.
피리	—	—	1929.04.
봄비	조선일보	1928.04.24.	1924.04.
영춘삼수(咏春三首)	조선일보	1929.04.20	1929.04.18.
거리의 봄	조선일보	1929.04.23.	1929.04.19.
나의 강산이여	삼천리	1929.07.	1926.05.
어린이날	조선일보	1929.05.07.	1929.05.05.
그날이 오면	-	-	1930.03.01.
도라가지이다	신문예	1924.03.	1922.02.
필경(筆耕)	철필	1930.07.	1930.07.
명사십리	신여성	1933.08.	1932.08.19.
해당화	신여성	1933.08.	1932.08.19.
송도원(松濤園)	신여성	1933.08.	1932.08.02
총석정(叢石亭)	신여성	1933.08.	1933.08.10.
통곡 속에서	시대일보	1926.05.16.	1926.04.29.
생명의 한 토막	중앙	1933.11.	1932.10.08.
너에게 무엇을 주랴	—	—	1927.03.
박군(朴君)의 얼굴	조선일보	1927.12.02.	1927.12.02.
조선은 술을 먹인다.	—	—	1929.12.10.

독백(獨白)	—	—	1929.06.13.
조선의 자매여	동아일보	1932.04.12	1931.04.09.
짝 잃은 기러기	조선일보	1928.11.11.	1926.02.
고독	조선일보	1929.10.15.	1929.10.10.
한강의 달밤	—	—	1930.08.
풀밭에 누어서	—	—	1930.09.18.
가배절(嘉俳節)	조선일보	1929.09.18.	1929.09.17.
내 고향	신가정	1933.03	1932.10.06.
추야장(秋夜長)	—	—	1932.10.09.
소야악(小夜樂)	—	—	1930.09.
첫눈	—	—	1930.11.
눈 밤	신문예	1924.04.	1929.12.23.
패성(浿城)의 가인(佳人)	중앙	1934.01.	1925.02.14.
동우(冬雨)	조선일보	1929.12.17.	1929.12.14.
선생님 생각	조선일보	1930.01.07.	1930.01.05.
태양의 임종	중외일보	1928.10.26~29.	1928.10.
광란의 꿈	—	—	1923.10.
마음의 낙인	대중공론	1930.06.	1930.05.24.
토막생각―생활시	동방평론	1932.05	1932.04.24.
어린 것에게	—	—	1932.09.04.
R씨(氏)의 초상	—	—	1932.09.05.
만가(輓歌)	계명	1926.11.	1926.08.
곡(哭) 서해(曙海)	매일신보	1931.07.13.	1932.07.10.
잘 있거라 나의 서울이여	중외일보	1927.03.06	1927.02.
현해탄(玄海灘)	—	—	1926.02.
무장야(武藏野)에서	—	—	1927.02.
북경(北京)의 걸인	—	—	1919.12.
고루(鼓樓)의 삼경(三更)	—	—	1919.12.19.

심야과황하(深夜過黃河)	—	—	1920.02.
상해(上海)의 밤	—	—	1920.11.
평호추월(平湖秋月)	삼천리	1931.06.	
삼담인월(三潭印月)	—	—	
채련곡(採蓮曲)	삼천리	1931.06.	
소제춘효(蘇堤春曉)	삼천리	1931.06.	
남병만종(南屏晚鐘)	삼천리	1931.06.	
누외루(樓外樓)	삼천리	1931.06.	
방학정(放鶴亭)	—	—	
악왕분(岳王墳)	삼천리	1931.06.	
고려사(高麗寺)	—	—	
항성(杭城)의 밤	삼천리	1931.06.	
전당강반(錢塘江畔)에서	삼천리	1931.06.	
목동(牧童)	삼천리	1931.06.	
칠현금(七絃琴)	삼천리	1931.06.	

『심훈 시가집』(1932) 미수록 작품			
제목	발표매체	발표시기	비고(창작일)
새벽빛	근화	1920.06.	
노동의 노래	공제	1920.10.	
나의 가장 친한 유형식 군을 보고	동아일보	1921.07.30.	
야시(夜市)	계명	1926.11.	1925.07.
일 년 후	계명	1926.11.	
밤거리에 서서	조선일보	1929.01.23.	
산에 오르라	학생	1929.08.	1929.07.01.
제야(除夜)	중외일보	1928.01.07.	1927.12.31.
춘영집(春詠集)	조선일보	1928.04.08.	
가을의 노래	조선일보	1928.09.25	
비 오는 밤	새벗	1928.12.	
원단잡음(元旦雜吟)	조선일보	1929.01.02.	1929.01.01.
저음수행(低吟數行)	조선일보	1929.04.20.	1929.04.18.
야구	조선일보	1929.06.13.	1929.06.10.
가을	조선일보	1929.08.28.	1929.08.27.
서울의 야경	—	—	1929.12.10.
3행일지	신소설	1930.01.	
농촌의 봄	중앙	1933.04.	1933.04.08.
봄의 마음	조선일보	1930.04.23.	1930.04.20.
'웅'의 무덤에서	—	—	1932.03.06.
근음삼수(近吟三首)	조선중앙일보	1934.11.02.	12.11

漢詩	시해공론	1936.05.	
오오 조선의 남아여!(마라톤에 우승한 孫 南 兩君에게)	조선중앙일보	1936.08.11.	1936.08.10.
전당강 위의 봄 밤	심훈문학전집3	탐구당, 1966	04.08.
겨울밤에 내리는 비	심훈문학전집3	탐구당, 1966	01.05.
기적	심훈문학전집3	탐구당, 1966	02.16
뻐꾹새가 운다	심훈문학전집3	탐구당, 1966	05.05.

373

2. 소설 및 시나리오

제목	발표매체	발표시기
찬미가에 싸인 원혼	신청년	1920.08.
기남(奇男)의 모험 [소년영화소설]	새벗	1928.11.
여우목도리	동아일보	1936.01.25.
황공(黃公)의 최후	신동아	1936.01.
탈춤 [영화소설]	동아일보	1926.11.09~12.16.
대경성광상곡 [시나리오]	중외일보	1928.10.29~30.
5월 비상(飛霜) [掌篇小說]	조선일보	1929.03.20~21.
동방의 애인	조선일보	1930.10.21~12.10.
불사조	조선일보	1931.08.16~ 1932.02.29.
피안기영(怪眼奇影) [번안]	조선일보	1933.03.01~03.03
영원의 미소	조선중앙일보	1933.07.10~ 1934.01.10.
직녀성	조선중앙일보	1934.03.24~ 1935.02.26.
상록수	동아일보	1935.09.10~ 1936.02.15.
대지 [번역]	사해공론	1936.04~09.

3. 영화평론

제목	발표매체	발표시기
매력 있는 작품: 영화 〈발명영관(發明榮冠)〉 평	시대일보	1926.05.23.
영화계의 일년: 조선영화를 중심으로	중외일보	1927.01.04~10
조선영화계의 현재와 장래	조선일보	1928.01.01~?
〈최후의 인〉 내용 가치	조선일보	1928.01.14~17
영화비평에 대하여	별건곤	1928.02.
영화독어(獨語)	조선일보	1928.04.18~24.
아직 숨겨가진 자랑 갓 자라나는 조선영화계 (여명기의 방화)	별건곤	1928.05.
아동극과 소년 영화: 어린이의 예술교육은 어떤 방법으로 할까	조선일보	1928.05.06~05.09.
〈서커스〉에 나타난 채플린의 인생관	중외일보	1928.05.29~30.
우리 민중은 어떤 영화를 요구하는가ㅡ를 논하여 '만년설 군'에게	중외일보	1928.07.11~07.27.
관중의 한 사람으로: 흥행업자에게	조선일보	1928.11.17.
관중의 한 사람으로: 해설자 제군에게	조선일보	1928.11.18.
관중의 한 사람으로: 영화계에 제의함	조선일보	1928.11.20.
〈암흑의 거리〉와 밴크로프의 연기	조선일보	1928.11.27.
조선 영화 총관	조선일보	1929.01.01~?
발성영화론	조선지광	1929.01.
영화화한 〈약혼〉을 보고	중외일보	1929.02.22.
젊은 여자들과 활동사진의 영향	조선일보	1929.04.05
프리츠 랑의 역작 〈메트로폴리스〉	조선일보	1929.04.30.

문예작품의 영화화 문제	문예공론	1929.01.
내가 좋아하는 작품, 작가, 영화, 배우	문예공론	1929.01.
백설같이 순결한 〈거리의 천사〉	조선일보	1929.06.14.
성숙의 가을과 조선의 영화계	조선일보	1929.09.08.
영화 단편어(斷片語)	신소설	1929.12
소비에트 영화, 〈산송장〉 시사평	조선일보	1930.02.14.
영화평을 문제 삼은 효성(曉星) 군에게 일언함	동아일보	1930.03.18.
상해 영화인의 〈양자강〉 인상기	조선일보	1931.05.05.
조선 영화인 언파레드	동광	1931.07
1932년의 조선 영화—시원치 않은 예상기	문예월간	1932.01
연예계 산보: 「홍염(紅焰)」 영화화 기타	동광	1932.10
영화가 산보: 연예에 관한 수상(隨想) 수제(數題)	중앙	1933.11
영화소개: 〈영원의 미소〉	조선중앙일보	1933.12.22
민중교화에 위대한 임무와 연극과 영화사업을 하라	조선일보	1934.05.30~31
다시금 본질을 구명하고 영화의 상도에로: 단편적인 우감수제(偶感數題)	조선일보	1935.07.13~17
영화평: 박기채 씨 제1회 작품 〈춘풍〉을 보고서	조선일보	1935.12.07.
조선서 토키는 시기상조다.	조선영화	1936.11.
〈먼동이 틀 때〉의 회고 [遺稿]	조선영화	1936.11.
10년 후의 영화계	영화시대	1947.05.

4. 문학 및 기타 평론

제목	발표매체	발표시기
『무정』, 『재생』, 『환희』, 「탈춤」 기타	별건곤	1927.01.
프로문학에 직언 1,2,3	동아일보	1932.1.15~16.
『불사조』의 모델	신여성	1932.04.
모윤숙 양의 시집 『빛나는 地域』 독후감	소선중앙일보	1933.10.16.
무딘 연장과 녹이 슬은 무기 —언어와 문장에 관한 우감	동아일보	1934.6.15.
삼위일체를 주장: 조선문학의 주류론	삼천리	1935.10.
진정한 독자의 소리가 듣고 싶다 —『상록수』의 작자로서	삼천리	1935.11.
경성보육학교의 아동극 공연을 보고	조선일보	1927.12.16~18.
입센의 문제극	조선일보	1928.03.20~21.
토월회(土月會)에 일언함	조선일보	1929.11.05~06.
극예술연구회 제5회 공연관극기	조선중앙일보	1933.12.02~07.
총독부 제9회 미전화랑(美展畵廊)에서	신민	1929.08.
새로운 무용의 길로: 배구자(裵龜子)의 1회 공연을 보고	조선일보	1929.09.22~25.

5. 수필 및 기타

제목	발표매체	발표시기
편상(片想): 결혼의 예술화	동아일보	1925.01.26.
몽유병자의 일기	문예시대	1927.01.
남가일몽(南柯一夢)	별건곤	1927.08.
춘소산필(春宵散筆)	조선일보	1928.03.14~15.
하야단상(夏夜短想)	중외일보	1928.6.28~29.
수상록	조선일보	1929.04.28.
연애와 결혼의 측면관	삼천리	1929.12.
괴기비밀결사 상해 청홍방(靑紅幇)	삼천리	1930.01.
새해의 선언	조선일보	1930.01.03.
현대 미인관: 미인의 절종(絶種)	삼천리	1930.04.
도망을 하지 말고 사실주의로 나가라(기사)	조선일보	1931.01.28
신랑신부의 신혼공동일기	삼천리	1931.02.
재옥중(在獄中) 성욕문제: 원시적 본능과 청년수(靑年囚)	삼천리	1931.03
천하의 절승: 소항주유기(蘇杭州遊記)	삼천리	1931.06.01.
경도(京都)의 일활촬영소(日活撮影所)	신동아	1933.05.
문인서한집: 심훈 씨로부터 안석주(安碩柱) 씨에게	삼천리	1933.03.
낙화	신가정	1933.06.
나의 아호(雅號)─나의 이명(異名)	동아일보	1934.04.06
산도, 강도 바다도 다	신동아	1934.07.

7월의 바다에서	조선중앙일보	1934.07.16~18.
필경사잡기: 최근의 심경을 적어서 —K군에게	개벽	1935.01.
여우목도리	동아일보	1936.01.25.
문인끽연실	중앙	1936.02
필경사잡기	동아일보	1936.03.12~18.
무전여행기: 북경에서 상해까지	심훈문학전집3	탐구당, 1966.
독서욕(讀書慾)	심훈문학전집3	탐구당, 1966.
1920년 일기	심훈문학전집3	탐구당, 1966.
서간문	심훈문학전집3	탐구당, 1966.

1. 작품집

『영원의 미소』, 한성도서주식회사, 1935.

『상록수』, 한성도서주식회사, 1936.

『직녀성 (상), (하)』, 한성도서주식회사, 1937.

『상록수』, 한성도서주식회사, 1948.

『영원의 미소 (상), (하)』, 한성도서주식회사, 1949.

『직녀성 (상), (하)』, 한성도서주식회사, 1949.

『심훈전집 (1): 상록수』, 한성도서주식회사, 1953.

『심훈전집 (2): 영원의 미소 (상)』, 한성도서주식회사, 1953.

『심훈전집 (3): 영원의 미소 (하)』, 한성도서주식회사, 1953.

『심훈전집 (4): 직녀성 (상)』, 한성도서주식회사, 1953.

『심훈전집 (5): 직녀성 (하)』, 한성도서주식회사, 1953.

『심훈전집 (6): 불사조』, 한성도서주식회사, 1953.

『심훈전집 (7): (시가 수필) 그날이 오면』, 한성도서주식회사, 1953.

『심훈문학전집 (1~3)』, 탐구당, 1966.

신경림 편저, 『그날이 오면, 그날이 오며는: 심훈의 생애와 문학』, 지문사, 1982.

백승구 편저, 『심훈의 재발견』, 미문출판사, 1985.

정종진 편, 『그날이 오면 (외)』, 범우사, 2005.

심재호, 『심훈을 찾아서』, 문화의 힘, 2016.

2. 평론 및 연구논문

1) 작가론

서광제·최영수·김억·김태오·이기영·김유영·이태준·엄흥섭, 「애도 심훈」, 《사해공론》, 1936.10.

김문집, 「심훈 통야현장(通夜現場)에서의 수기」, 《사해공론》, 1936.10.

이석훈, 「잊히지 않는 문인들」, 《삼천리》, 1949.12.

최영수, 「고사우(故思友): 심훈과 『상록수』」, 《국도신문》, 1949.11.12.

윤병로, 「심훈과 그의 문학」, 성균관대 『성균』16, 1962.10.

윤석중, 「고향에서의 객사: 심훈」, 《사상계》128, 1963.12.

이희승, 「심훈의 일기에 부치는 글」, 《사상계》128, 1963.12.

심재화, 「심훈론」, 중앙대, 『어문논집』4, 1966.

유병석, 「심훈의 생애 연구」, 『국어교육』14, 1968.

이어령, 「심훈」, 『한국작가전기연구 (上)』, 동화출판공사, 1975.

윤병로, 「심훈론: 계몽의 선각자」, 『현대작가론』, 이우출판사, 1978.

유병석, 「심훈론」, 서정주 외, 『현대작가론』, 형설출판사, 1979.

백남상, 「심훈 연구」, 중앙대 『어문논집』15, 1980.

류양선, 「심훈론: 작가의식의 성장과정을 중심으로」, 『관악어문연구』5, 1980.

한점돌, 「심훈의 시와 소설을 통해 본 작가의식의 변모과정」, 『국어교육』41, 1982.

유병석, 「심훈의 작품세계」, 전광용 외, 『한국현대소설사연구』, 민음사, 1984.

노재찬, 「심훈의 <그날이 오면>」, 부산대 『교사교육연구』11, 1985.

전영태, 「진보주의적 정열과 계몽주의적 이성: 심훈론」, 김용성·우한용, 『한국근대작가연구』, 삼지원, 1985.

최원식, 「심훈 연구 서설」, 김학성·최원식 외, 『한국근대문학사의 쟁점』, 창작과비평사, 1990.

임헌영, 「심훈의 인간과 문학」, 『한국문학전집』, 삼성당, 1994.

강진호, 「『상록수』의 산실, 필경사」, 『한국문학, 그 현장을 찾아서』, 계몽사, 1997.

윤병로, 「식민지 현실과 자유주의자의 만남: 심훈론」, 《동양문학》2, 1998.08.

류양선, 「광복을 선취한 늘푸른 빛: 심훈의 생애와 문학 재조명」, 《문학사상》30(9), 2001.09.

한기형, 「습작기(1919~1920)의 심훈」, 『민족문학사연구』22, 2003.

정종진, 「'그 날'을 위한 비분강개」, 정종진 편, 『그날이 오면(외)』, 범우사, 2005.

주 인, 「'심훈' 문학연구 방법에 대한 서설」, 중앙대 『어문논집』34, 2006.

한기형, 「'백랑(白浪)'의 잠행 혹은 만유: 중국에서의 심훈」, 『민족문학사연구』35, 2007.
권영민, 「심훈 시집 『그날이 오면』의 친필 원고들」, 『권영민의 문학콘서트』, 2013.03.19.
(http://muncon.net)
권보드래, 「심훈의 시와 희곡, 그 밖에 극(劇)과 아동문학 자료」, 『근대서지』10, 2014.
하상일, 「심훈과 중국」, 『비평문학』(55), 2015.
박정희, 「심훈 문학과 3·1운동의 '기억학'」, 명지대 『인문과학연구논총』37(1), 2016.

2) 시

M. C. Bowra, 「한국 저항시의 특성: 슈타이너와 심훈」, 《문학사상》, 1972.10.
김윤식, 「박두진과 심훈: 황홀경의 환각에 관하여」, 《시문학》, 1983.08.
김이상, 「심훈 시의 연구」, 『어문학교육』7, 1984.
노재찬, 「심훈의 「그날이 오면」, 이 시에 충만한 항일민족정신의 소유 攷」, 『부산대 사대 논문집』, 1985.12.
김재홍, 「심훈: 저항의식과 예언자적 지성」, 《소설문학》, 1986.08.
김동수, 「일제침략기 항일 민족시가 연구」, 원광대 『한국학연구』2, 1987.
진영일, 「심훈 시 연구(1)」, 동국대 『동국어문논집』3, 1989.
김형필, 「식민지 시대의 시정신 연구: 심훈」, 한국외국어대 『논문집』24, 1991.
이 탄, 「조명희와 심훈」, 《현대시학》276, 1992.03.
김 선, 「객혈처럼 쏟아낸 저항의 노래: 심훈의 작가적 모랄과 고뇌에 관하여」, 《문예운 동》, 1992.08.
조두섭, 「심훈 시의 다성성 의미」, 대구대 『외국어교육연구』, 1994.
박경수, 「현대시에 나타난 현해탄체험의 형상화 양상과 의미」, 『한국문학논총』48, 2008.
김경복, 「한국현대시에 나타난 관부연락선의 의미」, 경성대 『인문학논총』13(1), 2008.
윤기미, 「심훈의 중국생활과 시세계」, 『한중인문학연구』28, 2009.
신웅순, 「심훈 시조고(考)」, 『한국문예비평연구』36, 2011.
장인수, 「제국의 절취된 공공성: 베를린올림픽 행사 '시'와 일장기 말소사건」, 『반교어문 연구』40, 2015.
하상일, 「심훈의 중국체류기 시 연구」, 『한민족문화연구』51, 2015.

3) 소설

정래동, 「三大新聞 長篇小說評」, 《개벽》, 1935.03.
홍기문, 「故 심훈씨의 유작 '직녀성'을 읽고」, 《조선일보》, 1937.10.10.
김 현, 「위선과 패배의 인간상: 『흙』과 『상록수』를 중심으로」, 《세대》, 1964.10.

유병석, 「심훈의 생애 연구」, 『국어교육』14, 1968.

홍효민, 「『상록수』와 심훈과」, 《현대문학》, 1968.01.

천승준, 「심훈 작품해설」, 『한국대표문학전집6』, 삼중당, 1971.

홍이섭, 「30년대 초의 심훈문학:『상록수』를 중심으로」, 《창작과비평》, 1972.가을.

정한숙, 「농민소설의 변용과정: 춘원·심훈·무영·영준의 작품을 중심으로」, 고려대『아세아연구』15(4), 1972.

신경림, 「농촌현실과 농민문학」, 《창작과비평》, 1972.여름.

김우종, 「심훈편」, 『신한국문학전집9』, 어문각, 1976.

이국원, 「농민문학의 전개과정: 농민문학의 새로운 방향을 위하여」, 서울대『선청어문』7, 1976.

이두성, 「심훈의 『상록수』를 중심으로 한 계몽주의문학 연구」, 명지대『명지어문학』9, 1977.

조진기, 「농촌소설과 귀종의 지식인」, 영남대『국어국문학연구』, 1978.

최홍규, 「30년대 정신사의 한 불꽃: 심훈의 작품세계」, 『한국문학대전집7』, 태극출판사, 1979.

백남상, 「심훈 연구」, 중앙대『어문논집』, 1980.

송백헌, 「심훈의 『상록수』: 희생양의 이미지」, 《심상》, 1981.07.

전광용, 「『상록수』고」, 『한국근대문학사론』, 한길사, 1982.

김붕구, 「심훈: '인텔리 노동인간'의 농민운동」, 『작가와 사회』, 일조각, 1982.

김현자, 「『상록수』고」, 서울여대『태릉어문연구』2, 1983.

오양호, 「『상록수』에 나타난 계몽의식의 성격고찰」, 『한민족어문학』10, 1983.

이인복, 「심훈과 기독교 사상─『상록수』를 중심으로」, 《월간문학》, 1985.07.

송백헌, 「심훈의 『상록수』」, 충남대『언어·문학연구』5, 1985.

최희연, 「심훈의 『직녀성』에서의 인물의 전형성과 역사적 전망의 문제」, 『연세어문학』21, 1988.

구수경, 「심훈의 『상록수』고」, 충남대『어문연구』19, 1989.

조남현, 「심훈의 『직녀성』에 보인 갈등상」, 『한국소설과 갈등상』, 문학과비평사, 1990.

김영선, 「심훈 장편소설 연구」, 대구교대『국어교육논지』16, 1990.

신헌재, 「1930년대 로망스의 소설 기법」, 구인환 외, 『한국현대장편소설연구』, 삼지원, 1990.

윤병로, 「심훈의 『상록수』론」, 《동양문학》39, 1991.

유문선, 「나로드니키의 로망스: 심훈의 『상록수』에 대하여」, 《문학정신》58, 1991.

김윤식, 「상록수를 위한 5개의 주석」, 『환각을 찾아서』, 세계사, 1992.

송지현, 「심훈 『직녀성』고: 그 드라마적 특성을 중심으로」, 『한국언어문학』31, 1993.

오현주, 「심훈의 리얼리즘 문학 연구:『직녀성』과 『상록수』를 중심으로」, 한국문학연구회

편, 『1930년대 문학연구』, 평민사, 1993.

오현주, 「심훈의 리얼리즘문학 연구」, 『현대문학의 연구』4, 1993.

류양선, 「『상록수』론」, 『한국문학과 리얼리즘』, 한양출판, 1995.

류양선, 「좌우익 한계 넘은 독자의 농민문학: 심훈의 삶과 『상록수』의 의미망」, 『상록수·휴화산』, 동아출판사, 1995.

김구중, 「『상록수』의 배경연구」, 『한국언어문학』42, 1995.

조남현, 「『상록수』 연구」, 조남현 편, 『상록수』, 서울대출판부, 1996.

윤병로, 「심훈의 『상록수』」, 《한국인》16(6), 1997.

곽 근, 「한국 항일문학 연구: 심훈 소설을 중심으로」, 동국대 『동국어문논집』7, 1997.

민현기, 「심훈의 『동방의 애인』」, 『한국현대소설연구』, 계명대출판부, 1998.

장윤영, 「심훈의 『영원의 미소』 연구」, 상명대, 『상명논집』5, 1998.

김구중, 「『상록수』, 허구/역사가 교접하는 서사의 자아 변화 연구」, 『한국문학이론과 비평』6, 1999.

신춘자, 「심훈의 기독교소설 연구」, 『한몽경제연구』4, 1999.

심진경, 「여성 성장 소설의 플롯: 심훈의 『직녀성』」, 『현대소설 플롯의 시학』, 태학사, 1999.

임영천, 「근대한국문학과 심훈의 농촌소설: 『상록수』 기독교소설적 특성을 중심으로」, 채수영 외, 『탄생 100주년 한국작가 재조명』, 국학자료원, 2001.

박소은, 「새로운 여성상과 사랑의 이념: 심훈의 『직녀성』」, 동국대 『한국문학연구』24, 2001.

진선정, 「『상록수』에 나타난 여성인식 양상」, 『한남어문학』25, 2001.

채상우, 「청춘과 연애, 그리고 결백의 수사학」, 동국대 한국학연구소 엮음, 『한국문학과 근대의식』, 이회, 2001.

이상경, 「근대소설과 구여성」, 『민족문학사연구』19, 2001.

김윤식, 「문화계몽주의의 유형과 그 성격: 『상록수』의 문제점」, 1993. 경원대 편, 『언어와 문학』 역락, 2001.

박상준, 「현실성과 소설의 양상: 박종화, 심훈, 최서해의 1930년대 장편소설을 중심으로」, 《작가》, 2001.

최원식, 「서구 근대소설 대 동아시아 서사: 심훈 『직녀성』의 계보」, 성균관대 『대동문화연구』40, 2002.

임영천, 「심훈 『상록수』 연구: 『여자의 일생』과의 대비적 고찰을 겸하여」, 『한국문예비평연구』11, 2002.

문광영, 「심훈의 장편 『직녀성』의 소설기법」, 인천교대, 『교육논총』20, 2002.

권희선, 「중세서사체의 계승 혹은 애도: 심훈의 『직녀성』 연구」, 『민족문학사연구』20, 2002.

이인복, 「심훈의 傍外的 비판의식」, 『우리 작가들의 번뇌와 해탈』, 국학자료원, 2002.

류양선, 「심훈의『상록수』모델론: '상록수'로 살아있는 '사랑'의 여인상」, 『한국현대문학 연구』13, 2003.

박헌호, 「'늘 푸르름'을 기리기 위한 몇 가지 성찰:『상록수』단상」, 박헌호 편, 『상록수』, 문학과지성사, 2005.

이진경, 「수행적 민족성: 1930년대 식민지 한국에서의 문화와 계급」, 동국대『한국문학연 구』28, 2005.

김화선, 「한글보급과 민족형성의 양상: 심훈의『상록수』를 중심으로」, 『어문연구』51, 2006.

이혜령, 「신문・브나로드・소설」, 『한국근대문학연구』15, 2007.

남상권, 「『직녀성』연구:『직녀성의 가족사 소설의 성격」, 『우리말글』39, 2007.

김화선, 「심훈의『영원의 미소』에 나타난 근대적 글쓰기의 양상」, 『비평문학』26, 2007.

이혜령, 「지식인의 자기정의와 '계급'」, 『상허학보』22, 2008.

김경연, 「1930년대 농촌・민족・소설로의 회유(回遊): 심훈의『상록수』론」, 『한국문학논총』 48, 2008.

한기형, 「심훈의 중국체험과『동방의 애인』」, 성균관대『대동문화연구』63, 2008.

강진호, 「현대성에 맞서는 농민적 가치와 삶」, 『국제어문』43, 2008.

장영은, 「금지된 표상, 허용된 표상」, 『상허학보』22, 2008.

송효정, 「비국가와 월경(越境)의 모험」, 『대중서사연구』24, 2010.

정호웅, 「푸르른 생명의 기운」, 정호웅 엮음, 『상록수』, 현대문학, 2010.

정홍섭, 「원본비평을 통해 본『상록수』의 텍스트 문제」, 『한국문학이론과 비평』47, 2010.

조윤정, 「식민지 조선의 교육적 실천, 소설 속 야학의 의미」, 고려대『민족문화연구』52, 2010.

노형남, 「브라질의 꼬엘류와 우리나라의 심훈에 의한 저항의식에 기반한 대안사회」, 『포 르투갈—브라질 연구』8, 2011.

박연옥, 「희망과 긍정의 열린 결말: 심훈의『상록수』, 박연옥 편, 『상록수』, 지식을만드는 지식, 2012.

권철호, 「심훈의 장편소설에 나타나는 '사랑의 공동체': 무로후세코신[室伏高信]의 수용양 상을 중심으로」, 『민족문학사연구』55, 2014.

강지윤, 「한국문학의 금욕주의자들: 자율성을 둘러싼 사랑과 자본의 경쟁」, 『사이』16, 2014.

엄상희, 「심훈 장편소설의 '동지적 사랑'이 지닌 의의와 한계」, 대구가톨릭대『인문과학연 구』22, 2014.

박정희, 「'家出한 노라'의 행방과 식민지 남성작가의 정치적 욕망:『인형의 집을 나와서』 와『직녀성』을 중심으로」, 명지대『인문과학연구논총』35(3), 2014.

권철호, 「심훈의 장편소설『직녀성』재고」, 『어문연구』43(2), 2015.

4) 영화

만년설, 「영화예술에 대한 관견」, ≪중외일보≫, 1928.07.01~07.09.

임 화, 「조선영화가 가진 반동적 소시민성의 말살: 심훈 등의 도량(跳梁)에 항(抗)하여」, ≪중외일보≫, 1928.07.28~08.04.

G. 생, 「<먼동이 틀 때>를 보고」, ≪동아일보≫, 1927.11.02.

윤기정, 「최근문예잡감(其3): 영화에 대하야」, ≪조선지광≫, 1927.12.

최승일, 「1927년의 조선영화계: 국외자가 본(3)」, ≪조선일보≫, 1928.01.10.

서광제, 「조선영화 소평(小評)(2)」, ≪조선일보≫, 1929.01.30.

오영진, 「중대한 문헌적 가치: 심훈 30주기 추모(미발표)유고특집」, ≪사상계≫152, 1965. 10.

김종욱, 「『상록수』의 '통속성'과 영화적 구성원리」, ≪외국문학≫, 1993. 봄.

김경수, 「한국근대소설과 영화의 교섭양상 연구: 근대소설의 형성과 영화체험」, 『서강어문』15, 1999.

전흥남, 「심훈의 영화소설 「탈춤」과 문화사적 의미」, 『한국언어문학』52, 2004.

강옥희, 「식민지시기 영화소설 연구」, 『민족문학사연구』32, 2006.

주 인, 「영화소설 정립을 위한 일고」, 『어문연구』34(2), 2006.

조혜정, 「심훈의 영화적 지향성과 현실인식 연구」, 『영화연구』(31), 2007.

박정희, 「영화감독 심훈의 소설 『상록수』 연구」, 『한국현대문학연구』21, 2007.

김외곤, 「심훈 문학과 영화의 상호텍스트성」, 『한국현대문학연구』31, 2010.

전우형, 「심훈 영화비평의 전문성과 보편성 지향의 의미」, 『대중서사연구』28, 2012.

3. 학위논문

유병석, 「심훈 연구: 생애와 작품」, 서울대 석사논문, 1965.

류창목, 「심훈작품에서의 인간과제: 주로 『상록수』를 중심으로」, 경북대 석사논문, 1973.

임영환, 「일제 강점기 한국 농민소설 연구」, 서울대 석사논문, 1976.

이주형, 「1930년대 장편소설연구」, 서울대 박사논문, 1977.

오경, 「1930년대 한국농촌문학의 성격 연구: 이광수, 심훈, 이무영의 작품을 중심으로」, 이화여대 석사논문, 1974.

심재홍, 「심훈 소설 연구」, 연세대 석사논문, 1979.

신상식, 「『흙』과 『상록수』의 계몽주의적 성격」, 고려대 석사논문, 1982.

오양호, 「한국농민소설연구」, 영남대 박사논문, 1982.

이경진, 「심훈의 『상록수』 연구: 작품 분석을 중심으로」, 고려대 석사논문, 1982.

정대재, 「한국농민문학 연구: 춘원, 심훈, 김유정, 박영준, 이무영의 작품을 중심으로」, 중앙대 석사논문, 1982.

이정미, 「심훈 연구: 「탈춤」, 『영원의 미소』, 『상록수』를 중심으로」, 충북대 석사논문, 1982.

김성환, 「심훈 연구」, 충남대 석사논문, 1983.

이정미, 「심훈 연구」, 충북대 석사논문, 1983.

이항재, 「뚜르게네프의 『처녀지』와 심훈의 『상록수』 간의 비교문학적 연구: Parallel study에 의한 시도」, 고려대 석사논문, 1983.

임무출, 「심훈 소설 연구: 작품 속에 나타난 작가의식을 중심으로」, 영남대 석사논문, 1983.

심재복, 「『흙』과 『상록수』의 비교연구」, 충남대 석사논문, 1984.

이병문, 「한국 항일시에 관한 연구: 심훈, 윤동주, 이육사를 중심으로」, 공주사대 석사논문, 1984

오종주, 「『흙』과 『상록수』의 비교 고찰」, 조선대 석사논문, 1984.

고광헌, 「심훈의 시 연구: 그의 생애와 관련하여」, 경희대 석사논문, 1984.

조남철, 「일제하 한국 농민소설 연구」, 연세대 박사논문, 1985.

정경훈, 「심훈의 장편소설 연구: 인물과 배경을 중심으로」, 충남대 석사논문, 1985.

이재권, 「심훈 소설연구」, 전북대 석사논문, 1985.

임영환, 「1930년대 한국 농촌사회소설 연구」, 서울대 박사논문, 1986.

하호근, 「소설 작중인물의 행위양식 연구: 심훈의 『상록수』와 채만식의 『탁류』를 대상으로」, 부산대 석사논문, 1986.

한양숙, 「심훈 연구: 작가의식을 중심으로」, 계명대 석사논문, 1986.

백인식, 「심훈 연구: 작품에 나타난 현실인식의 변모양상을 중심으로」, 경북대 석사논문, 1987.

유인경, 「심훈소설의 연구」, 건국대 대학원, 1987.

이중원, 「심훈 소설연구:『동방의 애인』,『불사조』,『직녀성』을 중심으로」, 계명대 석사논문, 1988.

박종휘, 「심훈 소설 연구」, 서울대 석사논문, 1989.

신순자, 「심훈 농촌소설의 재조명: 그의 문학적 성숙과정을 중심으로」, 경희대 석사논문, 1989.

김 준, 「한국 농민소설 연구: 광복 이전의 작품을 중심으로」, 경희대 박사논문, 1990

최희연, 「심훈 소설 연구」, 연세대 박사논문, 1991.

백원일, 「1930년대 한국농민소설의 성격연구: 이광수, 심훈, 이무영 작품을 중심으로」, 동국대 석사논문, 1991.

신승혜, 「심훈 소설 연구」, 고려대 석사논문, 1992.

최갑진, 「1930년대 귀농소설 연구」, 동아대 박사논문, 1993.

장재선, 「1930년대 농민소설 연구: 이광수의『흙』, 이기영의『고향』, 심훈의『상록수』를 중심으로」, 동국대 석사논문, 1993.

백운주, 「1930년대 대중소설의 독자 공감요소에 관한 연구:『흙』,『상록수』,『찔레꽃』,『순애보』를 중심으로」, 제주대 석사논문, 1996.

박명순, 「심훈 시 연구」, 한국외국어대 석사논문, 1997.

이영원, 「심훈 장편소설 연구」, 경북대 석사논문, 1999.

이정옥, 「대중소설의 시학적 연구: 1930년대를 중심으로」, 서강대 박사논문, 1999.

김종성, 「심훈 소설 연구: 인물의 갈등과 주제의 형상화 구도를 중심으로」, 성균관대 석사논문, 2002.

김성욱, 「심훈의『상록수』연구」, 한양대 석사논문, 2003.

박정희, 「심훈 소설 연구」, 서울대 석사논문, 2003.

최지현, 「근대소설에 나타난 학교: 이태준, 김남천, 심훈의 장편소설을 중심으로」, 동국대 석사논문, 2004.

이호림, 「1930년대 소설과 영화의 관련양상 연구」, 성균관대 박사논문, 2004.

조제웅, 「심훈 시 연구」, 영남대 박사논문, 2006.

김 선, 「한국 현대시에 나타난 '밤' 이미지 연구: 이상화, 심훈, 윤동주의 시를 중심으로」, 경희대 석사논문, 2008.

조윤정, 「한국 근대소설에 나타난 교육장과 계몽의 논리」, 서울대 박사논문, 2010.

양국화, 「한국작가의 상해지역 체험과 그 문학적 형상화: 주요한, 주요섭, 심훈을 중심으로」, 인하대 석사논문, 2011.

박재익, 「1930년대 농촌계몽서사 연구:『고향』,『흙』,『상록수』를 중심으로」, 연세대 석사논문, 2013.